ullstein

Das Buch

Alexandra, kurz Ola, wächst im tristen Polen der achtziger Jahre auf. Südfrüchte kennt sie nur aus Abenteuerbüchern, und ihr einziges Spielzeug sind ein Betonmischer und ein abgehackter Hühnerfuß. Doch alles ändert sich, als ihre Eltern kurz vor dem Mauerfall beschließen, Polen zu verlassen und im winzigen Fiat nach Westdeutschland zu fliehen. Oma Greta ist alles andere als begeistert, dass die Familie im »Rajch« bleiben will, doch die Sehnsucht nach einem besseren Leben ist stärker als jeder Einwand. In der neuen Heimat gibt es keine Schlaglöcher, sondern aalglatte Autobahnen und statt leerer Metzgerhaken bieten sich der Familie unbegrenzte Auswahlmöglichkeiten – sowohl im Supermarkt als auch auf dem Sperrmüll. Ola staunt über schlecht besuchte Gottesdienste und wundert sich, warum man in der Apotheke mit Traubenzuckerpastillen belohnt wird, wenn man Läuse hat. Aber der Zauber ist schnell verflogen: Notunterkünfte in Turnhallen, die Tücken der deutschen Sprache und Aussiedler-Vorurteile stellen die Familie auf eine harte Probe. Und die Turmfrisur der in der Heimat zurückgelassenen Oma wirft einen langen, bedrohlichen Schatten …

Die Autorin

Alexandra Tobor, geboren 1981, verbrachte ihre ersten acht Lebensjahre in Polen, bevor sie mit ihrer Familie nach Deutschland aussiedelte. Vor dem Studium der Soziologie und Kunstgeschichte schrieb sie Plattenkritiken für die *Spex*, arbeitete als Kunstbetreuerin für den *Boys & Girls Club of San Francisco* und in der Redaktion von *VIVA Polska* in Köln. Sie lebt als freie Autorin in Augsburg und ist als @silenttiffy eine beliebte Twitterin mit rund 20 000 Followern.

Blog der Autorin: www.toborisrobotspelledbackwards.com

Alexandra Tobor

Sitzen vier Polen im Auto

Teutonische Abenteuer

Ullstein

Besuchen Sie uns im Internet:
www.ullstein-taschenbuch.de

FSC
www.fsc.org
MIX
Papier aus verantwortungsvollen Quellen
FSC® C006701

Originalausgabe im Ullstein Taschenbuch
1. Auflage Juni 2012

Umschlaggestaltung und Gestaltung des Vor- und Nachsatzes: Sabine Wimmer, Berlin
Titelabbildung: © Isabel Klett
Satz: LVD GmbH, Berlin
Gesetzt aus der Exelsior und Futura
Papier: Munken Print Cream von Arctic Paper GmbH
Druck und Bindearbeiten: CPI – Ebner & Spiegel, Ulm
Printed in Germany
ISBN 978-3-548-28374-6

Für meine Eltern

1.

Das Goldene Buch

Das Erste was ich sah, als ich am 1. Mai 1986 beschloss, ins Leben zurückzukehren, war die rabenschwarze Turmfrisur meiner Oma. Ich lag auf dem Asphalt, die Haare senkrecht im Wind, der heulend über polnischen Boden fegte. Er schüttelte Apfel- und Kirschblütenblätter von den Ästen, ließ die gestärkten Kleider der Mädchen knattern und wirbelte rote Kreppstreifen durch die Luft. Nur die Schornsteine der Ziegelei und Omas hartgesprühter Haarturm standen unbewegt in der Landschaft.

»Mutter Gottes von Tschenstochau!«, heulte jemand. »Das Mädchen ist voller Blut!«

Oma lugte in meine Pupille, die sie mit Daumen und Zeigefinger freigelegt hatte, und zog ihre Lippen zu einer Himbeere zusammen. Dieses Gesicht machte sie, wann immer eine spiegelnde Fläche ihr anbot, sich ihrer Schönheit zu vergewissern.

»Wenn's nur Blut wäre …«, seufzte sie, »dann wüsste ich wenigstens, wie ich die Flecken rausbekomme. Und jetzt rücken Sie endlich ab! Haben Sie noch nie ein totes Kind gesehen?« Die Neugierigen, die ihre Hälse nach meinem Leichnam streckten, stoben schnatternd auseinander wie ein Pulk Federvieh. Kurz darauf hörte ich es knistern, und ein herrlicher Duft drang in meine Nase. Der Duft von Zitronendrops.

»Erwischt!«, rief Oma. Das schnuppernde Zittern meiner Nüstern hatte ihr verraten, dass ich quicklebendig war. Oma grub mir ihre Klunkerhände in die Achseln und stellte mich zurück auf die Beine.

»Heiliger Julek, du siehst aus wie eine geschlachtete Gans!«, schimpfte sie, während sie den Kies aus den Rillen meiner Strumpfhose klopfte. »Was sollen die Leute denken, wenn sie dich so mit mir sehen?« Schuldbewusst sah ich zu, wie Oma den Zitronendrops in ihrem Haarturm verschwinden ließ. Dann stopfte sie mir ein großes Taschentuch in den Kragen, damit es die rotbraunen Flecken verdeckte, und band es zu einer aparten Schluppe.

Ich war auf den Namen Aleksandra getauft, aber gerufen wurde ich Ola. Ich war sechs Jahre alt und hatte gerade meinen einhundertundelften Tod vorgetäuscht. Das Blut auf meinem Kleid war in Wirklichkeit *»Płyn Lugola«*, eine bittere Flüssigkeit, die mir nach der Maiparade im Spital verabreicht worden war. Vor wenigen Tagen hatte es in der Ukraine eine Explosion gegeben. Seitdem redeten die Erwachsenen von nichts anderem als einer Wolke mit aktiven Radios drin, in deren unheilvollem Schatten Kinder zu Monstern mutierten. Vor diesem Schicksal sollte das Jodgemisch mich bewahren. Ich wusste zwar nicht, wie die widerliche Flüssigkeit verhindern sollte, von einem Radio erschlagen zu werden, das aus einer Wolke fällt, aber ich wusste, dass Ärzte die absurdesten Lügen erfanden, um Kinder zu Tode zu quälen. *»Płyn Lugola«* war eine davon, und sie hatte mich heute ein weiteres Leben gekostet.

Seit ich denken konnte, waren vorgetäuschte Tode meine Art, die Unannehmlichkeiten des Lebens zu umgehen: Schröpfgläser, Zahnbohrer, speerlange Spritzen. Diese Kinder, die sich krank stellten, um nicht in die Schule zu müssen, waren mir ein Rätsel. Wäre ich kein begnadetes Sterbetalent gewesen, hätte ich mich gesund gestellt, um nicht zum Arzt zu müssen. Eine meiner häufigsten Todesursachen war scheußliches Essen; Leber, die sich wie eine alte Sohle in der Pfanne bog, Spinat, der kuhfladengleich in den Kindergartenteller klatschte, übel riechende Zwiebelsäfte und Abhärtungscocktails aus Sauerkraut und Rettich. Meine Eltern ängstigten sich um mich. Sie fürchteten, dass ich bald wirklich sterben könnte. Vor Hunger. Als gäbe es nichts auf der Welt, das mir munden würde. Dabei war ich ein heimlicher Gourmet! Tante Selma hatte aus dem Bulgarienurlaub zehn Tuben Kinderzahnpasta mit Erdbeergeschmack mitgebracht. Ich presste kleine Würste aus den Tuben direkt auf meine Zunge. Außerdem besaß ich einen ganzen Bund chinesischer Bleistifte, an deren Enden samtig gerundete Radiergummis saßen. Wenn ihr Duft mich zu sehr berauschte, biss ich unbeherrscht hinein und verschlang sie wie gezuckerte Beeren.

Um Viertel nach zwölf, kurz vor meinem Tod also, hatte ich mit Oma Greta das städtische Spital betreten, einen monströsen, graublassblauen Klotz mit vergitterten Fenstern, hinter denen gespenstisch die Schwesternhäubchen knackten.

»Sehen Sie zu, dass sie es schluckt. Wir können froh sein, wenn's für alle reicht«, sagte die Krankenschwester zu meiner Oma und streckte mir einen Plastikbecher mit einer dunkelroten Flüssigkeit hin. »Na los! Trink schon!«, feuerte sie mich an. Voller Misstrauen beschnupperte ich erst den Becher.

»Płyn Lugola? Trink es, Ola. Schmeckt so gut wie Coca-Cola«, reimte Oma trällernd. Als ich kleiner war, dachte sie sich ständig solche Lieder für mich aus, während sie mir Löffel voll widerlicher Pampe an den Mund führte. Ich überlegte, ob ich vorsorglich das Zeitliche segnen sollte. Nein. Erst würde ich überprüfen, ob an Omas Reim nicht doch etwas dran war. Ich nahm einen kleinen scheuen Schluck aus dem Becher, doch dieser Tropfen genügte, um in meinem Mund die Hölle zum Einsturz zu bringen. Eine widerliche, brennende Bitterkeit zersägte mir die Zunge.

»Ich trinke das nicht!«, schrie ich und blickte hilfesuchend zu Oma. Aber sie war nicht mehr da. Die Schwester ließ ihr hässliches Lachen scheppern.

»Kinder und Fische haben keine Stimme. Hat man dir das nicht beigebracht? Und jetzt runter damit!«

»Niemals!«, brüllte ich und warf den Becher verzweifelt gegen die Schwester, die im letzten Moment ausweichen konnte. Das rotbraune Rinnsal schlängelte sich zäh am Boden entlang.

»Na warte, du kleiner Teufel!«, röchelte sie und spreizte ihre buschigen Brauen, als Omas Kopf im Türspalt erschien.

»Was ist hier los?«, fragte Oma. »Kann man sich nicht mal kurz die Beine vertreten?«

»Was hier los ist?«, empörte sich die Schwester. »Hab ich Ihnen nicht gesagt, Sie sollen dafür sorgen, dass sie es schluckt!?«

»Sie will es nicht trinken?«, fragte Oma und zuckte

dann mit den Schultern. »Da kann man wohl nichts machen. Es kann sie ja keiner zwingen.«

»Ach nein?«, keifte die Schwester, während sie mit einem frisch gefüllten Becher auf mich zustampfte. »Ich kann's!«

Mit spitzen Hexenfingern packte sie mein Kinn, riss es nach oben, drückte meinen Mund zu einem Schnäbelchen auf und goss mir die ätzende Flüssigkeit in den Rachen.

»Biiiiittescheeen«, schnalzte sie triumphierend, und ihre Mundwinkel zogen sich zäh auseinander, bis in ihrem Gesicht eine Art Lächeln mit grob gesäten Zähnen erschien.

Ich taumelte, verlor kurz das Gleichgewicht und spie den scheußlichen Saft prustend aus. Oma erstarrte im Türrahmen, als sie sah, wie die Flüssigkeit sich in den weißen Stoff meines sommerlichen Kleidchens fraß.

»Was haben Sie angerichtet!?«, brüllte sie los. »Das schöne Kleid! Das schöne, gute Kleid! Das hab ich ihr aus der DDR mitgebracht. Aus der D-D-R!«

»Na und?«, sagte die Schwester unbeeindruckt. »Und wenn's von den Inseln Hulla-Gulla wäre!«

Omas Gesicht verfinsterte sich. Sie stemmte die Hände in die Hüften und schnaubte wie ein Stier. Der Leopardenrock spannte zwischen ihren spitzen Knien. Oma stand im Türrahmen wie ein großes verziertes A am Anfang einer finsteren Geschichte. Die Uhr tickte. Ich zählte jede Sekunde mit. *Jeden … dwa … trzy …* Oma schritt im Takt voran. Unter ihren klackenden Absätzen verstummten sogar Silberfische und Milben. Die Zeiger der Wanduhr standen auf halb 1, als die Krankenschwester in den Schatten der

Turmfrisur geriet. Ihr rotes Gesicht schrumpfte darin wie ein Ballon, aus dem ganz langsam die Luft weicht.

»Sind Sie je den weiten Weg in die DDR gefahren, um einem Mädchen ein schönes Kleid kaufen zu können? Haben Sie jemals etwas von dieser Qualität gesehen?«

Oma zog mich am Ärmel heran und befahl der Schwester, den Stoff zwischen Daumen und Zeigefinger zu reiben.

»Haben Sie?«

Die Schwester schüttelte den Kopf.

»Aber verstehen Sie denn nicht!?«, stammelte sie mit den Resten ihrer Stimme. »Wenn die Kleine das Jod nicht trinkt, stirbt sie!«

»Eher welken mir die Ohren ab von Ihrem Blödsinn«, warf Oma zurück. »Oberschlesien ist die verseuchteste Gegend Polens. Zeigen Sie mir ein Kind von hier, das nicht krank oder zurückgeblieben ist.«

Die Schwester zitterte mit der Unterlippe, während Oma munter fortfuhr: »Ruß und Chemie. Dreck und Gestank. Blei im Wasser. Verseuchtes Gemüse. Die Kinder sind zum Verblöden verdammt. Was soll uns das bisschen Radioaktivität von den Russen denn da noch anhaben können?«

»Aber … aber ich habe die Anweisung vom Herrn Doktor …«

»Unsinn! Machen Sie dem Kind lieber eine Freude. Von einem Schwesternhäubchen träumt meine Ola schon lange.«

»Natürlich«, stammelte die Schwester. Sie fummelte das Plastikhäubchen aus ihrem Haar und setzte es mir mit einem angedeuteten Knicks auf den Kopf.

»Und noch eine Handvoll Plastikspritzen zum Spielen«, forderte Oma. »Beeilen Sie sich. Draußen warten noch andere Gören, die Jod spucken wollen.«

Auf dem Gang sprach Oma kein Wort mit mir. Als wir draußen waren, setzte sie mich auf einen Stromkasten, damit ich sie direkt ansehen konnte. Sie musterte mich mit zornglühenden Augen, über denen mir ihre dunkel nachgezogenen Brauen drohten.

»Für dich kaufe ich in der DDR nichts mehr. Ab jetzt trägst du nur noch die Kratzpullover von Tante Maria. Und sagte ich schon, dass zu Hause ein Teller Kuttelsuppe auf dich wartet?« Das war zu viel für einen Tag. Ich ließ mich gekonnt vom Stromkasten fallen, auf den Asphalt und in den Tod.

Zu Hause gab es Kuttelsuppe und Stubenarrest. Oma führte mich in die Küche ab, wo meine Mutter sich vom pfeifenden Wasserkessel, von der tickenden Eieruhr und schäumenden Töpfen herumkommandieren ließ. Ein langer, dicker Zopf pendelte über ihrem Bauch. Im Bauch wohnte mein Bruder Tomek und harrte ohne Hose und ohne Licht seiner baldigen Geburt. Ich hatte schon eine Weile grummelnd auf dem Hocker gesessen, als mein Vater die Küche betrat. Er trug einen ausgewaschenen Trainingsanzug und eine dunkle Hornbrille, hinter der seine Augen klein wie Stecknadelköpfe waren. Von seiner Hand baumelten Mamas Schuhe. Er hatte sie gerade fertig repariert und präsentierte ihr das Ergebnis. Mama war begeistert. Aus einem Fahrradschlauch hatte Papa Gummibänder geschnitten, die Mamas Füße an die Sohle fixierten.

Mein Vater war Ingenieur in einer Kohlengrube und konnte alles reparieren, was nur kaputtgehen konnte. Alles, bis auf Mamas Schuhe, die immer und immer wieder aus allen Nähten platzten. Mama hatte angeblich die größten Frauenfüße Polens, auch wenn ich noch nicht weit genug herumgekommen war, um das zu überprüfen. Opa Adelbert, der zu Lebzeiten auf seinem Mofa alle Woiwodschaften bereiste, hätte bestätigen können, dass weit und breit kein Schuhgeschäft existierte, das Mamas Größe führte. Wenigstens hatte ihr einziges Paar Sandalen vorn und hinten Öffnungen, die der überschüssigen Zehen- und Fersenmasse erlaubten, sich weit herauszulehnen.

»Gott sei Dank!«, rief Mama. »Dann können wir heute doch noch ins Theater!« Sogleich drehte sie sich zu mir, um den Glanz meiner Augen zu dimmen. »Tut mir leid, Würmchen. Dich nehmen wir diesmal nicht mit. Oma ist sehr gekränkt wegen dem Kleid. Zur Strafe bleibst du heute mit ihr zu Hause.«

Oma war halb Mensch, halb Besen. Sie wischte hinter jedem ihrer Schritte her. Krümel, Staub und Flusen waren ihr ein Graus. Das Leben und der Schmutz, den es hervorbrachte, betrübten sie zutiefst. Selbst Sonnenflecken und kleine Schatten mussten ihr Schrubben fürchten. Tiere durften nichts ins Haus, Kinder nicht aufs Sofa. Wenn meine Eltern mich mit Oma alleine ließen, kitzelte sie mich mit dem Staubwedel nach draußen, wo die Spuren, die meine Existenz hinterließ, weniger sichtbar waren. Doch heute schloss Oma mir das Gästezimmer auf, denn sie hatte eine Aufgabe für mich. »Ich gehe in den Garten, Unkraut jäten«, sagte sie und drückte mir einen Kamm in die Hand. »Du bleibst hier und kämmst die Teppichfransen. In einer Stunde bin ich wieder da, mach's fein!«

Die einzigen Gäste, die ich in Omas Prunkzimmer je

angetroffen hatte, waren drei ausgestopfte Tiere; ein Reh, ein Frettchen und eine Wildente. Oma respektierte die steifen Geschöpfe, weil sie eine Qualität hatten, die ihre Freunde, Bekannten und Verwandten vermissen ließen: Sie bewegten sich nicht, krümelten nicht, und ihre Hinterteile machten keine Dellen ins Sofa.

Als ich mit den Fransen fertig war, drehte ich den Schlüssel der Schrankschublade um. Dort lag seit Jahren dasselbe Tütchen mit versteinerten Marzipanstücken. Sie waren zwar zu hart zum Essen, aber zum Spielen gerade richtig. Aus den einzelnen Teilen von Schweinen, Schornsteinfegern und Schneemännern konnte man mit etwas Spucke nach Belieben neue Figuren zusammensetzen. Als mir das Spiel langweilig wurde, öffnete ich die Balkontür und trat hinaus. Dafür, dass der Abend nahte, war es noch recht warm. Lang gezogene Wolken schwammen träge über Wiesen, Äcker und Felder. Die Schlote der stillgelegten Ziegelei und die geringelten Türme der Bleihütte ragten zwischen den Pappeln am Horizont auf. Es gab nicht viele Häuser in der Umgebung. Vom Balkon aus konnte ich fünf Würfel zählen, die zerstreut in der Ödnis standen. Unser Haus war wie die meisten Häuser hier ein zweistöckiger grauer Kasten. Oma hatte ihn mit eigenen Händen gebaut. Direkt neben uns wohnte Tante Selma mit ihrem Kater Leon, der nach dem Tod ihres Mannes *Onkel* Leon genannt wurde. Dieses Haus war nicht so viereckig und grauverputzt wie unseres, sondern aus roten Ziegeln gebaut, deren ursprüngliche Farbe man unter der schwarzen Kruste aus Ruß noch erahnen konnte. Zwischen Tenne und Taubenschlag schmiegte sich ein urzeitliches Plumpsklo. Selma hatte als Einzige im Dorf noch kein Wasserklosett, weil alles, was rauschte und brauste, ihre Nerven schnell strapazierte. Sie war zehn Jahre älter als Oma Greta und eine sehr schreckhafte und gottesfürchtige Frau. Oma pflegte zu sagen, ihre Schwägerin habe mehr Angst vor Gott als vor dem Teufel. Ich aber wusste, dass Selma vor niemandem so viel Angst hatte wie vor Oma Greta. Seit Kater Leon nach einem Sturz vom Baum alle Zähne ausgefallen waren, ärgerte Oma sich über seine völlige Nutzlosigkeit. Als sie ihn kürzlich in ihrem Osterglockenbeet fand, hatte sie ihn am Schwanz herausgezogen und in hohem Bogen über den Zaun geworfen, zurück auf Selmas Hof. »Hätt ich dich damals nur in der Regentonne ertränkt!«, rief sie ihm hinterher. »Wenn ich dich noch einmal in meinem Garten erwische, mach ich Kotelett aus dir!« Weder Selma noch ich zweifelten daran, dass Oma ihre Drohung eines Tages wahrmachen könnte.

Ich lehnte mich über die Betonbrüstung des Balkons. Unten, im Labyrinth aus Blumen- und Gemüsebeeten, sah ich Omas Haarpuschel rotieren. Allerlei Gerätschaften lagen für die Gartenarbeit bereit; eine Schaufel, ein Rechen, eine Forke. Mein Blick wanderte hinüber zu Selmas Hof, und ich erschrak fürchterlich. Die Zacken der Forke zeigten geradewegs auf Leon, der im Begriff war, das verbotene Gebiet zu betreten! Er steuerte genau auf das Osterglockenbeet zu, das ihm erst neulich zum Verhängnis geworden war. O Leon! Hatte Oma dich nicht deutlich genug gewarnt? Ich atmete auf, als der Haarpuschel wie durch ein Wunder um die gegenüberliegende Hausecke bog. Oma peilte den Geräteschuppen an, offenbar hatte sie etwas vergessen. Wenn ich mich beeilen würde, bliebe

Onkel Leon verschont, von der Riesengabel aufgespießt und zu Kotelett verarbeitet zu werden! Ich sauste die Treppe hinunter und nahm den Hinterausgang in den Garten. Leon saß bereits in den Osterglocken. Nur sein Schwanz schaute heraus. Ich atmete auf. Doch kaum hatte ich ihn mit beiden Händen aus dem Beet gehoben, hörte ich erst, wie die Tür zuschlug, die ich offen gelassen hatte, und dann das nahende Klacken von Omas Pantoletten. Ich drückte Leon fest an mich und rannte so schnell ich konnte ums Haus. Da! Ein offenes Kellerfenster! Ohne lange zu überlegen warf ich Leon hinein. Als ich ihn geräuschlos landen hörte, wischte ich mir den Schweiß von der Stirn. Leon war gerettet. Aber was würde aus mir?

Den Keller alleine zu betreten, war mir strengstens untersagt. Mama fürchtete, ich könnte von einer Kartoffel-Lawine überrollt werden, Oma hatte Angst, dass ich ihre Waschmittelreserven aufesse, und Tante Selma warnte vor dem Heizkeller; die Ofenklappe sei der Eingang zur Hölle, und jeden, der allzu neugierig in die Flammen glotzte, zögen die Teufel hinein. Ich war noch nie ganz allein im Keller gewesen. Die Stufen, die hinabführten, waren hoch und schief. Es gab so viele Kammern, dass man das Gefühl hatte, durch ein unterirdisches Labyrinth zu irren. Manche Kammern hatten schwere Türen mit Schlössern dran, andere nur wallende Vorhänge. Über den Betonboden krochen milchig-grüne Schwaden, und auf rostzerfressenen Regalen standen allerlei Gläser und Behältnisse, in denen tote Birnen, Pflaumen und Gürkchen dümpelten. Mir bleib keine Zeit, darüber nachzudenken, ob ich wohl den Mut hatte, hinabzusteigen. Entweder ich schlüpfte selbst durch das Kellerfenster, oder Oma würde mich zur Strafe mit Schmalzbroten und Knoblauchsuppe malträtieren. Ich beugte mich zum Fenster hinunter, steckte erst die Beine, dann die Arme hindurch und drückte mich hinein.

Ziellos kroch ich durchs Halbdunkel. »Leon?«, flüsterte ich. Leon antwortete nicht. Ich stellte mich auf die Zehenspitzen und tastete die kalte Wand nach einem Lichtschalter ab, bis eine Glühbirne im Staubpelz mit dumpfem Knistern aus ihrem Schlummer erwachte. Leon saß auf einem Bücherstapel und kehrte mir den Rücken zu. Sein Schwanz formte ein Fragezeichen. »Leon?«, wiederholte ich. Endlich drehte der Kater mir den Kopf zu und schnalzte freundlich mit dem zahnlosen Mäulchen. Erst jetzt bemerkte ich die Seltsamkeit der Kammer. Ich hatte sie noch nie zuvor gesehen oder betreten. An der Wand stand eine altmodische weiße Frisierkommode mit hellblauen Knäufen an den Schubladen. Der runde, dreigeteilte Spiegel war mit Staubfladen und Spinnweben verhangen. Zögernd tastete ich mich vor und zog langsam die oberste Schublade auf. Ein Haufen gezackter Fotos quoll heraus. Ich erkannte Opa Adelbert im Matrosenanzug. Jemand hatte ihm mit Buntstiften das Gesicht ausgemalt. Ich habe meinen Großvater nicht wirklich gekannt. Er ist in einem See ertrunken, als ich vier Jahre alt war. Unter den Fotos begraben lag eine schmale, dunkelrote Schachtel mit einer Kirsche vorne drauf. Was darin so kullerte und rappelte, waren – wie ich sofort in Erfahrung brachte – Opas Gallensteine. Früher hatten sie in Omas Schmuckkästchen gelegen, zwischen Amuletten und Bernsteinklumpen, in denen kleine Insekten eingeschlossen waren. Als ich klein war, habe ich die Gallensteine in den Mund genommen, weil ich sie für Himbeerbonbons hielt. Darauf hatte Oma sie umgehend aus dem Schmuckkästchen verbannt. Nie hätte ich damit gerechnet, die Gallensteine wiederzusehen. Ich ließ den schöneren der beiden in meiner Hosentasche verschwinden, als durch die Luke ein goldener Lichtkegel in die Kammer fiel. Geblendet vom grellen Schein sprang Leon mit einem Satz auf die Kommode. Das Licht fiel nun auf ein glänzendes Buch, ganz oben auf dem Stapel, wo eben noch der Kater gesessen hatte. Das Buch war so groß, dick und schwer, dass ich Mühe hatte, es zu bewegen. Der Umschlag, der eine schöne Frau zeigte, war ganz weich und schimmerte golden, wenn man ihn gegen das Licht neigte. Ich las die leeren, weißen Buchstaben:

OUELLE

Das war ein seltsamer Titel für ein Buch. Das Wort, falls es überhaupt ein Wort sein sollte, ergab keinen Sinn. Durch das O schob sich von rechts eine kleine Hand. Als wäre das O ein rundes Fenster und die Hand würde herauswinken. Dieses Buch sah ganz anders aus als alle Bücher, die ich bisher gesehen hatte. Merkwürdigerweise war keine einzige Geschichte drin. Stattdessen Bilder von Männern und Frauen in mannigfaltigen Kostümen, und daneben große, rätselhafte Zahlen. Diese Menschen hatten aber kaum Ähnlichkeit mit meinen Tanten und Onkeln, den Verkäuferinnen und Bergleuten in Polen. Sie waren bunt angezogen und lachten mich an. Und tolle Frisuren hatten sie, wie die Schauspieler im Film. Je weiter ich vorblätterte, desto unglaublicher wurden die Abbildungen. Nach den Frauen und Männern kamen Fotos von Kindern in Strumpfhosen, die alle Farben des Regenbogens hatten. Bisher hatte ich geglaubt, dass Gott für

Strumpfhosen keine anderen Farben als Weiß und Beige vorgesehen hatte. Ich begegnete im Buch Mädchen, die wie Prinzessinnen gekleidet waren und glänzende Schühchen mit Riemchen trugen. Bald entdeckte ich zwei Seiten mit nackten Menschen auf Liegen, die aus blauen Leuchtröhren gemacht schienen. Auch sie lächelten breit, anscheinend schämten sie sich kein bisschen. War es möglich, dass diese Bilder aus dem Paradies stammten, von dem in der Bibel die Rede war? Ich glaubte es beinahe, als ich das Buch an einer Stelle aufschlug, wo mir so viel nie zuvor gesehenes Spielzeug ins Auge sprang, dass ich kaum noch atmen konnte. Ein abgetrennter Puppenkopf steckte auf einem Tablett, wo Schminken, Tuschen und Schwämmchen arrangiert waren. Ein Junge saß in einem kleinen Auto, das genauso aussah wie ein richtiges Auto. Ich erschrak über eine Miniaturwaschmaschine aus rosarotem Plastik und ein grinsendes Telefon auf Rädern. Da waren Puppen, die wie echte Säuglinge aussahen, nur dass sie Fönfrisuren wie alte Tanten hatten. Bäuchlings lagen sie inmitten winzigen Zubehörs. Eine Seite weiter waren aus den unförmigen Säuglingen wunderschöne, spindeldürre Plastikfrauen in Tüllkleidern geworden, für die man eigens ein Haus mit passenden Möbeln errichtet hatte. Überwältigt und vor Aufregung schnaufend, klappte ich das Buch zu, das von einer Welt zeugte, in der unvorstellbare Wunder an der Tagesordnung waren. Aber jetzt war keine Zeit, das Geheimnis des Folianten zu lüften. Ich musste Onkel Leon in Sicherheit bringen und vor Oma zu Hause sein. Mit der Katze unter dem Arm kraxelte ich die schiefen Stufen hinauf. Aus dem Türspalt sah ich Oma an der Weggabelung vor unserem Haus stehen. Sie unterhielt sich rege mit einer Nachbarin. Ich stürmte hinaus und ließ Leon schnell durch die Zaun-Luke schlüpfen. Während er davonhuschte, sah er sich noch einmal zu mir um und grinste sein zahnloses Grinsen. Kurz glühte in seinen Augen die Abendsonne auf. Es war, als wollte er sagen: »Das Goldene Buch sei der Dank dafür, dass du mir das Leben gerettet hast.«

2.

B. R. D.

Wie jedes Kind, das sich auf seine Fantasie etwas einbildet, zweifelte ich daran, dass es nur eine Welt und eine Wirklichkeit gab. Wenn ich mich kopfüber von der Couch hängen ließ, gelangte ich an einen Ort, wo Häuser mit dem Dach nach unten gebaut wurden, die Türschwellen in der Luft hingen und Lampen wie Blumen aus dem Boden schossen. Ich rechnete jeden Tag damit, den Einbauschrank zu öffnen und statt alten Töpfen, Pfannen und Sieben einen Palastsaal zu entdecken. Sobald in Omas Garten die ersten Tulpen zu blühen begannen, sah ich jeden Tag nach, ob Däumelinchen ihr Blütenzimmerchen schon bezogen hatte. Aber Elfen machten keinen Urlaub in Polen. Der Einbauschrank war kein Tor in die Märchenwelt, und ein altes Sieb auf dem Kopf machte kein Einhorn aus mir. Wenn das Blut aus dem Kopf in den Körper zurückfloss, wurde ich wieder Teil jener grauen Welt, in der es nichts Aufregenderes gab, als in einen rotierenden Betonmischer zu starren.

Aber das Goldene Buch war der erste Anhaltspunkt dafür, dass eine andere Welt nicht nur in meiner Vorstellung existierte. Wie herrlich wäre es, in dieses Buch hineinkriechen und sich zwischen seinen bunt glänzenden Seiten umsehen zu können! Bei der ersten Gelegenheit, die sich mir bot, wuchtete ich das Goldene Buch aus dem Keller und trug es in mein Geheimversteck; eine uralte Lokomotive, die am Rand des Birkenwaldes, nicht weit von zu Hause, auf einem Stück zugewachsener Gleise stand. Nur von neugierigen Vögeln bespitzelt, konnte ich hier in Ruhe in dem Buch schmökern und die Posen der eleganten Damen üben.

In den nächsten Wochen herrschte bei den Erwachsenen große Verwirrung über meine plötzliche Unsterblichkeit. Die Tage vergingen, ohne dass ich auch nur einmal röchelnd am Boden erstarrte. »Was ist los mit ihr? Sie isst sogar Rosenkohl!«, stellten meine Eltern verwundert fest. Nur ich allein kannte die Antwort. Die unerschrockene Ola wappnete sich für eine große Reise. Ihre Mission: die Welt aus dem Goldenen Buch zu finden. Ich aß nun widerstandslos alles, was auf den Teller kam. Ich stürzte jeden Gemüsecocktail hinunter, um groß und stark zu werden. Wer konnte schon sagen, welche Hindernisse vor mir lagen? Womöglich gab es Berge zu besteigen, Flüsse zu überqueren. Meine Sorgen galten nur noch dem baldigen Aufbruch. Doch bevor ich mit einem Bündel auf dem Stock losziehen konnte, wie ich es in Abenteuerbüchern gesehen hatte, musste ich mehr über das Goldene Buch erfahren. Leider gab es niemanden, den ich darüber ausfragen konnte. Der Einzige, der von meinem verbotenen Ausflug in den Keller wusste und meine Reisepläne nicht durch Stubenarrest zunichtemachen würde, war Onkel Leon.

Im Sommer 1986 wurde mein Bruder geboren. Die Niederkunft nahm ihren Lauf, als Selma zu Besuch kam, um als Tomeks Patentante sicherzustellen, dass die

Taufe sofort nach der Geburt stattfinden würde. So viele Neugeborene würden dieser Tage sterben und müssten ohne Taufschein an den Himmelstoren stehen, bis der Herrgott sich ihrer erbarmte und sie als Sternschnuppen in ihre Särge zurücksausen ließ. Dieses Schicksal sollte ihrem Schützling erspart bleiben.

Mama war bemüht, Haltung zu bewahren.

»Ach, Tantchen. Ich weiß, dass du es gut mit uns meinst, aber erst vor kurzem habe ich gelesen, dass die Kleinen an den Erkältungen sterben, die sie sich bei den eiligen Taufen holen«, und obwohl Selmas Augen bereits zornig herausquollen, ergänzte Mama leise: »Ich kann mir außerdem nicht vorstellen, dass der Herrgott in all seiner Güte ausgerechnet unschuldige Kinder bestraft.«

Selmas Apfelbacken glühten vor Empörung auf.

»Wie leichtsinnig du daherredest, Danuta. Fürchte Gott!«

»Verzeih mir, Tantchen. Du hast ja recht«, sagte Mama kleinlaut. Aber ich wusste, dass sie sich nur verstellte. Immer wenn Mama wütend wurde, geschah etwas Außerordentliches. Manchmal fiel der Strom aus, manchmal zersprang ein Glas, aber nie hatte Mama einem schlechten Gefühl erlaubt, in ihrem Gesicht zu wüten. Auch diesmal bewahrte sie ein sanftes Antlitz, als ihr unvermittelt die Fruchtblase platzte.

»Jesusmaria! Es ist doch noch viel zu früh!« Mama starrte ungläubig auf die Pfütze zwischen ihren Beinen.

»Das ist deine gerechte Strafe, dass du an den Wegen des Herrn zweifelst«, murmelte Selma, als Mama unter Krämpfen zu Boden sank.

In der Klinik war es kalt und grau wie in einem vergessenen Aschenbecher. Kaum traten wir aus dem Aufzug auf die Entbindungsstation, riss eine Krankenschwester Papa den Blumenstrauß aus der Hand.

»Unhygienisch«, knurrte sie. »Außerdem keine Besuche mehr heute. Auf Wiedersehen.«

Die Schwester verschwand samt Blumenstrauß um den hellblau gekachelten Gang. Hinter einer Glasscheibe entdeckten wir jetzt Mama, die uns linkisch entgegenwankte, zerzaust, ihre Augen zwei schwarze Brandlöcher. Ein fleckiger Morgenmantel hing ihr von den Knochen. Sie fuchtelte mit einem Zettel, während ihr Mund viele unhörbare Wörter formte. Ich streckte die Hand nach ihr aus und begann zu weinen.

»Komm, wir müssen wieder nach unten«, sagte Papa. »Mama hat eine Nachricht für uns.«

Vor der fensterreichen Hinterfront des Spitalblocks erkannten wir Mama am langen Zopf, den sie herabbaumeln ließ. Ihr Brief drehte langsame Pirouetten in der Luft und landete im Staub vor unseren Füßen. Papa faltete den Zettel auseinander und las:

Meine Lieben,

lasst Euch nicht von meinem Aussehen irreleiten, ich habe die Geburt überlebt. Tomek ist gesund, aber sehr schwach. Die Ärzte kümmern sich um ihn. Ich liege mit einer anderen Frau auf dem Gang, weil es in den Zimmern keinen Platz für uns gab. Sie hat mir anvertraut, dass sie im Herbst rausfahren wird, damit ihr Kind kein magerer Zwerg bleibt. Wenn Ihr Tomek sehen wollt, müsst Ihr mit der Krankenschwester verhandeln. Für eine Packung Kaffee lässt sie sicher mit sich reden.

Küsse, Mama

»Wohin will die Frau fahren?«, fragte ich Papa, als wir wieder im Bus nach Hause saßen.

»Welche Frau?«

»Die Freundin von Mama. Wohin muss sie fahren, damit ihr Kind kein Zwerg bleibt?«

»Za granice«, antwortete Papa. Hinter die Grenze.

Am Tag von Tomeks Taufe türmten sich in den Küchen des Hauses die besten Teller, klingelten silberne Löffel durch betagtes Porzellan. Oma hatte den Tisch auseinandergezogen und ihn mit der protzigsten aller Tischdecken bekleidet. Die weiß blendende Steifheit ihrer Gardinen würde die Ehrfurcht von Gästen und Spaziergängern erregen. Stunden hatte sie damit zugebracht, kleine Frösche aus Gürkchen zu schnitzen, mit Augen aus Nelken und Karottenzungen. Die Tiere hockten auf Seen aus Aspik, unter denen verzehrfertiger Fisch zitterte. Auf der Klappe der offenen Schrankbar reihten sich Flaschen mit selbstgemachtem Eierlikör. Oma Greta war auf alles vorbereitet, nur darauf nicht: dass ein Stuhl an ihrem perfekten Festtagstisch leer bleiben würde.

»Wo ist mein Bruder!?«, stöhnte Mama zum wiederholten Mal, während die Taufgäste in die Kirchenbank rutschten. »Er wird es doch nicht vergessen haben. Marek weiß doch seit Monaten, dass er Taufpate ist.«

»Ein Langschläfer ist er«, rief Oma Greta dazwischen. »Ich wette, dass er noch im Bett herumfault. Den muss man nur ordentlich raustreten. Ewald, fahr doch mal rüber und schau nach dem Rechten. Und stell sicher, dass er sauber, gekämmt und fein angezogen ist.«

Onkel Ewald fuhr sofort los. Derweil fand die Taufe ohne Onkel Marek statt.

Als Oma nach der Messe eine Torte nach der anderen in den Garten trug, war Onkel Ewald immer noch nicht zurück. Während die Erwachsenen wie immer durcheinanderbrüllten, krabbelte ich unter den Tisch, wo niemand Notiz von mir nahm. Das meiste, was ich über meinen Großvater Adelbert wusste, habe ich unter diesem Tisch erfahren, auf allen vieren, zwischen den wippenden Waden meiner Tanten und Onkel. Jedes Kind wusste, dass man nicht schlecht über die Toten sprechen durfte, aber diese Regel ließ Oma nicht für sich gelten. Wenn sich jemand wehmütig an Opas träumerischen Blick erinnerte, fuhr sie dazwischen: »Hör doch auf! Adelbert hatte Augen wie zweimal mit dem Stock in Scheiße gestochen«, und als Tante Maria einmal fragte »Warum bist du so hart mit ihm? Ihr wart doch glücklich!«, antwortete Oma: »Natürlich waren wir glücklich. Dann haben wir uns kennengelernt!«

Nun schmauchten die Onkel Zigarren und schimpften über die Politik, die Tanten über den Zigarrenqualm und das sinnlose Gerede ihrer Männer. Endlich hörte ich den Kies unter den Rädern von Onkel Ewalds Auto spritzen. Mit einem lauten Rums! schlug die Tür zu, und Onkel Ewald schlurfte mit hängendem Kopf der Tischgesellschaft entgegen.

»Marek ist rausgefahren«, sagte er mit Grabesstimme.

Alle laufenden Gespräche verstummten. Die Waden der Onkel und Tanten schossen für einen Moment nach oben, wie beim Arzt, wenn er mit dem Hämmerchen das Knie anschlägt. Dann brach das Chaos aus und Stimmen plärrten durcheinander wie unzählige aufgedrehte Radios. Ich krabbelte mal vor, mal zurück, um so viel aufzuschnappen wie möglich.

»Marek ist jung. Er hatte hier keine Zukunft.«

»Dort gibt es Wohnungen. Bei uns müsste er noch zwanzig Jahre drauf warten.«

»Was will er bei denen? Der hat doch nichts!«

»Das Land verlassen, das ist der polnische Traum!«

»Seine Arbeit in der Bleihütte ist er für immer los.«

»Gnade ihm Gott, dass er nicht auf unseren Papst hört!«

»Das arme Kind! Wer wird in der Fremde für ihn kochen?«

Es gab niemanden, der nicht etwas zu sagen gehabt hätte. Und immer wieder drangen durch den Tumult drei Buchstaben in mein lauschendes Ohr: B, R, D, geraunt, gehaucht, geflüstert, drei Buchstaben wie eine verbotene Zauberformel.

In den nächsten Monaten sah ich meine Eltern kaum. Wenn sie nicht auf der Jagd nach Babynahrung waren, fuhren sie mit Tomek zu Spezialärzten, die ihm Drähte an den Kopf montierten und allerlei Messungen an ihm vornahmen.

Oma verbrachte derweil die Nachmittage auf der Veranda. Dort empfing sie ihre wohlfrisierten Freundinnen, die Konversationen über Krampfadern und Tortengüsse führten, während sie mit spitzen Schlürfmündern den Kaffeesud von der dicken Fusselschicht am Tassengrund trennten. Sobald ich mich zu ihnen gesellen wollte, dirigierte Oma mich mit einer Pfauenfeder hinaus. »Hast du keine Freundinnen in deinem Alter?«, fragte sie dann, und ich zog trüber Stimmung von dannen. Aber seit ich das Goldene Buch hatte, machten mich Omas Bemerkungen nicht mehr traurig. Ich hatte sogar mein Interesse an Betonmischern verloren. Jede freie Minute verbrachte ich im Wrack der Lokomotive und stellte mir vor, wie es wäre, einen rosafarbenen Micky-Maus-Pyjama zu tragen. Manchmal kratzte ich mit einem Stock drei Buchstaben in den Dreck: B, R, D. Aber was sie bedeuteten, sollte ich erst später erfahren. Und zwar kurz nach meiner Einschulung im Herbst 1988.

Die Mädchen saßen links, die Jungen rechts, wie in der Kirche. Unsere Lehrerin hatte mir einen Platz in der letzten Reihe zugewiesen, neben einem großgewachsenen, sommersprossigen Mädchen namens Aneta. Wenn wir der Lehrerin morgens patriotische Gedichte vorzwitscherten, blickte ich auf fünf Reihen stramm gescheitelter Hinterköpfe, an denen je zwei Zöpfe hingen, fest geflochten und unter großen weißen Schleifen zu Schnecken geschlungen. Wir trugen alle dieselbe Schuluniform, einen schlichten, dunkelblauen Kittel mit weißem Kragen, der über die Kleidung geknöpft wurde. Paarweise und kerzengerade saßen wir in dunkelgrünen Pultbänken, deren Splitter uns Fäden aus den Strumpfhosen zogen. Nur ein einziges Mädchen hatte nie einen Schulkittel an, und sie trug auch nie weiße Schleifen im Haar.

»Siehst du die da vorne, die keinen Kittel anhat?«, hatte Aneta mir am ersten Schultag zugezischelt. »Das ist Ania. Meine Mutter hat gesagt, dass sie keinen Vater mehr hat. Er ist letztes Jahr *rausgefahren*.«

In den Pausen scharten sich alle um Anias Schulbank. Die Kinder befühlten die roten Plastikkirschen, die Anias Pferdeschwanz zusammenhielten, und streichelten ihr Mäppchen, das von ganz anderer Art war als unsere chinesischen Holzkästchen mit Schiebedeckel. Es war weich und glänzte, es hatte einen Reißverschluss und Tiere mit Wackelaugen vorne drauf. Dafür, dass Ania weder einen Vater noch eine Schuluniform hatte, wirkte sie ziemlich fröhlich. Es gab in meiner Klasse so viele Mädchen, die sich um Anias Freundschaft rissen, dass ich Frieden mit dem Gedanken schloss, nie hinter ihr Geheimnis zu kommen.

Das Wunder geschah an einem frühherbstlich kühlen Morgen. Ich war unterwegs in die Schule und hatte einen Umweg über die Betonsiedlung genommen, um mir von meinem Ersparten im nahegelegenen Kiosk einen *Donald*-Kaugummi für die Pause zu kaufen. Gerade hatte ich das Geld durchs Kioskfensterchen geschoben, als ich Anias Plastikkirschen-Zopf an mir vorbeihuschen sah. Da kam ich auf die Idee, ihr den Kaugummi zu schenken. Vielleicht konnte ich so ihre Freundschaft gewinnen. Doch bevor ich sie einholen und anstupsen konnte, blieb ich wie angewurzelt stehen. Auf Anias Rücken saß diesmal kein gewöhnlicher Papptornister, sondern ein quadratischer, rosafarbener Kasten mit blinkenden Ecken und einem kleinen Hund auf der Klappe. Der Anblick ließ neblige Ahnungen in mir aufsteigen, wie Erinnerungen aus einem anderen Leben. Der Tornister schwebte wie ein überirdischer Fremdkörper im betontrüben Grau meiner vertrauten Welt. Und trotzdem war mir, als hätte ich ihn viele Male schon gesehen. Bis mich schlagartig die Erkenntnis traf: Himmel! Was da an Anias Rücken hing, an einem wahrhaftigen Mädchen aus Fleisch und Blut, war tatsächlich ein Ding aus der Anderswelt! Ein Ding, das ich schon unzählige Male in meinem großen, goldenen Buch bewundert hatte. Für einen Moment war alles erleuchtet, und ich ahnte, wie es sein musste, wenn einem die Mutter Gottes erschien. »OUELLE«,

»rausgefahren« und »BRD« fügten sich plötzlich zu einem einzigen, gemeinsamen Sinn.

Überwältigt stand ich auf der Straße und starrte Ania nach, bis sie im aufgewirbelten Dreck eines Pferdekarrens verschwand.

Meine Euphorie ging jäh in Erschöpfung über. Dem Unterricht, der in fünf Minuten begann, fühlte ich mich nicht mehr gewachsen. Also rannte ich so schnell ich konnte nach Hause, wo ich in einem Anfall von Schwäche auf den Teppich sank. Oma gab mir zur Stärkung Zwiebelsaft zu trinken, und ich habe nicht protestiert. Ania und ihr Tornister hatten die Existenz der OUELLE-Welt bezeugt. Das große Rätseln hatte endlich ein Ende. Alles Wissen, das ich begehrte, lag in Anias Händen. Es musste mir nur gelingen, endlich Freundschaft mit ihr zu schließen.

Doch am nächsten Morgen war Ania nicht mehr da. Ihre Bank blieb auch am übernächsten Tag leer. Am Ende der Woche verkündete die Lehrerin: »Ania ist nicht krank, Ania ist *rausgefahren*. Ihr Vater hat sie zu sich geholt. Wir werden Ania nie wiedersehen.«

3.

Der Schatz in der Vitrine

Aus meiner sommersprossigen Banknachbarin Aneta war bald meine beste Freundin geworden. Nach den Hausaufgaben trafen wir uns in der Asphaltwüste ihrer Blocksiedlung und hingen von der Teppichstange, bis die Sonne unterging. Ich bewunderte Aneta für ihre Blinddarmnarbe und die Unverfrorenheit, mit der sie vulgäre Abzählreime erdachte. Weil meine Eltern sie für »schlechten Umgang« hielten, hatte unsere Freundschaft etwas aufregend Verbotenes. Aneta wusste alles und hatte fast alles schon mal erlebt. Das Einzige, womit ich sie vielleicht beeindrucken konnte, war mein geheimer Schatz: das Goldene Buch.

»Ich habe etwas Unglaubliches gefunden«, gestand ich ihr eines Nachmittags. »Willst du es sehen? Es ist in meinem Versteck.« Es war das erste Mal, dass ich mein Geheimnis mit jemandem teilen würde. Aneta ließ die Kaugummiblase über ihr gesprenkeltes Gesicht platzen.

»Klar«, sagte sie. »Von mir aus.«

Wir sprangen über die Schlaglöcher, die die Blocksiedlung von den Bauernhütten trennten, kletterten über einen morschen Zaun und kämpften uns durch ein Schrottfeld, wo wir über rostige Tonnen und alte

Kanister balancieren mussten. Als die Lokomotive im hohen Gras zwischen den Birken sichtbar wurde, klopfte mir das Herz bis zum Hals. Kaum waren wir in den Waggon geklettert, schielte Aneta in alle Luken und Löcher und brach anschließend wahllos Stahlteile ab, die ihrem Rütteln und Zerren nicht standhielten. Ich holte das Goldene Buch hinter den Brettern hervor, reichte es Aneta wie den Kelch mit dem Blut Christi und hoffte, dass sie ihm nicht dieselbe grausame Gleichgültigkeit entgegenbringen würde wie meiner Lokomotive. Ungeduldig harrte ich ihrer Reaktion, während sie ohne eine Miene zu verziehen durch die Seiten blätterte.

»Das ist dein Geheimnis?«, fragte sie gelangweilt und ließ eine Kaugummiblase platzen. »Einen Katalog haben sogar wir zu Hause.«

»Katalog?«, fragte ich verwundert.

»Ja, kennst du das nicht? Auf unserem steht OTTO, aber es ist dasselbe drin.«

»Woher habt ihr –?«, fragte ich fassungslos. Aber anstatt zu antworten, sprang Aneta auf und rief: »Ich muss los. Komm morgen nach der Schule mit zu mir nach Hause, dann zeige ich dir etwas viel Besseres!«

»Augen zu!«, rief Aneta herrisch, als der Aufzug des Blocks Nummer 12 uns am nächsten Tag in ihrem Stockwerk ausspuckte. Aneta schloss die Wohnungstür auf, presste mir ihre kalten Hände vors Gesicht und führte mich um eine Ecke.

»Jetzt kannst du schauen«, sagte sie.

Ich stand vor einer Vitrine im Wohnzimmer von Anetas Eltern. Hinter dem Glas erkannte ich die heilige Maria im weißen Gewand und blauen Mantel, eine

Plastikfigur mit Weihwasser aus Lourdes. Ihre Krone konnte man abschrauben wie den Verschluss einer gewöhnlichen Flasche. Tante Selma besaß mindestens drei davon. Links und rechts von der Madonna standen eingerahmte Bilder vom Papst, um die sich ein Rosenkranz schlängelte. Der Anblick war kein besonderer.

»Wo guckst du denn hin!? Schau höher!«, drängte Aneta.

Ich trat einen Schritt zurück und ließ meinen Blick nach oben wandern. Auf dem gläsernen Regal, über den Päpsten und der Mutter Gottes, stand ein glänzender Nikolaus und neben ihm ein bunter Osterhase von derselben Machart.

»Die sind aus echter Schokolade«, flüsterte Aneta beschwörend.

Ich war hin und weg.

»Woher habt ihr das?«, fragte ich erschrocken.

»Das hat uns Mamas Bekannter aus BRD mitgebracht«, erwiderte Aneta.

B, R, D. Abermals fügten meine Lippen stumm die Buchstaben zur magischen Formel zusammen.

»Hast du die schon gesehen?«, rief Aneta und zeigte auf den Seitenflügel der Glasvitrine, wo dicht an dicht mehrere Dosen standen, die mit »Coca-Cola«, »Fanta« und »Hansa Pils« beschriftet waren. »Ich weiß was! Lass uns Cola-Trinken spielen!«, schlug sie sogleich vor, was ich mit heftigem Kopfnicken begrüßte. Ich wollte nichts lieber, als eine der Dosen zu berühren. Aneta nahm zwei aus der Vitrine, füllte sie im Bad mit Wasser auf und drückte mir die kühle Cola-Dose in die Hand. Sie war wunderbar glatt und ihr Rot so kräftig wie das Weiß des geschnörkelten Schriftzugs strahlend. Wir gingen wieder ins Wohnzimmer.

»Ich würde alles tun, um jeden Tag aus einer Coca-Cola-Dose zu trinken«, gestand ich Aneta, die ihr Leitungswasser wie eine feine Dame mit abgespreiztem Finger nippte.

»Wusstest du, dass in BRD jeder seine eigene Cola-Dose hat?«, fragte sie süffisant.

Ich war außer mir. Was wusste Aneta noch?

»Erzähl mir alles, was du weißt!«, flehte ich sie an.

Aneta musterte mich mit ihren schiefen Augen und sagte nach einer Weile: »Wenn du mehr wissen willst, musst du mir was dafür geben.«

Ich fummelte hastig Opas Gallenstein aus meiner Hosentasche.

»Was ist denn das?«, fragte Aneta.

»Eine versteinerte Himbeere«, log ich. »Sie ist tausend Jahre alt …«

»Und was kann man damit machen?«

Während ich die Luft nach einer Idee absuchte, fiel mein Blick auf ein Körbchen auf dem Wohnzimmertisch, in dem eine Banane, Trauben und ein Apfel aus Plastik lagen.

»Ich weiß nicht. Du kannst sie deiner Mutter schenken. Eine Himbeere fehlt ihr noch im Obstkorb.«

»Gute Idee. Mama hat bald Namenstag. Gib mir die Himbeere, und ich beantworte dir genau drei Fragen.«

Ich ließ den Gallenstein in Anetas Hand kullern. Ich hatte doch gewusst, dass er mir eines Tages zu etwas nütze sein würde!

»Also gut!«, legte ich los. »Meine erste Frage lautet: Wie kommt man nach BRD?«

»Es ist eine lange Reise …«, raunte Aneta, als würde sie ein Schauermärchen vorlesen. »Du bist einen ganzen Tag unterwegs.« Ich sank an der Wand entlang auf den Teppich, schlang die Hände um die Knie und konzentrierte mich darauf, mir vor Aufregung nicht in die Hose zu machen.

»Du musst zwei Grenzen überqueren«, fuhr Aneta fort. »Zuerst kommst du nach DDR.«

»DDR kenne ich!«, unterbrach ich aufgeregt. »Da fährt meine Oma manchmal hin und kommt mit schönen Sachen wieder!«

»Sie hat Glück, dass sie nicht erschossen wurde«, sagte Aneta trocken. »DDR ist wie das Fegefeuer. Wenn jemand aus BRD für dich betet, kannst du über die zweite Grenze gehen. Da zeigst du deine Papiere, und schon bist du dort.«

»Kommt man nur rein, wenn man getauft ist?«, fragte ich.

»Ich glaube schon. Aber das Wichtigste sind die Papiere.«

»Was denn für Papiere?«

Aneta überlegte. »Keine Ahnung. Papiere eben. Ohne die geht gar nichts. Das waren schon drei Fragen. Wenn du mehr wissen willst, musst du mir wieder etwas dafür geben.«

»Aber ich habe doch nur gefragt, wie man nach BRD kommt!«, empörte ich mich.

»Ja, und ob man getauft sein muss und was für Papiere man braucht«, sagte Aneta gerissen. »Macht drei Fragen.«

In den nächsten Tagen hatte Aneta mir im Tausch gegen ein Negerpüppchen, ein Kaleidoskop und einen Bernsteinklumpen alles über BRD erzählt, was sie wusste. Zum Beispiel, dass es dort Kokosnüsse gab wie in Afrika und dass die Menschen in riesigen Autos fuhren. Einmal brachte sie zur Schule ein silbernes

Tütchen mit, auf dem eine wunderschöne, frisch halbierte Orange abgebildet war. »Capri Sonne« stand oben drauf.

»Was gibst du mir dafür?«

Sie bekam mein Plastikarmband vom Kirchweihfest. Für die goldene Tüte mit dem gelben Bären namens *HARIBO* steckte ich ihr unter dem Pult einen chinesischen Bleistift mit verzehrfertigem Radiergummi zu.

Am folgenden Tag hatte ich ein Briefmarkenalbum von Opa Adelbert im Tornister. Aneta war mit einer lila Schokoladenverpackung gekommen und mit dem Tausch einverstanden.

»Für drei Briefmarkenalben bekommst du eine Cola-Dose«, versprach sie. Ich musste nicht lange überlegen. Opa Adelbert war schon so lange tot, er hatte die Briefmarkensammlung, die sich Album auf Album im Keller türmte, sicher längst vergessen.

Nach und nach füllte sich mein Versteck in der Lok mit farbenfrohen Tütchen, Folien und Papieren, an denen der süße Duft von BRD klebte, dem Ort, der tatsächlich existierte.

4.

Aufbruch

Der goldene Herbst wehte herein. Die Störche zogen in die warmen Länder, und auch für mich war es Zeit geworden, die heimischen Gefilde zu verlassen. Aus Omas Schublade stahl ich ein großes weißes Taschentuch mit Spitzenborte. Das Erste, was ich hineinlegte, waren zwei Kartoffeln und eine Schachtel Streichhölzer, damit ich unterwegs ein Feuerchen machen konnte. Dann die Cola-Dose. Wenn in BRD, wie Aneta versicherte, wirklich jeder seine eigene Cola-Dose hatte, würde auch ich eine brauchen. Und schließlich das Wichtigste: die Papiere. Ich riss einige Seiten aus dem Goldenen Buch heraus, rollte sie und band sie mit einem Stück Faden aus meinem Rock zusammen. Das fertige Wanderbündel knotete ich um einen zerbrochenen Besenstiel, den ich hinter dem Hühnerstall gefunden hatte. Ich machte einige Probeschritte in dem engen Waggon. Mit einem Stock auf der Schulter ging es sich mühsamer als in Omas Stöckelschuhen, aber das würde mich nicht von meinem Plan abhalten. BRD, das Land, wo Gummibärchen an Sträuchern wuchsen und die Straßen mit weißer Schokolade gepflastert waren, wartete darauf, von mir entdeckt zu werden.

Am nächsten Morgen ging ich nicht in die Schule,

sondern kletterte in die Lokomotive und wartete ab, bis alle Kinder mit ihren rappelnden Tornistern vorbeigezogen waren. Im Fensterrahmen saß eine Meise und glättete sich mit dem Schnabel die Federn, und auch ich hatte mich schick gemacht. Eine Kette und ein Armband aus getrockneten Vogelbeeren schmückten mich für den feierlichen Einzug in BRD. Mein Schulbrot aß ich schon in der Lokomotive, um mich für den Aufbruch zu stärken. Ich benetzte den Finger mit Speichel, um die Windrichtung zu bestimmen. Die Leute sagten, der Wind wehe »von Russland« oder »von Frankreich«. Diesmal – ich spürte es deutlich – wehte er »von BRD«. Nachdem ich einen letzten Blick auf den Birkenhain geworfen hatte, marschierte ich wohlgemut los, Richtung Bahnhof.

Ich strolchte an den Gleisen des Güterbahnhofs entlang, als mir jemand von hinten auf die Schulter tippte.

»Wohin des Weges? Sollten wir nicht in der Schule sein?«

Der Störenfried war ein kugelrunder Polizist mit Zahnbürstenschnurrbart.

»Es ist nicht, wie Sie denken«, beeilte ich mich zu sagen, »ich habe verschlafen, sonst nichts.«

Der Polizist sah mich prüfend an.

»Und dann schlendern wir hier in aller Ruhe herum, ja?«

Ich nickte brav, doch meine Beine zitterten allzu verräterisch.

»Bummelantin!«, schrie der Polizist. Ich umklammerte mit beiden Händen meinen Stock, bis das Geschimpfe in einen knorpeligen Hustenanfall überging. »Und was haben wir da im Beutelchen? Hmm?«

Widerwillig löste ich den Knoten des Bündels und

lieferte meinen Schatz dem zuckenden Auge des Polizisten aus, der sich sofort nach meiner Dose bückte.

»Soso«, brummte er, die Dose beäugend wie einen seltenen Edelstein. »Pass mal auf! Du gibst dem netten Polizisten diese schöne Dose hier, gehst brav in die Schule, und wir vergessen die Sache.«

O nein. »Die Dose kann ich dem Herrn leider nicht geben, die brauche ich selbst. Ich gehe nämlich nach BRD«, sprudelte es aus mir heraus. Der Polizist glotzte mich mit offenem Mund an, als begreife er den Sinn meiner Worte nicht.

»Eine Fahnenflüchtige also!«, brüllte er in frisch entfachtem Zorn. »Na warte! Wenn ich das deinen Eltern erzähle!«

»Aber meine Eltern sind beide tot«, log ich, während ich beschämt die Schuhspitze durch den Staub zog. Meine Cola-Dose würde ich um keinen Preis hergeben.

»Das ist ja hochinteressant«, sagte der Polizist. »In diesem Fall muss ich dich wohl zurück ins Waisenhaus bringen.«

Ich schluckte. Nur ein Gebäude jagte mir mehr Angst ein als das Spital. Zwar hatte ich noch nie ein Waisenhaus von innen gesehen, aber man erzählte sich, dass die Kinder dort immerzu weinten, weil sich außer den Ratten, die an ihren rostigen Bettchen nagten, niemand für sie interessierte. Was hatte ich bloß angerichtet? Hatte ich mit meiner leichtsinnigen Schwindelei meine Familie, Omas Garten und ein behütetes Zuhause verspielt? Ich spürte, wie die Verzweiflung in mir hochstieg und mein altes Laster sich wieder Bahn brechen wollte; ich stand kurz davor, meinen nächsten Tod vorzutäuschen. Schon ging ich in die Knie und mein Atmen in ein Röcheln über, als ein Rattern und

Knattern in die Morgenstille brach. Aus dem milchig-goldenen Dunst tauchte ein rotes Moped auf, und das Nächste, was ich sah, war die schwarze Turmfrisur meiner Oma.

»Ich kriege die Weißglut!«, rief sie, während sie ihr knisterndes Haarungetüm zurechtrückte. Um diese Uhrzeit war Oma bereits geschminkt wie für die Bühne. Zwei rote, unnatürlich spitze Bögen krönten ihre Oberlippe.

»Kennen Sie das Mädchen, schöne Frau?«, fragte der Polizist, nachdem er demütig seine Mütze abgenommen hatte.

»Natürlich, das ist meine Enkelin!«, entgegnete Oma keck.

»Aha. Und Sie wussten, dass sie nicht in der Schule ist?«

»Die Alte vom Kiosk hat sie gesehen und mir Bescheid gesagt.« Dann wandte sich Oma mir zu. »Was hast du hier verloren? Warum bist du nicht im Unterricht?«

Bevor ich mir eine Antwort ausdenken konnte, platzte der Polizist mit der Wahrheit heraus:

»Weil sie in die BRD wandern will! Alleine!«, und er ließ ein polterndes Lachen hören. Als Omas Blick auf das offene Wanderbündel fiel, begriff sie, dass der Polizist nicht mit ihr gescherzt hatte.

»Was? Ins *rajch* wollte sie marschieren!?? Mit einem Besenstock!!?« Oma stimmte in das Gelächter des Polizisten mit ein. »Und wozu die Kartoffeln und der ganze Müll?«, fragte sie, während sie sich eine Träne aus dem Auge wischte.

»Das ist kein Müll«, rief ich empört. »Das sind meine Papiere. Die hab ich gegen Opas Briefmarken getauscht.

Und für die Cola-Dose habe ich mit drei Alben bezahlt.«

»Du hast WAS????«, schrien Oma und der Polizist gleichzeitig.

»Warte, bis die Eltern nach Hause kommen, Fräulein«, schimpfte Oma, während sie das Moped startete.

»Los, steig auf!«, befahl sie streng, und als ich Anstalten machte, mein Bündel aufzusammeln, blickte sie noch finsterer. Sogar den Besenstiel musste ich zurücklassen. Tränen, groß wie die Erbsen auf Omas Kleid, perlten im Fahrtwind von meinen Wangen. Der Traum von BRD war geplatzt wie Anetas Kaugummiblase, und das Einzige, woran ich mich klammern konnte, waren Omas wuchtige Hüften.

Ich kauerte schon zwei Stunden im Schatten des Hirschgeweihs, als der stechende Geruch von Omas chinesischer Migränesalbe ins Zimmer zog. Sie stellte das Tee-Tablett auf den Tisch, ließ sich in ihren Sessel sinken und schlug die Beine übereinander.

»Was hast du dir nur dabei gedacht?«, brach sie endlich ihr strafendes Schweigen. Aus Verzweiflung packte mich das Bedürfnis, ihr auf einen Schlag alles zu beichten. Ich erzählte ihr von dem Tag, an dem ich den Katalog im Keller entdeckt hatte, von Anias eckigem Hunde-Tornister, dem Schatz in der Vitrine und der Tauffeier, als ich unter dem Tisch herausfand, dass *Rausfahren* und BRD zusammenhingen.

Oma hatte die ganze Zeit aufmerksam zugehört, doch als ich fertig war, schüttelte sie lachend den Kopf.

»Wie dumm man doch ist als Kind! Im Katalog sieht doch immer alles schöner aus, als es in Wirklichkeit ist. Aber ich verstehe dich. Als ich ein junges Mädchen war, habe ich Zigarettenbildchen gesammelt. Da waren Filmstars drauf, was hab ich mir nicht alles dazu vorgestellt! Deinen Opa habe ich nur geheiratet, weil er aussah wie so ein hübscher *karlus* aus meinem Sammelalbum. Schrecklicher Fehler.«

Sie rührte ihren kalt gewordenen Tee so energisch, dass ein Orkan aus Fusseln durchs Glas wehte.

»Die Deutschen mögen Hasen aus Schokolade haben, aber saure Gurken und Graupenwurst gibt's nur bei uns. Schau dich nur um. Bei mir könnt ihr Äpfel, Birnen und Zwetschen vom Baum pflücken. Ein Leben wie im Paradies!«

»Aber in BRD ist es noch besser als im Paradies.«

»O nein, mein Kindchen. Die BRD ist nichts für dich. Für die Leute dort bist du nur ein armes Polenkind. Und später, da darfst du bei ihnen putzen, das ist alles, was du davon hast. Glaub mir, ich weiß, wovon ich rede.«

»Du weißt es?«, rief ich. »Bitte erzähl's mir!«

»Du lernst schon noch in der Schule, wie das mit den Deutschen war«, winkte Oma gereizt ab.

»Oma?«, versuchte ich es ein letztes Mal. »Warum gibt es bei uns eigentlich nicht so schönes Spielzeug wie in BRD?«

»Pah!«, schnaubte sie, schnellte aus ihrem Sessel und erklärte im Rausgehen: »Wozu hast du deine Fantasie? Meinst du, ich hatte Puppen, als ich klein war? Mit Tonklumpen haben wir gespielt!«

Oma versprach, meinen Eltern nichts von der Eskapade in den Westen zu erzählen. Ihre einzige Bedingung war, dass ich das Wort BRD nie wieder in den Mund nehmen würde. Ich willigte ein. Noch am selben Tag jagte Oma mit der Axt durch den Garten, um ein

Huhn für die Sonntagssuppe zu schlachten. Am Abend überraschte sie mich mit zwei Hühnerkrallen, die sie wie Marionetten auf dem Küchentisch tanzen ließ.

»Schau her. Wenn man an den Sehnen zieht, krampfen sie sich zusammen. Probier's mal. Und erzähl mir nicht, dass du je besseres Spielzeug gehabt hast.«

Damit hatte Oma leider recht. Ich war untröstlich. Bis Mops in mein Leben kam.

Papa hatte gehört, dass die Hündin eines Bauern aus dem Nachbardorf zehn Junge geworfen hatte. Jede Familie, die bereit war, ihm ein Hündchen abzunehmen, wurde mit einem Stück vom Schwein aus eigener Schlachtung belohnt. Froh, dass sich ihnen die Gelegenheit bot, kampflos ein Stück Fleisch zu ergattern, und in der Absicht, meiner Trübseligkeit ein Ende zu bereiten, holten meine Eltern sich die Blutwurst und den Welpen ins Haus.

Der Hund war ein Fellklötzchen auf vier abgebrannten Streichholzstümpfen. Wir nannten ihn Mops, denn er sah aus wie einer. Als Oma ihn ins Haus rennen sah, warf sie ihn sofort in die Badewanne. Ich rechnete mit dem Schlimmsten. Schließlich wusste ich, was mit Tieren passierte, die Oma ins Badezimmer trug. Jedes Jahr kurz vor Weihnachten ließ sie einen Karpfen in der Wanne schwimmen, den sie dann an Heiligabend unbarmherzig in Stücke hackte. Doch zu meiner Erleichterung begnügte sich Oma damit, Mops ausgiebig zu schamponieren, damit er nach grünem Apfel roch. Die Hoffnung auf ein lebendes Stofftier, das ich mit ins Bett nehmen konnte, platzte trotzdem noch am selben Tag. In einem unbeobachteten Moment war Mops in die Vorratskammer eingedrungen und hatte die gesamten Blutwurstvorräte aufgefressen. Oma hatte Pläne für ihn gehabt, winzige Lockenwickler wollte sie ihm ins Fell drehen, doch als sie das Desaster entdeckte, hatte er seine Chancen auf sozialen Aufstieg verspielt.

Oma hat Mops in den Garten vertrieben und ihn zu einem elenden Kläfferdasein verdammt. Draußen angekettet konnte er sich nützlich machen, indem er Selmas Kater von den Beeten fernhielt. Ich besuchte Mops jeden Tag hinter Gittern, weil wir Freunde und Leidensgenossen waren. Genau wie er hatte ich von der verbotenen Wurst gekostet und saß nun fest, für immer aller Möglichkeiten beraubt, das Leben zu führen, von dem ich träumte.

5.

Der silberne Stern

Am Morgen des 24. Dezember war frischer Schnee gefallen und hatte die Baumskelette in glitzernde Festgewänder gehüllt. Unser Weihnachtsbaum dagegen war nicht mehr als ein Stahlrohr, von dem ein paar mit grüner Plastikfolie umwickelte Drähte abstanden. Was er an Üppigkeit entbehrte, hatten wir mit bunten Christbaumkugeln, buckligen Wattewürstchen und Ketten aus Bastelpapier wettgemacht.

Alle Anstrengungen meiner Mutter, Orangen fürs Weihnachtsfest zu ergattern, waren dieses Jahr vergeblich geblieben. Außer ein paar Riegeln, die unter dem Namen »schokoladenähnliches Produkt« verkauft wurden, waren keine besonderen Leckerbissen unterm Baum zu erwarten. Doch das änderte nichts daran, dass seit dem frühen Morgen die herrlichsten Düfte aus der Küche drangen und verheißungsvoll durch alle Räume des Hauses zogen. Es roch nach geschmorten Pilzen, nach Nüssen, getrockneten Pflaumen, nach Kokosflocken und geriebenem Mohn.

Um fünf Uhr nachmittags wurde endlich der Tisch für *wigilia*, das Heiligabendmahl, gedeckt. Ich mochte die Tradition, für einen Unbekannten mitzudecken, der ein Bedürftiger sein mochte, ein Verschollener oder der Herr Jesus Christus. Aber am meisten liebte ich es, nach dem ersten Stern Ausschau zu halten. Erst wenn dieser am Himmel erschien, durfte die Familie sich an den Tisch setzen. Mama presste mich in meinen Ski-Anzug, in dem ich aussah wie eine Raupe aus dem All, und ich hüpfte erwartungsfroh nach draußen und atmete die Schneeluft ein. Weiße Felder, über die sich Strommasten spannten, der Birkenwald, die krummen Wege und kastenförmigen Häuser, alles schien in einem ewigen, friedlichen Schlummer zu liegen. Am Himmel war kein einziger Stern zu sehen, also suchte ich in der weißen Unendlichkeit nach Spuren von Vögeln und Tieren, denen man nachsagte, dass sie an Heiligabend die Sprache der Menschen sprachen. Da schüttelte ein widerspenstiger Ast Schnee über meiner Kapuze ab, und als ich nach oben sah, flogen in erhabener Langsamkeit neue, flauschige Flocken in mein vor Kälte spannendes Gesicht. In ihren lautlosen Tanz mischte sich ein leises, fernes Rauschen. Ich fing einzelne Flocken mit meiner Zunge auf. Dabei schien mir, als ob das Rauschen immer lauter würde. Durch den glitzernden Schnee stapfte ich zurück in Richtung Haustür. An manchen Abenden war eben kein Stern zu sehen, und wenn es noch so dunkel war. Plötzlich war Mops aus seiner Hütte gestürmt. Unruhig lief er auf und ab und rasselte mit den Ketten. Während das geheimnisvolle Rauschen immer lauter und störender wurde, näherte sich gleichsam ein helles, gelbes Licht. Bei dem Gedanken, es könnte sich um *ufoludki* handeln, die meist in stillen Nächten die Erde besuchten, wurde mir mulmig und bange. Doch zu meiner Erleichterung hörte ich durch den Schnee etwas knirschen, das wie Reifen klang. Ich lief zum Tor und verbarg mich hinter der alten Eiche. Gebannt beobachtete ich, wie vor dem Gartenzaun ein riesiges, schneeweißes Auto zum Stehen kam. Nie zuvor hatte ich ein solches Gefährt zu sehen bekommen. Es war schön wie ein Raumschiff. Sogleich fiel mein Blick auf einen dreiarmigen Stern, eingefasst von einem silbernen Ring, der vorn an der Motorhaube befestigt war. Hatte ich meinen Stern etwa schon gefunden?

Aus dem Auto stieg nun ein groß gewachsener Mann. Er trug eine Lederjacke und zündete sich eine Zigarette an. Erst jetzt erkannte ich, wer es war.

»Onkel Marek«, flüsterte ich ungläubig, bevor ich mit offenen Armen auf ihn zurannte.

»Ola!«, rief er freudig, hob mich hoch und drückte mich an sich, wie er es früher immer gemacht hatte. Aber irgendetwas war anders. Bald kam ich darauf, was fehlte: Er hatte sich tatsächlich den Schnurrbart abrasiert.

Im Fenster zum Tor drängten sich bereits die Köpfe von Mama, Papa und Oma. Es dauerte nicht lange, bis alle vor der Tür standen und O-förmige Münder zwischen ihren Händen machten.

»Nein, das gibt es doch nicht«, rief Papa.

»Was für eine Überraschung! Wir dachten, wir sehen dich nie wieder«, quiekte Mama.

Oma sagte nichts. Sie hatte die Arme über der Brust verschränkt und schaute gleichsam beleidigt und amüsiert, bevor sie Onkel Marek an sich drückte.

»Was ist denn das für eine komische Hose?«, ratterte sie los. »Kannst du dir nichts Schickes anziehen, wenn du an Heiligabend bei deiner Mutter einkehrst?«

»Aber im *rajch* ist das der letzte Schrei!«, rechtfertigte sich Onkel Marek. Oma schüttelte ihren toupierten Kopf. »Du siehst aus, als wärst du in einen Betonmischer gefallen«, spottete sie.

Nach dem Essen erzählte uns Onkel Marek sofort allerlei Interessantes aus seinem Leben als »Aussiedler«. Staunend ließen wir uns berichten, dass in BRD niemand einen Schnurrbart, dafür aber jeder ein Telefon hatte. »In *Dojczland* nennt man mich übrigens Markus«, warf Onkel ein.

»Markus-Schmarkus!«, fuhr Oma ihm ins Wort. »Und darauf bist du stolz? Hast du mir denn wenigstens Rosinen mitgebracht?«

»Nicht nur Rosinen«, entgegnete Onkel Marek mit wissend hochgezogenem Mundwinkel. »Wenn ihr dann mal bitte alle in die Küche gehen würdet, bis das Christkind mit dem Glöckchen klingelt?«

»Was für ein Theater«, keifte Oma, und wir folgten ihr an den Küchentisch. Ich war so aufgeregt, dass ich nicht lange stillsitzen konnte. Das Ohr an die Tür gepresst, lauschte ich auf das Geraschel des Christkinds. Immer wieder hörte ich etwas Schweres auf den Boden plumpsen und ein Geräusch, als würde eine Kartoffel-Lawine heranrollen. Als ich es vor Spannung kaum noch aushielt, klingelte endlich das Glöckchen.

Mama hatte als Erste die Küche verlassen und trat zögernd ins Wohnzimmer, wo Onkel Marek stramm und erhaben wie der Weihnachtsmann persönlich im Sessel thronte und auf die darbenden Kinderchen blickte, die da furchtsam im Türrahmen standen.

»Paweł, hol die Kamera!«, rief Mama, als sie den Weihnachtsbaum erblickte. »Das glaubt uns sonst keiner.«

Ihr dicht auf den Fersen näherte ich mich dem funkelnden Hügel, aus dem der Baum in der Zimmerecke herausragte. In schimmernder, üppiger Pracht häuften sich hier glänzende Päckchen, aus denen allerlei Tafeln, Röllchen und Tüten hervorlugten. Erst als Onkel Marek uns ermunternd zunickte, ließen wir uns am Fuße des Schatzberges nieder. Woraus der bestand! Zunächst fischte ich aus der Fülle märchenhaft verpackter Süßigkeiten eine Ananas heraus. Ich reichte sie meiner Mutter, als wäre sie aus Kristall. Die Ananas war nicht die einzige Frucht unter dem Baum. Ich begegnete einer Kokosnuss sowie Bananen, die ich bislang nur von Kannibalenröcken in Bilderbüchern kannte. Was die graubraunen, haarigen Bällchen waren, wusste ich nicht, und auch Orangen-Babys hatte ich noch nie zuvor gesehen.

»Diese haarigen Kartoffeln heißen Kiwis«, erklärte Onkel Marek. »Und das sind keine Orangen-Babys, sondern Mandarinen. Die sind von Natur aus so klein, und ihre Schale ist so weich, dass man sie mit den Fingern schälen kann.«

Mein Entzücken wuchs weiter, als ich Kaugummis in Form bunter Kügelchen entdeckte, die man aus einem riesigen Tablettenblister herausdrücken musste. Gierig zählte ich die Gummibärchentüten ringsum. Mit den Verpackungen würde ich nicht nur Opas Briefmarkensammlung zurückkaufen können.

»Und was ist das?« Ich hielt eine Papptafel mit Weihnachtsmotiv hoch, in die Kästchen eingestanzt waren, nummeriert von 1 bis 24.

»Schokolade«, antwortete Onkel Marek. »Ich weiß auch nicht, warum man sie in Dojczland so umständlich verpackt.«

Oma, die die ganze Zeit skeptisch im Türrahmen gestanden hatte, hob neugierig das Kinn, als Onkel einen Extra-Sack hinter dem Sessel hervorholte. Daraus zog er zunächst ein Körbchen heraus, in dem verschiedene Kosmetikfläschchen, Flakons und Seifen zu einem hübschen Bouquet arrangiert waren. Als er das Körbchen Oma überreichte, konnte sie wider Willen ein glückseliges Lächeln nicht unterdrücken, und ihre Augen funkelten heiter, als sie sich daranmachte, ihre neuen Pflegeprodukte zu beschnuppern.

Für Mama zog Onkel Marek ein Paar wildlederner Stiefel aus dem Sack. »Größe 42«, teilte er Mama mit, deren Sicht hinter dem Freudentränenschleier zu verschwimmen schien.

Papa bekam eine digitale Armbanduhr mit eingebautem Taschenrechner, der sich mit einer stumpfen Kugelschreiberspitze bedienen ließ. Für Tomek hatte Onkel eine Zauberlampe dabei, die sich im Dunkeln drehte und dabei Sterne und Tiere an die Wände warf, und mir wurde eine herrliche Puppe überreicht, die deutsche Lieder sang, wenn man ihr kleine Schallplatten in den Hintern schob.

An diesem Abend wurden noch viele Fotos gemacht, mit der Ananas in unserer Mitte, bevor sie als westliche Trophäe hinter Vitrinenglas kam.

Von Papa hörten wir in den nächsten Tagen so gut wie nichts mehr. Er hatte sich im Hühnerstall eingeschlossen, um mit seiner geheimnisvollen Armbanduhr allein sein zu können. Mama begnügte sich damit, ihre neuen Stiefel an- und auszuziehen, wie um sich zu vergewissern, dass es wirklich ihre Füße waren, die da so mühelos hineinrutschten. Oma genoss ihre Kosmetik singend im Bad. Und ich dankte dem Stern, der mir am Weihnachtsabend erschienen war. Ich würde ihm folgen, denn er führte nach BRD.

6.

Das Vermächtnis des senfgelben Winzlings

Draußen tobte ein heftiger Schneesturm. Sie hatten wieder den Strom abgestellt. Während Oma sich mit ihren Freundinnen beim Skat-Spiel vergnügte, saßen meine Eltern mit Onkel Marek im flackernden Schein der Petroleumlampe und löffelten heißen *żurek*, eine Suppe aus vergorenem Roggenschrot. Ich saß mausestill unter dem Küchentisch und belauschte aufmerksam das Erwachsenengespräch.

»Was gibt es Neues im Land?«, fragte Onkel Marek.

»Ach ... die alte Armut«, entgegnete mein Vater müde.

»Von einem Tag auf den anderen kostet die Butter das Zehnfache«, seufzte Mama. »Wir könnten mit den Geldscheinen genauso gut heizen.«

»Habt ihr schon mit dem Gedanken gespielt, rauszufahren?«, fragte Onkel Marek.

»Unsinn«, entgegnete Mama. »Flucht kann doch keine Lösung sein. Einem echten Polen fällt noch in der größten Not etwas ein.«

»Sicher«, lachte Onkel Marek. »Ihr könntet den Wert eures Geldes erhöhen, indem ihr Löcher in die Münzen bohrt und sie auf dem Markt als Knöpfe verkauft.« Meine Eltern schwiegen betreten. »Ihr solltet rausfahren. Ich meine es ernst.«

»Das kommt gar nicht in Frage«, protestierte Papa. »Wir haben gerade erst alle Zimmer neu gestrichen! Und wo sollten wir in Deutschland überhaupt wohnen? Zu viert in einem Pappkarton?«

»Aber nein«, sagte Onkel Marek ruhig. »Deutschland ist ein reiches Land. Sie geben euch eine Wohnung für den Übergang, und irgendeine Arbeit werdet ihr auch finden.«

»Ich weiß nicht, Marek«, sagte Mama. »Paweł hat recht. Wir haben gerade renoviert …«

»Die Farbe ist in einem halben Jahr wieder abgebröckelt«, erwiderte Onkel Marek. »Wenn ihr euch schon selbst nicht helfen wollt, dann denkt wenigstens an Ola und Tomek. In Polen haben die Kinder doch keine Zukunft.«

Endlich sah ich meinen Moment gekommen.

»Ich will Zukunft!«, brüllte ich unbeherrscht und sprang unter dem Tisch hervor. »Und Gummibärchen!« Meine Eltern sahen mich erstaunt an, während Onkel Marek leise applaudierte. »Wenn wir rausfahren, werde ich immer brav sein!«, brüllte ich weiter. »Versprochen. Wir müssen nach BRD. Bitte, bitte, bitte! Ich mache alles, was ihr wollt.« Erwartungsvoll blickte ich in die besorgten Gesichter meiner Eltern.

In dem Moment klopfte es an der Tür. »Mal sehen«, murmelte Mama hastig. »Das wird Oma sein. Nimm die Taschenlampe und mach ihr auf.« Bevor ich erhitzt aus der Küche stürmte, hörte ich Onkel Marek noch sagen: »Ihr müsst bald eine Entscheidung treffen. Ich kann euch mitnehmen, wenn ich zurückfahre.«

Kurz nach Silvester hatten meine Eltern sich entschieden. Wir würden für immer in Polen bleiben. Onkel

Marek fuhr in seinem weißen Mercedes zurück nach Deutschland, und ich tat, was alle Menschen am äußersten Rand der Verzweiflung tun: Ich nahm Zuflucht zur Religion. Tante Selma war der Ansicht, dass es viel unkomplizierter war, in den Himmel zu kommen als in die BRD. Wenn man starb, ließen die Engel einfach eine Strickleiter herunter, an der man hochklettern konnte. Der Eingang zum Himmel war ein goldenes Tor, das sich an Ostern öffnete und jedes Mal, wenn es blitzte. Zudem waren außer einem katholischen Taufschein keine weiteren Papiere nötig. Ich glaubte Selma jedes Wort, denn sie schien mit dem Herrgott auf Du und Du zu stehen. Trotzdem betete ich lieber zur Jungfrau Maria. Im Gegensatz zum Herrgott hatte diese ein feines, gutmütiges Gesicht, und mir gefiel, wie das Gewand verschlungene Falten um ihre zierlichen Füße schlug. Über Monate flehte ich sie an, dass meine Eltern es sich noch anders überlegen mögen. Vom vielen Rosenkranzwälzen hatte ich ganz wunde Fingerkuppen bekommen, und ich ging so oft in die Kirche, dass sie vom Weihwasser zusätzlich schrumpelig waren. Als ich Tante Selma eines Tages verriet, wofür ich so inbrünstig betete, erzählte sie mir in drohendem Ton, dass der Papst persönlich die Polen gebeten habe, ihre Heimat nicht zu verlassen. Langsam regten sich Zweifel in mir. Wenn Gott nur mein Bestes wollte, wie konnte er mich dann so unglücklich machen? Angeblich war er überall, aber niemandem war es je gelungen, ihn beispielsweise in einem Gewürzfach oder einem Verbandkasten zu erwischen. Vielleicht war er nur ein betrügerischer Opa, der sich als Zauberer von Oz ausgab. Vielleicht tat er auf seiner dicken Wolke sitzend nichts anderes, als gemütlich Pfeife zu rauchen, wie die Raupe aus

»Alice im Wunderland«. Enttäuscht wandte ich mich von ihm ab.

Doch kaum hatte ich der Religion abgeschworen, erreichte uns ein Brief von Onkel Marek.

Nach reiflicher Überlegung habe ich beschlossen, Euch meinen alten Fiat zu überlassen. Es ist nur eine Bedingung daran geknüpft: Ihr müsst mich noch dieses Jahr in Dojczland besuchen.

Ein *Fiat Polski*, den der Volksmund *maluch* nannte – Winzling –, war ein lächerlich kleines Auto, das man durch Schieben zum Laufen brachte und dessen Bremsen am besten funktionierten, wenn man ihn sanft gegen einen Baum fuhr. So ein Auto war der Traum von vielen, aber nur wenigen wurde das Glück zuteil. Auf seinen eigenen *maluch* wartete mein Vater schon seit sieben Jahren. Was blieb meinen Eltern also anderes übrig, als Mareks Angebot anzunehmen?

»Zum Herbst hin fahren wir in den Westen«, sagte Papa, nachdem er stolz in den senfgelben Fiat geklettert war. Er saß wie angegossen.

Nach diesem wunderbaren Vorfall kehrte mein Glaube schneller wieder, als ich ihn verloren hatte. Der August 1989 stand rot eingekreist im Kalender. Über Nacht war die fiebrig ersehnte Reise ins verheißungsvolle BRD-Land zur Gewissheit geworden. Um Bestechungsgeld für die Ausstellung der Reisepässe aufzutreiben, hatte Mama ihren langen Zopf abgeschnitten und ihn an einen Krakauer Perückenmacher verkauft. Zum Preis von zwei Monatsgehältern erwarb Papa im Touristenladen Pewex zwei rosarote Kinder-Jogginganzüge mit Micky Maus vorne drauf. Doch anziehen durften wir sie nicht einmal in die Kirche. Diese unwirklich schöne Kleidung sollte allein auf deutschen Straßen betören.

In der Nacht vor unserer Abreise starrte ich auf die weichen Konturen der sauber gefalteten Jogginganzüge, die auf dem Stuhl bereitlagen. In wenigen Stunden, noch vor Sonnenaufgang, würden Tomek und ich sie zum ersten Mal anziehen. Zwei Wochen in Deutschland wären genug, hatte Mama gesagt. Aber wenn es uns dort wirklich gefiele, würden wir bleiben. Vielleicht für immer. Pst. Kein Wort zu niemandem. Es ist ein Geheimnis. An der Decke, im bernsteinfarbenen Licht der Straßenlaternen, tanzten die Schatten meiner polnischen Kindheit. Die Silhouetten zweier Mädchen, die ein langes Gummiband zwischen ihren Beinen aufspannten, während ein drittes Muster in das Band hüpfte. Keines dieser Mädchen war ich. Buntstiftgestrichelt sah ich Leon durch die Osterglocken huschen und Mops, der eine Wurstkette hinter sich herzog, Krankenschwestern mit Spritzen, dick wie Abflussrohre, Maria voll der Gnaden und die Strahlen aus Jesu Herz. Omas Haartürme wie Pappeln im Wind wiegend, ein ewiges Rauschen, und das Geplapper der Siedlungskinder, jedes ein Pferdchen auf dem Karussell, das sich immer schneller drehte, bis der Schlaf über mich kam.

Am nächsten Morgen schlichen wir uns leise aus dem Kastenhaus und pressten uns in das winzige Auto, zwischen Koffer und berstende Plastiktüten. Über der Erde schwebte gelber, milchiger Dunst. Nur der Hund war Zeuge, als Papa das Tor hinter sich schloss.

So rollten wir heimlich dahin, über Schlaglöcher und schiefe Betonplatten, vorbei an Schloten und Birkenhainen, während unsere Köpfe gegen das Dach des Wagens schlugen.

7.

Der Fluch der Klo-Hexe

Seit unser Dorf im Rückspiegel verschwunden war, hatte niemand ein Wort gesprochen. Tomek, der mit seinen drei Jahren zu klein war, um zu begreifen, warum Mama ihn um sechs Uhr morgens geweckt und in einen rosafarbenen Jogginganzug gesteckt hatte, schlief seelenruhig auf dem Rücksitz. Dass die Schlaglöcher in den vorbeiziehenden Ortschaften ihn alle paar Sekunden hochfliegen ließen, störte ihn wenig. Ich selbst war viel zu aufgeregt, um ein Auge zuzutun. Tausend Kilometer! Das war für mich eine unvorstellbare Entfernung. Als wir gegen Mittag auf die uneben geflickten Betonplatten rollten und zu beiden Seiten nur noch Kieferwälder zu sehen waren, brach das Knacken einer Dose endlich das Schweigen. Feierlich reichte Mama gesalzene Erdnüsse nach hinten.

»Zeit, sich an den westlichen Luxus zu gewöhnen«, erklärte sie. Mit gieriger Hand wühlte ich durch die Nüsse.

»Stopp!« Mama klopfte mir zügelnd auf die Finger. »Nur drei Nüsschen, für den Geschmack!«

»Was soll das heißen, wir müssen uns an den Luxus gewöhnen?«, knurrte Papa. »Ich muss mich an überhaupt nichts gewöhnen. Wir bleiben zwei Wochen in Deutschland. Dann fahren wir wieder heim.«

»Aber das können wir doch noch gar nicht wissen«, sagte Mama.

»Und ob wir das wissen können!«

Mama drehte mir den Kopf zu, schürzte die Lippen und ließ ihre großen Augen kullern.

»Marek ist schon zwei Jahre in Deutschland. Wenn es dort keine Chancen für uns gäbe, hätte er uns gar nicht eingeladen. Außerdem –«

»Ach was. Dieser Schlawiner!«, fuhr Papa unwirsch dazwischen. »Dem fehlt doch nur jemand, mit dem er Polnisch sprechen kann. Ihr werdet schon sehen, das wird alles überhaupt nicht funktionieren. Spart euch die Vorfreude. Zwei Wochen, und keinen Tag länger!«

Das waren Papas letzte Worte, bevor die Gläser seiner Brille sich verdunkelten und er die Hände noch fester ums Lenkrad krampfte.

Nach sieben Stunden Fahrt zwangen uns Sitzmüdigkeit, Hunger und Tomeks volle Windel, am nächsten Rastplatz haltzumachen. An diesem öden, eigenartig menschenleeren Ort gab es eine Tankstelle, die wie vergessenes Blechspielzeug vor sich hin rostete, und daneben ein längliches WC-Häuschen von blassem Braun. Um das Häuschen lief eine kleine, bucklige Gestalt, die einen Schweif aus flatterndem Klopapier hinter sich herzog.

Mama stieg aus, eine trockene Stoffwindel unters Kinn geklemmt, und ging mit Tomek auf dem Arm zu den Sanitäranlagen, während Papa und ich unsere Schinkenbrote auspackten. Zehn Minuten später war Mama wieder auf dem Weg zum Auto, doch offenbar merkte sie nicht, dass die seltsame Frauengestalt ihr auf den Fersen war.

»Bleib stehen, du hast nicht bezahlt!«, krächzte das Weiblein aus Leibeskräften.

Mama gab ihr zu verstehen, dass sie kein Geld bei sich hatte, indem sie die Innentaschen ihres Jäckchens nach außen stülpte. Als die Frau uns entdeckte, humpelte sie breitbeinig auf uns zu und bückte sich zum heruntergekurbelten Fenster hinab.

»Deine Frau hat das Klopapier nicht bezahlt!«, klackerte sie schaurig. Papa sah sie ratlos an. »Hast du wenigstens einen Schluck Kaffee für mich?«

Die nackten Arme der Frau, die von viel zu breiten Schultern herabhingen, erinnerten an verdorrte Äste. Sie trug einen schmutzigen Hausfrauenkittel, unter dem zwei geringelte Strümpfe hervorschauten. Von ihren langen grauen Haaren stand ein dünnes Zöpfchen ab, das von einem Geschenkband zusammengehalten wurde. Mein Vater schraubte den Deckel der Thermoskanne ab und goss ihr dampfenden Kaffee ein, währenddessen sie ungeduldig die spitzen Füße wie eine Schere auf- und zuschnappen ließ.

»Haben Sie Hunger? Darf ich Ihnen etwas zu essen anbieten?«, fragte Mama freundlich. Lautlos schmatzend ließ die Alte den Blick über die Rückbank streifen. Ein Schauer kroch mir über den Rücken. Ich drückte mein Brüderlein schützend an mich, während ich überlegte, ob unsere dünnen Finger der Hexe überhaupt schmecken würden.

»Brot … *mnjam, mnjam*, ja, das nehme ich gern«, sagte sie nur.

Ich atmete auf. Natürlich war das nicht die *babajaga*, denn die hauste in russischen Wäldern, in einer Hütte auf Hühnerfüßen. Und die polnische *wiedźma* wohnte auch nicht in Toilettenhäuschen, sondern am Moor, in hohlen, knorrigen Weiden. Diese Alte, die ihre schlechten Zähne in ein Schinkenbrot grub, war eine ganz gewöhnliche Klo-Hexe.

»Ihr wollt wohl in den Westen, was?«, fragte sie und reckte neugierig den Hals, als sie ein weiteres Auto auf dem Parkplatz halten sah. »Hört auf mich«, fauchte sie ins Innere des Fiats. »Kehrt besser um!«

»Warum?«, fragte Mama. In ihrem freundlichen Lächeln lag eine Spur von Verunsicherung.

»Eeech!«, krächzte die Alte und machte eine wegwerfende Handbewegung. Das Geschenkband in ihren Haaren knisterte im aufziehenden Wind. »Der Mensch soll bleiben, wo er hingehört. An der Grenze werden sie euch sowieso alles abnehmen. Gebt euer Geld lieber mir. Helft einer armen Frau.«

Eine dunkle Wolke hatte sich unheilvoll über die blasse Sonne geschoben. Mama schaute hilfesuchend zu Papa hinüber, der angestrengt der bitteren Rede des Weibleins lauschte.

»Bitte haben Sie Verständnis. Wir haben noch einen weiten Weg vor uns«, entschuldigte sie sich dann.

Wie aufgescheucht flatterte ein Schwarm von Vögeln über das Toilettenhäuschen hinweg, als die Klo-Hexe wütend zu schnauben begann.

»Ihr wollt mir nicht für meine Warnung danken? Ihr glaubt, ich gebe jedem einen guten Rat?«, krächzte sie in furchterregend hohen Tönen. Vor dem Häuschen kippte geräuschvoll ein metallener Mülleimer um, dessen Inhalt der Wind nun in unsere Richtung wehte.

»Ich verfluche euch!«, brüllte die Klo-Hexe. »Keine hundert Kilometer soll euer Winzling rollen!«

Mit einem Satz war Mama ins Auto gesprungen.

»Fahr!«, befahl sie Papa, und aus der Sicherheit hinter der Scheibe, aber doch mit gehörigem Schrecken in den Knochen sahen wir zu, wie die mit Fäusten drohende, umherspringende Hexe immer kleiner und der Himmel über ihr immer dunkler wurde.

»Schlechtes Omen«, sagte Papa. »Wenn euch das gerade nicht zu denken gegeben hat, dann weiß ich auch nicht.«

»Seit wann bist du denn abergläubisch?«, fragte Mama lachend.

»Ich bin nicht abergläubisch!«, wehrte sich Papa, sagte ihm doch jeder nach, dass er ein Mann der Vernunft war.

»Und warum wühlt dich der Fluch dieser Alten dann so auf?«

»Ach was! Fluch ... Ich hab doch keine Angst vor solchem Blödsinn. Und jetzt seid bitte wieder ruhig. Ich muss mich auf den Verkehr konzentrieren.«

Eine furchtbare Ahnung beschlich mich. War es möglich, dass ich den Fluch der Klo-Hexe selbst herbeigeführt hatte, indem ich für etwas betete, das verboten war? Vielleicht wollte Gott mir auf dieser Fahrt eine Lektion erteilen, mich für meinen Hochmut bestrafen und dafür, dass ich kurzzeitig vom Glauben abgefallen war.

Der Himmel hatte die Farbe von Rührei angenommen, als die Abstände zwischen den Autos immer enger wurden. Es war vier Uhr am Nachmittag.

»Gleich sind wir an der DDR-Grenze«, sagte Papa. Ich drückte die Nase ans Fenster und sah zu, wie Lastwagen und andere polnische Fiats zu langen Schlangen zusammenrückten.

»Wie vor dem Lebensmittelladen!«, stöhnte Mama. »Aber viel aufregender, nicht wahr?«

Nach fast zwei Stunden, in denen wir nur meterweise vorangekommen waren, tauchte am Horizont plötzlich etwas auf, das wie eine riesengroße Tankstelle aussah.

»Endlich«, hörte ich Mama seufzen, als das Licht viereckiger Scheinwerfer uns kalt in die Augen strahlte.

Die Grenze bestand aus vielen kleinen Buden unter einer Überdachung aus Wellblech. Ich erblickte Soldaten, die mit Gewehren über der Schulter hin und her schritten. Je näher wir der Kontrolle kamen, desto banger wurde mir. Ein uniformierter Mann mit Taschenlampe öffnete unseren Kofferraum und leuchtete überall hinein.

Am nächsten Büdchen musste Papa unsere Pässe vorzeigen. Der Mann glich die Fotos so lange mit unseren käsigen Gesichtern ab, bis wir uns vor Schreck selbst nicht mehr ähnlich sahen. Doch dann winkte er uns durch. Niemand hatte die Absicht, uns aufzuhalten. Niemand hatte auf uns geschossen. Wir waren in der DDR.

Hinter der Grenze war alles anders, sogar der Himmel. Die Abendsonne hatte glühendes Gold ausgegossen, und zu beiden Seiten der Betonplattenstraße erstreckte sich die Unendlichkeit vorbeifliegender Felder. Statt Schinkenbrot reichte Mama wieder Erdnüsse nach hinten. Es gab nur einen, der keine Erleichterung darüber zeigte, die erste Schwelle überschritten zu haben, und das war diesmal nicht mein Vater, sondern der senfgelbe Winzling. Wie von der Klo-Hexe herbeigeflucht, holperte der Fiat wie ein sturer Bock über die Betonplatten, grummelte und brummte, keuchte und stöhnte, ächzte und röchelte, ganz so, als stünden ihm seine letzten Atemzüge bevor. Immer wieder änderte er ohne Vorwarnung die Fahrtgeschwindigkeit und versetzte dabei unsere Innereien in Aufruhr.

Papa hielt an einem Platz am Waldrand, wo zwei Betontische standen. Einer von ihnen ragte schief aus der Erde, jemand hatte die Sitzbänke herausgerissen.

»Hab ich es nicht gleich gesagt?«, erregte sich Papa. »Wir hätten die Alte ernst nehmen sollen!« Er stieg aus dem Auto und schlug die Hände über dem Kopf zusammen.

»Das ist nur ein blöder Zufall«, versuchte Mama ihn zu beruhigen. »So etwas kann doch auf einer langen Strecke immer passieren«, doch in ihrer Stimme schwang so viel Sorge mit, dass Papa nur nervöser wurde. Ich blieb schuldbewusst im Auto sitzen und versuchte den Gedanken zu verdrängen, dass unsere Reise hier schon vorbei sein könnte.

»Raus mit euch, Kinder«, sagte Mama. »Solange Papa den *maluch* repariert, können wir eine Kleinigkeit essen.«

Ich rutschte auf die Bank des heilen Tisches und ließ mir von Mama aus der dampfenden Thermoskanne Tee mit Gummiaroma einschenken.

»Bis ich herausgefunden habe, was mit dem Wagen nicht stimmt, wird es dunkel und kalt sein, und wir werden alle erfrieren!«, jammerte Papa, während er um den Fiat kreiste wie eine aufgezogene Spielzeugmaus.

»Beruhige dich, Paweł«, versuchte Mama es abermals. »Vielleicht sollten wir einfach Hilfe herbeiwinken.«

»Was?«, schrie Papa. »Wir sind in der DDR. Die verstehen hier kein Wort von dem, was wir sagen.«

»Aber Russisch können die doch auch«, wandte Mama ein.

Bevor Papa etwas erwidern konnte, näherte sich uns ein Auto mit polnischem Kennzeichen, weiße Zahlen und Buchstaben auf einer schwarzen Tafel. Der braune *Polonez* kam in geringer Entfernung neben dem kaputten Betontisch zum Stehen.

»Das gibt's ja nicht«, rief Mama entzückt. »Polen! Die hat der Himmel geschickt.«

»Jaja, der Himmel«, knurrte Papa. »Sag mir, wie die uns helfen sollen. Wenn ich den Wagen nicht repariert bekomme, schaffen die es auch nicht.«

Während Mama und Papa darüber stritten, wer ihnen helfen konnte und wer nicht, war ein Paar aus dem Auto gestiegen und kam mit Thermosflaschen in den Händen auf uns zu. Offenbar waren sie Reisende wie wir.

»Guten Abend«, sagte die Frau herzlich krächzend. »Können wir auch sitzen hier?« Mit ihrer blonden Glasfaserlampenfrisur und der spitzen langen Nase, die sich mit einem herben Grinsen kreuzte, hatte sie etwas von einem ausgestorbenen Vogel. Sie trug einen pinken Pullover mit Fledermausärmeln, die mit goldenen Nieten bestückt waren.

»Wir bitten darum. Bitte setzen Sie sich. Bitte schön«, sagte Mama mit der ihr eigenen übertriebenen Höflichkeit.

»Ich bin Dorota. Ogórkowa«, stellte die Frau sich vor. »Und das ist Damian, mein Mann.«

Herr Ogórek war lang und schmal wie die Gurke, nach der er benannt war. Sein Gesicht konnte ich erst sehen, als ich den Kopf in den Nacken legte. Dort, unter einem Getümmel üppiger Locken, versteckten sich zwei riesige Augäpfel hinter trägen, faltigen Lidern.

»Fahren Sie auch nach Deutschland rüber?«, fragte Herr Ogórek, wobei in seinem Mund mehrere Goldzähne sichtbar wurden.

»Ja. Aber wir machen nur Urlaub«, entgegnete Papa und warf Mama einen warnenden Blick zu. »Und Sie?«

»Machen wir Geschäfte«, kicherte Frau Ogórkowa. »Zigarettchen?« Sie streckte meinen Eltern eine gelbe Schachtel hin, auf der ein Kamel abgebildet war.

Mama winkte abwehrend.

»Wir rauchen nicht. Danke.«

»Dann vielleicht einen Drrrrink?«, trällerte Frau Ogórkowa und schüttelte ihre Thermosflasche, in der hörbar Eiswürfel rappelten. Mama zog die Schultern hoch wie ein schreckhaftes Kind.

»Wir … wir trinken keinen Alkohol, wenn wir fahren«, erklärte sie mit einem nervösen Lachen. Frau Ogórkowa runzelte lange die Stirn, dann machte sie »Aaaaah!«, als dämmerte ihr endlich, dass sie einen Sonderling vor sich hatte.

»Rauchen ist super in Westen, sag ich dir. Darf ich doch du zu dir sagen?« Spitz blies Frau Ogórkowa den Rauch an meiner Mutter vorbei.

»Natürlich«, sagte Mama gepresst. »Woher seid ihr?«, fragte sie, um das Gespräch zu retten.

»Bytom«, entgegnete Herr Ogórek.

»Oooh, eine wunderschöne Gegend!«, log Mama, denn Bytom war die rußigste Stadt Oberschlesiens. Oma hatte sogar mal erzählt, dass man dort ohne Gasmaske nicht aus der Tür treten könne. »Wir fahren meinen Bruder besuchen«, verriet Mama.

»Wir fahren nirgendwohin, weil unser *maluch* hin ist!«, regte Papa sich auf.

»Aber, aber. *Spokojnie*. Ruhig«, sagte Herr Ogórek und wedelte meinem Vater mit seinen großen, langen Händen zu. »Fährt Auto noch?«

»Fährt noch«, sagte Papa. »Aber lange wird er es nicht mehr machen.«

»Ist kein Problem. Haben wir doch super Abschleppseil in Kofferraum«, sagte Herr Ogórek.

Papa blickte verdattert drein, fast als wäre er enttäuscht, dass keine seiner finsteren Prophezeiungen eintreten würde. Aufmunternd fuhr Herr Ogórek fort: »*Maluch* erreicht an Abschleppseil höchste Geschwindigkeit. Hast du schon erlebt? Hüpf rein, Kollege. Musst du nur lenken, mach ich dich gleich fest. Rest von Familie kommt in Auto zu uns. Können wir euch bis Eiserne Vorhang ziehen.«

Bei Ogóreks im Auto war es großartig. Dorota und Damian erzählten, dass sie in Polen zwei Kinder hatten, die Bajtek und Isaura hießen. Ich konnte kaum fassen, dass sie ihrer Tochter den Namen des größten Fernsehstars aller Zeiten gegeben hatten. »Die Sklavin Isaura« war eine brasilianische Abendserie, für die sogar Chirurgen mitten in der Operation das Skalpell fallen ließen. Bajtek hingegen war das Pixel-Maskottchen der ersten polnischen Computerzeitschrift, die auch von meinem Vater gelesen wurde. Und als ob das allein nicht schon unfassbar stark gewesen wäre, hatte Frau Ogórkowa mich persönlich gefragt, ob sie mich »Alexis« nennen darf, nach der Figur aus *»Dynastia«*, auch bekannt als »Denver Clan«. Noch nie hatte ich mich von einem Erwachsenen so verstanden gefühlt.

Dorota Ogórkowa war Friseuse, Damian Ogórek malte Menschen, Landschaften und Ikonen. Das erklärte den bunten Dreck unter seinen Nägeln. Die beiden unternahmen regelmäßig Reisen in den Westen, um »Geschäfte zu machen«, dann kehrten sie wieder nach Polen zurück. Dass meine Mutter die ganze Fahrt über nichts sagte, wunderte mich wenig, schließlich wurde Frau Ogórkowa nicht müde, uns Ungeheuerliches über die Segnungen zu berichten, die Deutschland für uns bereithielt. Hinter jeden Satz setzte sie ein kräftiges »Lux!«, was offenbar ihre eigensinnige Abkürzung für Luxus war.

»In Deutschland gehst du in Parfümerie, darfst du alles draufsprühen, was geht. Riechst du zwei Wochen wie Prostituierte. Lux!«

»Kaufst du viel Senf, musst du keine Trinkgläser kaufen. Lux!«

»Deutsche Fernseher ist groß wie Kuh. Und gibt sieben Programme, Samstagnacht Porno. Lux!«

Kurz vor der Grenze bat Mama Damian darum, Papa auf gut Glück abzukoppeln. Wir verabschiedeten uns von Ogóreks mit guten Wünschen und herzlichen Küssen.

»Gott sei Dank«, sagte Mama, als die Familie wieder im *maluch* vereint war. »Ich hätte es mit diesen vulgären Menschen keine Minute länger ausgehalten. Die konnten nicht mal zwei Sätze geradeaus sprechen.«

Ich begriff nicht, was Mama meinte. Herr und Frau Ogórek waren die lustigsten Menschen, die ich je kennengelernt hatte. Ihre Sprache klang erfrischend lässig, und sie besaßen das Talent, unterhaltsam zu fluchen, ohne sich zu wiederholen. Doch während ich in ihrem Auto vor Vergnügen quiekte, hatte Mama sich bloß damit abgemüht, Tomek die Hände auf die Ohren zu pressen.

»Nicht mehr lang bis zum Eisernen Vorhang«, gab Papa kund.

»Habt ihr das gehört, Kinder? Gleich haben wir es geschafft!« Als Mama sich zu uns drehte, funkelte in ihren Augen hellste, glückseligste Erwartung. Es war bereits dunkel geworden, und ringsum war nur schwarze Finsternis. Wie aus dem Nichts tauchte plötzlich die zweite Grenze auf, die aus tausend blendenden Lichtkugeln gemacht zu sein schien. Das zweite tankstellenartige Gebilde lag vor uns wie ein Königreich mit seinen Palästen. Überwältigt von diesem magischen Moment, aber auch in Furcht, dass wir kurz vor dem Ziel etwas falsch machen könnten, hielt ich nach dem eisernen Vorhang Ausschau. Doch ich konnte nichts dergleichen entdecken, nicht mal eine eiserne Gardine. Zum zweiten Mal wurde unser Gepäck durchsucht, und Papa musste die Ausweise überprüfen lassen. Der Grenzbeamte lächelte uns unerwartet zu, wir durften weiterfahren. Ich weinte vor Erleichterung. Wir waren in der BRD.

Wer die von Karren zerfurchten, ungeteerten und schlaglochgebeutelten Straßen Polens nur vom Hörensagen kennt, wird nie vollständig begreifen, welche beflügelnde Euphorie uns auf der westdeutschen Autobahn erfasste. Die überirdische Glätte der Straßen ließ den Fiat wie von selbst dahingleiten. Anstatt wie befürchtet zu bocken, gab er ein fröhliches Hupen von sich, das jeden Zweifel darüber ausmerzte, dass er uns ans Ziel tragen würde.

Über der Autobahn schwebten riesengroße, leuchtend blaue Schilder, auf denen die Buchstaben so weiß strahlten, als hätte man die Tafeln erst vor Sekunden angebracht. Endlich war auch Tomek aus seinem gleichgültigen Schlummer erwacht und starrte mit geöffnetem Mund auf die blinkenden Warnsignale, die ihm jede Baustelle zur Attraktion machten. Schwärmerisch sah ich den deutschen Autos nach, die uns sausend überholten. Im Rausch der Geschwindigkeit erschienen sie mir wie glühende Sterne, die lange Feuerschweife hinter sich herzogen. Mehrere Stunden dauerte unsere Himmelsfahrt, bis plötzlich zu beiden Seiten ein wahres Lichtermeer aus dem Dunkel tauchte. Beleuchtete Häusersilhouetten wurden majestätisch überragt von bunt strahlenden Schildern, und zwischen all den Lichtern pulsierte ein Leben, das viel echter war als alles, was ich mir bisher vorgestellt hatte.

»Wirst du deine Freundinnen nicht vermissen, Ola?«, fragte Mama mit erschöpfter, schläfriger Stimme.

Nur widerwillig dachte ich an Polen, das mir jetzt ländlicher vorkam als je zuvor. »Kein kleines bisschen«, erwiderte ich, das Herz voll blinkender Lichter.

8.

Dojczland

Als ich am nächsten Morgen die Augen aufschlug, blickte ich auf einen zerfaserten Lampenschirm, der trostlos von der Decke baumelte. Ich lag auf einer Luftmatratze und schwitzte. Ich schob die Wolldecke beiseite und wunderte mich über den Micky-Maus-Anzug, den ich anhatte. Gegenüber, auf einer Couch, schlief grotesk verknotet mein Bruder Tomek. Aus einem anderen Raum vernahm ich die Stimmen meiner Eltern. Doch erst als ich durch die offene Tür in den Flur lugte, fiel mir wieder ein, wo ich war. Im Flur standen aufeinandergeschichtet mehrere flache, quadratische Kartons, die an der Seite beschriftet waren. »Pizza« hatte Onkel Marek das Gericht genannt, das man nur in den Ofen schieben musste und schon 10 Minuten später fertig auf dem Teller lag. Diese mit verschiedenen Zutaten gekleisterten Scheiben hatte er uns mitten in der Nacht als Willkommensessen serviert. »Eigentlich haben das die Italiener erfunden«, hatte er uns belehrt. »Nationale Küche interessiert hier keinen. Die Deutschen essen am liebsten Italienisch. Oder Chinesisch.« Unter »Chinesisch« konnten wir uns überhaupt nichts vorstellen. Bis auf Mama, die irgendwo gelesen hatte, dass Hunde und Affen dort als Delikatesse galten.

Ich rieb mir den Schlaf aus den Augen und schlich auf Zehenspitzen in die Küche, aus der ein würgendes Gluckern und Plätschern drang. Onkel Marek erklärte meinen Eltern gerade die *kafymaszyna*. An die Wand gepresst wie ein Spion lauschte ich seinen Ausführungen über das Geheimnis des Kaffeefilters, der es ermöglichte, einen fusselfreien Kaffee zu trinken. Im Sprachkurs habe er gelernt, dass der Kaffeefilter eine deutsche Erfindung war, genau wie der Teebeutel und die Thermosflasche. Als ich es vor Neugier nicht mehr aushielt, platzte ich unvermittelt in die Küche.

»Ola!«, rief Onkel Marek. »Ich dachte, du wärst längst vor dem Fernseher!«

»Warum?«, fragte ich verwundert.

»Es ist Samstagmorgen«, antwortete er geheimnisvoll.

Er führte mich in sein karg eingerichtetes Wohnzimmer und drückte mir ein Kästchen in die Hand, auf dem es viele verschiedene Tasten zu drücken gab.

»Das ist eine Fernbedienung«, verriet mir Onkel Marek. »Wenn du so etwas hast, musst du nie wieder vom Sofa aufstehen. Gefällt dir das Programm nicht, schaltest du einfach um.« Er demonstrierte mir das wunderbare Gerät, indem er damit den Fernseher in Betrieb setzte und zwischen mehreren Programmen hin und her schaltete, auf denen ausnahmslos Zeichentrickfilme liefen. Ich war beeindruckt. Wenn ich in Polen Abwechslung haben wollte, konnte ich höchstens zwischen verschiedenen Arten von Testbild wählen. Onkel Marek ließ mich mit der Fernbedienung allein, und ich starrte fasziniert auf das bunte Flimmern. Alle zehn Minuten wurden die Zeichentrickserien von »Werbung« unterbrochen. Das schien eine

Art animierter QUELLE-Katalog zu sein. Da war eine Puppe, die ausschied, was ihr zuvor zwei Mädchen in den Mund getröpfelt hatten. Auf die magische Verdauung reagierten die Freundinnen, indem sie »Piiiipiiiii!!!« kreischten und sich vor Begeisterung die Hände an die Wangen schlugen. In einem anderen Film ging es um kleine Spielzeugautos, die so rasend schnell waren, dass sie alles hinter sich in Brand setzten und auf der Flucht unter Wasser die Farbe änderten. Junge Leute flippten völlig aus, nur weil sie in einen Schokoriegel gebissen hatten, und alles, was man trinken konnte, sprudelte in Zeitlupe, schlug Wellen und warf Perlen ab.

»*Reklama* ist der Nachteil am Kapitalismus«, sagte Onkel Marek zu meinen Eltern, mit denen er das Wohnzimmer betreten hatte. »Ständig versucht einer, dir was zu verkaufen.«

Mir war unbegreiflich, was daran schlecht sein sollte. Für mich war jede Sekunde atemberaubend.

Nach dem Kaffee richtete sich Mama für unseren ersten deutschen Spaziergang her, und Onkel Marek präsentierte Papa, Tomek und mir seinen unglaublichen Schlüsselanhänger. Auf den ersten Blick sah er aus wie eine etwas zu groß geratene schwarze Bohne. Er war so klein, dass man ihn überall verstecken konnte, zum Beispiel unter einer Matratze. Aber sobald man in den Raum pfiff, gab die Bohne eine piepsende Melodie von sich, die aufmerksamen Ohren verriet, wo sie gerade steckte. Papa kicherte wie ein kleiner Junge, als er es selbst einmal ausprobieren durfte.

»Den Schlüsselanhänger schenk ich dir, ich habe zwei davon. War ein Werbegeschenk«, sagte mein Onkel, und Papa drückte das Böhnchen an die Brust, als wäre ihm gerade ein Amulett mit Zauberkräften überreicht worden.

Als Mama endlich aus dem Bad kam, roch es nach Parfüm und Verbranntem. Sie sah aus, als wäre auf ihrem Kopf ein Pudel explodiert. Für den anstehenden Spaziergang hatte sie eine elegante Sonntagsbluse aus glänzendem Stoff und einen schwarzen *faltynrok* angezogen, darüber einen durchhängenden Wollmantel mit goldenen Paradiesvögeln drauf. Ich zog mir meine graue Strickjacke an und band Tomek die Schühchen. Wir waren bereit, Deutschland gegenüberzutreten.

Das Erste, was uns draußen ins Auge fiel, war die Unversehrtheit der Bürgersteige. Anders als in Polen waren sie kein Mosaik aus Trümmern, die zufällig zusammenzupassen schienen. Sprünge im Asphalt gab es kaum, und unsere auf Unebenheiten trainierten Füße schienen mühelos dahinzuschweben. Außerdem waren alle Straßen und Wege so unglaublich sauber. Onkel Marek hatte seinen Mercedes weit genug geparkt, so dass wir uns im Vorbeigehen deutsche Häuser ansehen konnten. Der Wohnblock, in dem Onkel Marek lebte, war weit und breit das einzige Haus mit einem Flachdach. Die Familienhäuser hatten richtige Spitzdächer, sie waren voller putziger Winkel, manche hatten sogar Vorsprünge und Erker und urige Fensterläden. Diese Häuser waren keine gefährlich glotzenden Klötze, sondern lieb zwinkernde Schächtelchen. Dass sie alle seitlich aneinandergeklebt schienen, war nicht weniger seltsam als die Vorgärten ohne Zäune. Bei uns auf dem Dorf war noch der kleinste Teil des Grundstücks vor Eindringlingen geschützt. Außerdem schienen die Deutschen eine Vorliebe für kleine dicke Tannen und andere Nadelgewächse zu haben, anders als die Polen, deren Bäume den ganzen Sommer voller Früchte und Kinder hingen.

Mama stolzierte auf ihren Stöckelschuhen daher wie eine Diva. Aufmerksam setzte sie einen Fuß vor den anderen, drehte den Kopf mal nach links, mal nach rechts und spreizte die Hände ab, als balanciere sie ein Buch auf dem Kopf. Auch im Auto nahm Mama besondere Posen ein, schließlich handelte es sich um einen Mercedes. Auf einer Ottomane sitze man ja auch anders als auf einem Klapphocker. In Onkel Mareks schneeweißem Auto fühlten wir uns wie Superstars. »Lux!«, hätte Frau Ogórkowa gesagt, wenn sie uns hätte sehen können.

Deutschland zog langsam am Fenster vorbei. Wie seltsam, dass alles, was in Polen überall gleich war, ob man nun in Krakau, Warschau oder Danzig lebte, in Deutschland andere Farben und Formen hatte. Das Gelb, das ich in Polen nur von Butterblumenwiesen kannte, war hier überall: die Wegweiser waren gelb und die Ortsschilder, auch alle Briefkästen und Telefonzellen waren gelb. Das kräftige Rot hingegen, das man an den Betonfassaden meiner Heimat so häufig aufblitzen sah, konnte man hier nur im A der Apotheken finden, die es kurioserweise an jeder Ecke gab. Es war kaum zu fassen: Jede Straße schien ihre eigene Apotheke zu haben, auf manchen Straßen gab es sogar zwei. In Polen erkannte man Einrichtungen, die mit Scheußlichkeiten zu tun hatten, also auch Apotheken, an ihrem kühlen Blau.

Auch in Deutschland ragten Schornsteine und Schlote zwischen den Häusern empor, aber sie spien keinen schwarzen, stinkenden Rauch, sie hauchten rosa Zuckerwatte in einen klaren Himmel. Und Kruzifixe? Blumengeschmückte Schreine der Heiligen und der Jungfrau Maria? Die gab es hier scheinbar überhaupt nicht.

Als Ausflugsziel hatte Onkel Marek einen Park bestimmt, der »Botanischer Garten« hieß und voller exotischer Pflanzen war, die wir noch nie zuvor gesehen hatten. Der junge Tag funkelte wie ein Diamant, und der Himmel war mit Gold gepudert. Weiße Rosen und Gewächse, die aussahen wie Palmen, zitterten in der Frische eines Windstoßes, der hin und wieder ein Herbstblatt hinabwirbeln ließ. Gebogene Brücken führten uns über künstliche Bäche, und manchmal schwebten Scharen von bunten Blasen durch die Luft, die Mädchen in bunten Strumpfhosen durch Plastikringe am Stiel pusteten. Wenn ich tief einatmete, öffnete sich eine Tür in meiner Brust, nur einen Spaltbreit, und in mir war ein Tumult, als hätte das hereinsickernde Licht jemanden geweckt, der dort die ganze Zeit eingesperrt gewesen war und nur auf diesen einen Moment gewartet hatte. Ich war durch einen magischen Spiegel getreten. Ich befand mich in einer verzauberten Welt. Es war nicht die Hölle, in die Gott mich geschickt hatte, es war tatsächlich das Paradies.

Ich versuchte mich an Polen zu erinnern, an Omas Haus, meine Schule, die Teppichstange in Anetas Siedlung, doch die Erinnerung war nicht mehr als ein Traum, der unter den Lidern verwischt.

Mama wunderte sich, in welch plumper Kleidung deutsche Frauen durch einen so schönen Park wie diesen flanierten. Sie trugen Schuhe ohne Absatz, und als ob das nicht schon genug Gleichgültigkeit gegenüber ihren Beinen ausdrücken würde, hatten viele von ihnen Hosen an, ganz so, als fänden sie Gefallen daran, Männern ähnlich zu sehen. Eine Polin ließ sich nicht einmal von wurmdicken Krampfadern davon abhalten, in der Öffentlichkeit Bein zu zeigen.

Für Kinder gab es im Park einen Spielplatz, der für viele ältere Jungs aus Polen sicher eine Enttäuschung gewesen wäre: Die Chancen, sich hier interessante Verletzungen zuzuziehen, mit denen man vor seinen Freunden angeben konnte, waren sehr gering. Schaukeln, Wippen und Klettergelegenheiten waren aus glattem Holz und dicken Seilen gefertigt. Die Kinder glitten Rutschen hinab, vorwärts, rückwärts und auf dem Bauch, und landeten dabei jedes Mal unbeschadet im weichen Sand. Herausstehende Nägel oder Splitter mussten sie hier nicht befürchten. Auch die Schaukeln waren ganz anders als die, die wir gewohnt waren. Sie wackelten nicht auf rauem Asphalt, sondern standen fest in aufgeschüttetem Sand. Die Sitzfläche war aus Gummi und mit Ketten an einem Holzgerüst befestigt. In sozialistischen Ländern quietschten und knarzten Schaukeln wie alte Folterinstrumente in Gruselfilmen, aber diese hier gaben kein Geräusch von sich.

»Ola! Tomek! Wir müssen gehen!«, rief Mama nach einer halben Stunde seligen Spiels. Es war an der Zeit, sich auf den Rückweg zu machen, und das war uns nur recht, denn unsere Mägen brummten vor Hunger.

Onkel Marek führte uns zu einer Imbiss-Bude, vor der eine überdimensionale Plastikwurst stand, die sich selbst Senf auf den Kopf spritzte. Obwohl Mama mit allen Mitteln versuchte, ihn davon abzuhalten, spendierte er jedem von uns eine Portion »Pommes« und ein gekühltes Getränk. Für sich und Papa bestellte er ein Bier, Tomek und ich bekamen eine Cola, und Mama ließ sich schließlich zu einem Wasser überreden.

Wir waren gerade dabei, unsere »Pommes« in stiller Dankbarkeit zu verputzen, als Mama auf einmal wie weggetreten schien. Ihr Blick war von einer melodramatischen Leere.

»Ist alles in Ordnung?«, fragte Papa.

»Da drüben steht ein Typ«, sagte Mama mit Grabesstimme, »der hat ein Loch in der Jeans.«

Nun sahen wir es auch. An die Theke der Imbiss-Bude gelehnt stand ein Mann, unter dessen rechter Pobacke ein Riss mit weißen, herunterhängenden Fäden verlief.

»Ich begreife das nicht«, sagte Mama kopfschüttelnd. »Deutschland ist doch ein reiches Land. Wie kann es sein, dass man in einer kaputten Hose auf die Straße gehen muss? Dass der sich nicht einmal Garn leisten kann, um sie zu flicken!« Mamas Augen waren vor Entsetzen und Mitleid mit Tränen benetzt. »Und diese Frisur!«, setzte sie hinzu. Der Mann trug die Haare lang und hinten zu einem Pferdeschwanz gebunden. »Der muss doch irgendeine Frau kennen, die ihm die Haare schneiden kann. Männerschnitte sind doch nicht schwer. Das könnte sogar ich.«

Mit Blicken verfolgte sie den Mann bis zur Ampel, beobachtete, wie er die Straße überquerte und anschließend in einen roten Porsche Cabriolet stieg.

»Nein! Das gibt's doch nicht«, keuchte Mama. Der Mann schob sich eine schwarze Sonnenbrille ins Gesicht, bevor er losfuhr. In einem Wagen, neben dem selbst ein weißer Mercedes erbärmlich wirkte. Onkel Marek hatte die ganze Zeit still in sich hineingeschmunzelt.

»Eingerissene Jeans sind hier gerade Mode«, erklärte er lachend. »Kommt aus Amerika. Männer mit langen Haaren sind hier auch keine Seltenheit. Ihr werdet noch viele Überraschungen dieser Art erleben. Gewöhnt euch dran!«

Die nächste Nacht war unruhig. Wir schliefen wieder alle in einem Raum. Mama und Papa auf einem ausgeklappten Sofa, mit Tomek in der Mitte, ich auf der Luftmatratze. Ständig hörte ich meine Eltern leise husten, sich räuspern und schwermütig seufzen. Sie raschelten mit den Kissen und kratzten sich den Schorf von den Köpfen. Als ich mitten in der Nacht erwachte, waren sie in ein Flüstergespräch vertieft.

»In Polen bin ich Ingenieur. Du bist Lehrerin. Aber was werden wir hier sein? Wir werden niemand sein«, sagte Papa.

»Das würde ich in Kauf nehmen«, erwiderte Mama.

»Bist du sicher? Du würdest sogar am Fließband arbeiten?«

»Ja. Und du? Würdest du lieber dein ganzes Leben lang in dieser gelben Seifenkiste herumfahren? Einen Buckel holst du dir noch da drin. Du hast doch selbst gesehen, dass sich hier die ärmsten Seelen ein besseres Auto leisten können als wir.«

»Marek hat uns doch erklärt, dass der Typ in Wirklichkeit modisch gekleidet war«, wandte Papa ein.

»Das glaubst du doch wohl selbst nicht. Also wenn das Mode sein soll, dann …«

»Lass gut sein«, sagte Papa halb lachend, halb gähnend. »Morgen ist auch noch ein Tag. Ob wir in Deutschland bleiben oder nicht, ist eine Entscheidung, die wir mit klarem Kopf treffen sollten.«

9.

Tag des Herrn

Die Koffer, aus denen noch gestern Urlaubskleidung gequollen war, lagen nun verschlossen und gegürtet neben dem Sofa. Dabei war es noch nicht mal richtig hell. Tomek schnarchte die Wand an, während aus der Küche schon geschäftiges Gemurmel drang. Ich strampelte mich frei und stand auf, um etwas vom Gespräch mitzukriegen.

»Seid ihr ganz sicher, dass ihr euch der Herausforderung stellen wollt?«, hörte ich Onkel Marek fragen.

»Moment«, murrte Papa. »Hast du uns nicht erklärt, dass alles ganz einfach wär?«

»Ja … nun. Ich habe vielleicht etwas übertrieben«, gab Onkel Marek zu. »Natürlich bekommt ihr nicht sofort eine Wohnung. Erst müsst ihr ins Aussiedlerlager und euch das Aufenthaltsrecht besorgen. Wenn ich nicht arbeiten müsste, würde ich euch natürlich begleiten …«

»Also sind wir auf uns allein gestellt. Ohne Deutschkenntnisse. Vielen Dank auch. Weißt du denn wenigstens, wo wir hinmüssen?«

»Das Lager ist in Hamm. Zwei Stunden von hier.«

Ich hörte, wie Papa schnaubend seinen Stuhl zurückzog und begann, hitzig auf und ab zu laufen.

»Tut mir leid. Ich hätte euch vorher sagen sollen, was euch erwartet«, entschuldigte sich Marek.

»Blödsinn«, sagte Mama entschlossen. »Wenn du uns Angst gemacht hättest, wären wir ganz sicher in Polen geblieben. Und wenn du es innerhalb von zwei Jahren zu einer Wohnung und Arbeit gebracht hast, kann es so schwer nicht gewesen sein.«

Ich stürzte in die Küche und sah gerade noch, wie Onkel Marek meiner Mutter die Zunge rausstreckte.

»Wir bleiben in Deutschland?«, fragte ich atemlos.

»Vergiss es«, giftete Papa.

»Hör nicht hin. Natürlich bleiben wir. Was glaubst du, warum wir hergekommen sind?«, gab Mama mir fröhlich zur Auskunft. Über Papas Brummen ging sie hinweg wie über das Brummen einer Stubenfliege. »Nun zieh dich an und hol Tomek aus dem Bett. Nach dem Kaffee fahren wir los.«

Onkel Marek steckte meinen Eltern ein bisschen deutsches Geld zu und schrieb uns seine Telefonnummer auf, damit wir in Kontakt bleiben konnten. Er versprach, uns zu besuchen, sobald wir eine Bleibe gefunden haben würden. Zum Abschied schenkte er mir noch die tolle Kassette, die auf den Fahrten in seinem Mercedes lief. Beschriftet war sie mit »*Muzyka zachodnia*«: westliche Musik.

Im Auto reichte Mama die Nüsschen nach hinten, die von der großen Reise übriggeblieben waren.

»An Luxus wird es uns nicht mehr mangeln«, sagte sie zufrieden.

»Das werden wir ja sehen«, plärrte Papa. »Ich hoffe, du hast genug Brote geschmiert. Einkaufen können wir an einem Sonntag jedenfalls nicht.«

»Jesus. Heute ist Sonntag!?«, rief Mama erschrocken. »Wir hätten beinahe die Heilige Messe vergessen.«

»Ruhe bewahren«, sagte Papa, dem die Erkenntnis nicht weniger zuzusetzen schien. »Finden nicht um elf überall Messen statt? Und das dahinten, das ist doch ein Kirchturm.«

»Ola, polier dir die Sandalen«, befahl Mama und reichte mir ein Brillenputztuch nach hinten. Dann zog sie einen Kamm aus der Tasche, beträufelte ihn mit etwas Mineralwasser und kämmte Tomek die Haare platt in die Stirn.

»Fahr schneller!«, herrschte sie Papa an. »Wenn wir uns beeilen, bekommen wir vielleicht noch einen Sitzplatz.«

Das Dröhnen einer Orgel verriet, dass in der Kirche, die Papa erspäht hatte, tatsächlich eine Messe stattfand. Papa drückte die Klinke herunter, und wir erschraken beinahe, als keine Wand aus schwitzenden Rücken uns zurückdrängte. War die Kirche etwa so geräumig, dass alle Gläubigen hineinpassten? Im nächsten Moment stellten wir erstaunt fest, dass kaum jemand da war. Die Kirche war so spärlich gefüllt, dass manche Bänke komplett leer standen, und wo sie besetzt waren, da reckten kleine ergraute Menschlein ihre Schildkrötenköpfe nach uns, als wären wir die ersten Besucher seit Hunderten von Jahren. Wir bekreuzigten uns in doppelter Geschwindigkeit und rückten verschämt in die hinterste Bank.

Im polnischen Religionsunterricht hatte die Nonne uns ermahnt, in der Messe nie über die harten Kniebänke zu murren. Die Unannehmlichkeiten des Kniens sollten uns daran erinnern, dass Jesus am Kreuz viel größeres Leid auf sich genommen hatte. In dieser Kirche waren die Knie- und Sitzflächen der Bänke durchweg mit weinroten Polstern überzogen. Offenbar war Gott mit den Deutschen nicht ganz so streng wie mit uns. Aber wie vergegenwärtigten sie sich das Leiden Jesu, wenn es hier nicht mal ein richtiges Kreuz gab? Über dem Altar hingen bloß zwei schlichte, ineinandergekeilte Bretter, die weder eine Inschrift noch einen blutigen Leichnam trugen. In polnischen Kirchen gab es Kreuze über Kreuze. Madonnen ragten aus Blumenmeeren, und aus vergoldeten Bilderrahmen schauten die Heiligen neugierig auf die Sterblichen herab. Aber so arm an Attraktionen wie dieses Gotteshaus war nicht mal die Kirmes in unserem Dorf.

Es gab kein Gebet, das wir mitsprechen, kein Lied, das wir singen konnten, und von der Predigt verstanden wir auch kein Wort. Schließlich bat ich Gott im Stillen, er möge Papa endlich von den Vorteilen des Westens überzeugen. Ich schickte noch ein Gebet an die Jungfrau Maria hinterher und versprach ihr, fromm und artig zu sein, wenn sie mir auch in Deutschland zur Seite stünde.

»Hat es euch gefallen?«, fragte ich meine Eltern nach der Messe.

»Darüber kann ich nicht reden, ohne Gott zu beleidigen«, antwortete Mama. »Habt ihr das gesehen? Unter den Ministranten waren Mädchen! Was sind denn das für Sitten?«

»Vielleicht waren das auch Jungs mit langen Haaren, wie dieser Typ, den wir gestern gesehen haben, der mit der kaputten Jeans«, meinte Papa.

»Ja, vielleicht. Und was war mit der Kommunion? Ich kann nicht glauben, dass die Leute ihre Hostien stehend und auf die Hand empfangen. Der Leib Christi in unseren schmutzigen Pfoten! Tante Selma würde in Ohnmacht fallen, wenn sie das sehen könnte.«

»Vielleicht hatten wir einfach nur Pech«, beendete Papa das Thema. »Ich schlage jedenfalls vor, dass wir jetzt sofort in dieses Lager fahren. Je früher wir da sind, desto besser. Wir wissen ja gar nicht, was uns erwartet.«

10.

Die Halle

»Und hier soll es sein?« Mama kurbelte das Fenster runter und blickte umher wie das Rohr eines U-Boots. Wir hatten auf einem trostlosen, kiesigen Gelände geparkt und schauten auf fabrikartige Gebäude zwischen Büschen und Müllcontainern.

»So hat Marek es auf der Karte eingezeichnet«, bestätigte Papa. »Ich werde mir das mal ansehen!«

Eine halbe Stunde später kam Papa auf wackligen Beinen wieder, doch seine Herrenhandtasche trug er jetzt stolz über die Schulter geworfen, als hätte er eigenhändig ein Raubtier erlegt.

»Wir sind hier tatsächlich richtig!«, berichtete er freudestrahlend. »Ich habe uns auch schon registrieren lassen. Wir bekommen vier Betten und dreimal täglich zu essen! Gut, oder?«

»Na so was«, sagte Mama. »Und wo genau sollen wir hier wohnen? Hast du einen Zimmerschlüssel bekommen?«

»Nun, da gibt es ein kleines Problem«, sagte Papa nervös. »Wir müssen mit anderen Aussiedlern in einer Turnhalle schlafen.«

In Polen hatte ich ein Suchbild besessen, das so groß war, dass man es zum Betrachten mehrmals aufklappen musste. Darauf war ein Durcheinander von Menschen und Situationen, Straßen und Gebäuden, Kindern, Tieren und Gegenständen zu sehen, und es wimmelte darin so bunt, dass man sich immer wieder in der Fülle der Details verlor. An dieses Bild musste ich denken, als sich das Innere der Turnhalle vor uns auftat. Da waren Etagenbetten über Etagenbetten, von deren Gerüsten kleine und große Kinder baumelten, da lagen und stapelten sich Hunderte von Koffern und Taschen, aus denen Ärmel und Hosenbeine lugten. Da saßen Männer, die Skat auf umgedrehten Bierkästen spielten, während tratschende Tanten durch die Bettreihen flanierten. Durch die weit offenen Türen fegte der Wind alte Zeitungsblätter über den Boden, brüchiges Laub und knisterndes Bonbonpapier. Es wurden Haare geschnitten, Bücher gelesen, Kinder ausgeschimpft, Würstchen gereicht, und hin und wieder flatterte eine Taube herein, um Brotkrumen zu picken. Ein ganzes Dorf hatte in der Turnhalle Platz gefunden, und nur wir standen wie Fremde da, verzweifelt nach dem Unwahrscheinlichsten spähend; einer leeren Stelle, wo wir uns niederlassen konnten.

»Mutter Gottes von Tschenstochau«, flüsterte Mama, während sie uns beschützend an sich zog. »In Polen hatten wir ein Haus, jetzt sind wir obdachlos!«

Als hätte Tomek die Bedeutung ihrer Worte verstanden, brach er in ein fürchterliches Wehgeschrei aus.

»Es ist doch nur für den Übergang«, versuchte Papa Mama zu besänftigen. Seit dem Verlassen der Kirche hatte er nicht mehr gegrummelt. Offenbar hatte Gott mein Gebet erhört. Schade nur, dass Papas Sorgen sich nicht einfach in Luft aufgelöst hatten, sondern zu Mama übergewandert waren, die sich die Haare raufte und mit den Tränen kämpfte. Mit unserem Gepäck und dem weinenden Tomek durchkämmten wir Bettenreihe für Bettenreihe, doch weit und breit waren keine freien Matratzen zu sehen. Als Mama auch noch der Riemen ihrer Tasche riss, war es mit ihrer Beherrschung vorbei.

»Jetzt müssen wir unter der Brücke schlafen!«, jammerte sie. »Mit zwei Kindern!«

»Kommen Sie«, hörten wir plötzlich eine warme Stimme sagen. Hinter uns stand eine ältere Dame und zupfte meine Mutter am Ärmel. Sie hatte funkelnde Teddybärenaugen und eine zerzauste Frisur, die in alle Himmelsrichtungen abstand.

»Wo ich schlafe, sind noch drei Betten frei«, sagte sie zwinkernd. »Wenn Sie den Kleinen mit in Ihr Bett nehmen, kann die ganze Familie zusammen sein. Nun kommen Sie schon!«

»Ich weiß nicht, wie ich Ihnen danken soll«, schluchzte Mama, als die Frau uns zu den freien Schlafplätzen führte.

»Hören Sie auf. Das ist doch selbstverständlich. Ich heiße Maria Kellermann. Ich bin alleine hergekommen. Mein Mann ist vor kurzem gestorben, und die Tochter lebt in Amerika. Ich weiß, wie Sie sich fühlen müssen in diesem Durcheinander, so ganz auf sich allein gestellt. Wollen wir gleich gemeinsam zu Mittag essen?«

»Das wäre wunderbar«, sagte Mama und wischte sich lächelnd eine Träne aus dem Gesicht.

»Und wenn Sie Lust haben, gehen wir nach dem Essen spazieren, und ich zeige Ihnen, wo Sie einkaufen können und wo hier die Kirche ist.«

»Die Sonntagsmesse haben wir schon besucht«, verriet Papa.

»Eine deutsche?«

»Natürlich.«

»Können Sie Deutsch?«

»Wir haben nur ›Amen‹ verstanden.«

»Ach herrje!«, lachte Frau Kellermann. »Es gibt doch auch eine polnische Messe hier in der Stadt. Wären Sie eine Stunde früher gekommen, hätten Sie in der Halle keine Menschenseele angetroffen.«

»Messen auf Polnisch? Was es hier nicht alles gibt!«

»Aber ja. Die deutschen Kirchen könnten dichtmachen, wenn wir Polen sie nicht ab und zu füllen würden.«

»Ich traue mich ja gar nicht, das zu sagen«, druckste Mama herum, »aber die deutsche Messe war wie eine Beerdigung ohne Leiche. Ich hätte zu gern die polnische besucht. Allein schon, um etwas zu verstehen. Schade, dass wir nur ein paar Tage hier bleiben.«

Frau Kellermann machte große Augen.

»Ein paar Tage? Das war vielleicht vor zwei Jahren noch so, als die Leute noch nicht massenweise ausgewandert sind. Stellen Sie sich lieber drauf ein, dass es mit der Beschaffung der Dokumente etwas länger dauert ... Aber machen Sie sich keine Sorgen«, sagte sie, als sie Mamas ängstlichen Blick bemerkte, »ich spreche sehr gut Deutsch. Meine Eltern waren echte Deutsche aus Oberschlesien. Wenn Sie möchten, dolmetsche ich für Sie. Das wird Ihnen vieles erleichtern.«

Von draußen ertönte ein dröhnendes Signal, und im nächsten Moment strömten Menschen in Gruppen hinaus.

»Das Mittagessen wird ausgeteilt«, verkündete Frau Kellermann. »Wollen wir?«

Seit Onkel Marek uns in die kulinarischen Vorlieben der Deutschen eingeweiht hatte, hatte ich mir ausgemalt, wie es bei ihren Mahlzeiten wohl zugehen mochte. Aßen sie Chinesisches wie die Chinesen und Türkisches wie die Türken? Und wenn sie alles auf ihre Weise aßen, reichten sie die Speisen auf Pappe, wie Onkel Marek uns die Pizza serviert hatte, oder altmodisch wie bei Oma Greta auf Porzellantellern, um die sich kleine Rosenknospen rankten? An der Essensausgabe stellte sich heraus, dass die Wirklichkeit meine Vorstellungen um Längen übertraf. Jeder von uns bekam eine silbern umhüllte Schale in die Hände gelegt, die aussah wie ein Raumschiff. Sobald man den silbernen Deckel abzog, wurde man von einem außerordentlichen Anblick überrascht: Die Nahrung dampfte aus drei Einzelkammern, drei Raumkapseln aus perlweißem Plastik. Der Luxus eines eigenen Zimmers, für die meisten polnischen Kinder ein ferner Traum, wurde in Deutschland sogar Erbsen, Kartoffeln und Würstchen zuteil! Zum Nachtisch gab es Früchte und Götterspeise aus durchsichtigen Bechern, mit einer köstlichen Puddingschicht obendrauf. Diese Turnhalle konnte keine Notunterkunft sein, nein. Das war ein modernes Notparadies. Wenn der Himmel mal aus allen Nähten platzt, dachte ich, wird es in Gottes Zelten zugehen wie hier.

Die erste Nacht in der Turnhalle war ein großes Abenteuer. Nachdem die Deckenbeleuchtung ausgegangen war, machten sich Dutzende von Taschenlampenstrahlen auf Wanderschaft durch die Dunkelheit. Wer nicht schlafen konnte, hütete sein Gepäck und das seiner Bettnachbarn oder streunte draußen über das Gelände. Schnarchen, Kinderschluckauf und schlurfende Latschen, das Öffnen und Schließen der Türen, Geflüster, Schluchzen und Nasch-Geraschel fügten sich zu einem Konzert, dem ich mit geschlossenen Augen ergriffen lauschte. Plötzlich gesellten sich piepsende Töne hinzu, die sich nach und nach zu einer vertrauten Melodie fügten. Es war *»Wlazł kotek«*, das bekannteste polnische Kinderlied. »Stieg das Kätzchen aufs Mäuerchen und zwinkert, schön ist dieses Liedchen und gar nicht lang.« Das leiernde Gefiepe lullte mich in den Schlaf, bevor ich herausfinden konnte, woher es kam.

Am nächsten Tag wurde ich von Mama geweckt, die mich heftig schüttelte und mir, kaum dass ich die Augen aufschlug, Tomeks putzmuntere Fratze vor die Nase hielt.

»Papa ist mit Frau Kellermann Dokumente besorgen, und ich muss vor dem Frühstück duschen. Kannst du auf deinen Bruder aufpassen, bis ich zurück bin?«

Ohne sicherzustellen, dass ich wirklich schon wach war, setzte sie Tomek zu mir aufs Bett und verschwand in der Menge. Ich gab Tomek sein Stofftier zu beißen, als ich erneut die Melodie von letzter Nacht vernahm. Kurzerhand beschloss ich, nach der Quelle dieser Musik zu suchen und Tomek mit seinem Sabberbären allein zu lassen. Wer wollte eine solche Nervensäge schon entführen? Ich kletterte aus dem Bett und tastete mich an den Bettgestellen entlang, lauschte den Tönen der Melodie nach und ließ mich zu ihr tragen wie eine Maus zum Käse. Endlich entdeckte ich einen kleinen Jungen, der auf einem Koffer saß und mit dem Zeigefinger seiner rechten Hand auf einem winzigen Klavier herumdrückte. Das Klavier war selbst nicht größer als seine Hand. Ich starrte fasziniert auf seine Finger, die dem technischen Wunderwerk diese außerirdischen Piepser entlockten, und verlor dabei das Zeitgefühl.

»OLA!!!«, hörte ich meine Mutter brüllen.

Ich riss mich los und rannte zurück. Bestimmt war Mama böse, weil ich nicht bei Tomek war. Also musste ich ihr glaubhaft versichern, dass ich ihn nur für wenige Sekunden aus den Augen gelassen hatte.

»Wo ist Tomek?«, fragte Mama hysterisch.

»Im Bett …?«

»Wo? Zeig ihn mir!«

Ich ging in die Knie, um unter dem Bett zu schauen. Nichts. Hob das Kissen und die Decke hoch, öffnete den Koffer. Kein Tomek drin, kein Tomek drunter.

Mama war außer sich.

»Ich war auf einem Klavierkonzert«, entschuldigte ich mich.

»Du warst was?«

»Hier ist ein Junge, der hat so ein kleines Klavier …«

»Was zum Teufel redest du da? WO IST DEIN BRUDER???«

»Ich suche ihn ja gleich!«, schnaubte ich.

»Suchen kannst du deinen Verstand!«, schimpfte Mama. »Deutschland ist kein Märchenland. Alles, was du tust, hat Konsequenzen. Ich erwarte von dir, dass du Verantwortung übernimmst. Hast du mich verstanden?«

»Schimpfen Sie doch nicht so mit der Kleinen«, mischte eine Bettnachbarin sich ein. »Sie ist doch selbst noch ein Kind. Und Ihren Tomek habe ich gerade bei den Frühstücksbänken gesehen.«

Mama rannte sofort los, ich stolperte schuldbewusst hinterher.

Wir fanden einen lachenden Tomek im Arm eines

Mannes, der eine Rübennase und glasige Augen hatte. Der Fremde trug einen zerschlissenen Mantel, und seine Schuhe sahen aus wie aus dem See geangelt. Leute wie ihn nannte man Trinker. Sie tranken nämlich alles, solange nur Alkohol drin war. Wenn sie keinen Wodka hatten, schlürften sie Rasierwasser und Haarpflegeprodukte. Außerdem galten sie als gemeingefährlich.

»Ich falle gleich in Ohnmacht«, stöhnte Mama. Als wäre Tomek in weiter Ferne, auf der Spitze eines benachbarten Hügels, rief sie: »Komm zurück. Hörst du mich? Es gibt Frühstück«, bevor sie mit ausgebreiteten Armen auf ihn zustürzte.

»Hehehe«, röchelte der Trinker. Er machte überhaupt keine Anstalten, den geliehenen Bruder zurückzugeben. »Der Kleine hat doch schon mit mir gefrühstückt. Stimmt's, Kollege?«

Er nahm einen zittrigen Schluck aus seinem Flachmann. Tomek rülpste zustimmend. Das war zu viel für meine arme Mama. Obwohl sie sonst die Höflichkeit in Person war, entriss sie dem finsteren Gesellen das Kind, ohne sich zu entschuldigen oder zu erklären, und drehte sich nicht noch mal nach ihm um. Mir aber warf sie einen Blick zu, der sagte: »Ein paar Minuten später, und wir hätten Tomek aus einem Räubersack befreien müssen. Du bist wahrlich die schlechteste Tochter der Welt.«

Ich schämte mich fürchterlich.

Als Mama das Frühstück sah, verpuffte ihr Groll allerdings im Nu. Neben frisch aufgebackenen Brötchen fand sie auf ihrem Tablett ein Trinkpäckchen mit Milch, zwei Stück Butter und verschiedene Marmeladen. Aber alles ganz winzig, in Miniatur, kaum größer als eine Streichholzschachtel. Sie brachte es kaum übers Herz, ihr Messer durch die Kostbarkeiten zu ziehen, und wickelte die Hälfte in eine Serviette, »für später«.

Ich bewunderte ein goldenes Näpfchen, auf dem »Nutella« geschrieben stand. Schließlich zog ich aus Neugierde den Deckel ab und schnupperte. Nutella roch wie Schokolade. Auf dem Deckel war eine Scheibe Brot abgebildet, die damit bestrichen zu sein schien. Aber wer schmierte sich schon Schokolade aufs Brot? Als Mama Tomek im Bauch hatte, aß sie Scheußlichkeiten wie Sardinen mit Himbeerpudding. Daraus schloss ich, dass Schokolade auf Brot auch Spezial-Essen für Schwangere war. Trotzdem schleckte ich den Napf heimlich aus.

In den zwei Wochen, die wir in Hamm verbrachten, frühstückten wir immer nur ganz wenig. Wir sammelten und horteten und ängstigten uns vor den Stunden, da die Quelle der wunderbaren Frühstücksminiaturen versiegt sein würde. Dank der guten Deutschkenntnisse von Frau Kellermann gelang es meinen Eltern, alle bürokratischen Hürden zu meistern. Papa wurde Spezialist für Registrierungs- und Antragsformulare und gefiel sich darin, Neuankömmlinge von ihren anfänglichen Existenzängsten zu befreien. Gebraucht zu werden, versetzte ihn in eine so gute Stimmung, dass er mir ohne Vorbehalte das winzige Piano kaufte, von dem ich seit unserer Ankunft geschwärmt hatte. Vier Mark hatte es gekostet, und es passte in eine Hosentasche.

Täglich unternahmen wir Ausflüge in Parks und botanische Gärten, und wenn ich genug quengelte, spazierten wir danach eine Weile durch die Einkaufsstraßen und glotzten betört in die gut gefüllten Schaufenster. Doch Mama weigerte sich strikt, die Geschäfte zu betreten, und Supermärkte mit ihrer bedrohlichen Größe kamen für sie schon gar nicht in Frage.

»Ich gebe kein Geld aus, bevor ich es muss«, hatte sie gesagt. Wir hatten in Hamm also mehrere Kartons Milch, Butter und Marmelade angesammelt, dazu in Folie verpackte Küchlein und Schwarzbrotscheiben. Davon ließe es sich noch eine Weile leben.

Eines Abends verkündete Papa: »Die Zeit in der Turnhalle ist vorbei. Wir werden in eine Stadt Namens ›Unna-Massen‹ verlegt.« Frau Kellermann brachte für uns in Erfahrung, dass es dort zwar keine Versorgung mit Astronautenessen gab, dafür aber Übergangswohnungen und Hilfe von Wohlfahrtsverbänden. Nach zwei Wochen Turnhallenlager klang »Wohnung« für mich so süß, dass ich mich schon in einer putzigen Villa residieren sah. In meiner Vorstellung teilte ich mir ein Himmelbett mit den Pinkelpuppen aus dem Fernsehen, in einem Zimmer, das von erdbeerduftendem Sternenstaub durchwirbelt war. Doch es sollte alles ganz anders kommen.

11.

Unna-Massen

»Landesstelle für Aussiedler, Zuwanderer und ausländische Flüchtlinge in Nordrhein-Westfalen«, stand unter dem Stadtschild von Unna-Massen. Der Nachmittag war windstill und bewölkt, das Laub lag bewegungslos auf dem Asphalt zwischen den vielen gleich aussehenden Reihenhäusern und Wohncontainern, aus denen die Siedlung bestand, in der wir nun leben würden. Die gesamte Gegend wirkte gespenstisch und trist. Selbst die Menschen vor den Häusern kamen mir vor wie ausgeschnitten. Sie saßen draußen auf den Bänken, aber nicht gemächlich und zufrieden wie die Schiebermützen-Opas vom Lande, sondern nervös wippend, als könnte sie jederzeit etwas aus der Ruhe reißen. Genau wie wir waren die anderen Leute hier nur auf Zwischenstation, trugen verwaschene T-Shirts und zu kurze dunkle Jeans. Die Straße hieß »Auf der Tüte«. Bei der Suche nach der Hausnummer, die uns mitgeteilt worden war, grüßten meine Eltern alle, denen sie unterwegs begegneten, mit einem Nicken. Ich entschied mich, über die bedrückende Atmosphäre hinwegzusehen und mich auf die zu erwartende Geborgenheit zu freuen. Endlich wieder ein Zuhause! In meinem Kopf hatte ich längst alle Räume mit Zierschleifen und Quasten eingerichtet. Ich konnte nicht ahnen, dass die versprochene Wohnung aus einem einzigen Zimmer bestand.

Empfangen wurden wir vor allem von einem unermesslichen Gestank. Er drang aus den bröckelnden Putzschichten der spinatgrünen Wände, an denen ein Muster aus Schimmelpilz emporkroch. Er nistete in den alten, durchgeriebenen Stuhlpolstern und im morschen Schrank, dessen Türen sich öffneten, wenn man nur an ihm vorbeiging. Die beiden Betten waren so durchgelegen und schief, dass man sich daran festkrallen musste, um nicht runterzukullern.

Ich warf mich Mama in die Arme und schluchzte hemmungslos, die Augen vergrub ich in den Kratzhaaren ihres Pullovers. Ich konnte es nicht ertragen, meine Träume sterben zu sehen.

»Es ist doch nur für den Übergang«, tröstete mich Mama mit denselben Worten, mit denen sie von Papa in Hamm getröstet worden war. Mit einer widerstreitenden Mischung aus Resignation und Kampflust ließ sie den Blick durchs Zimmer wandern. »Ich habe eine Idee«, sagte sie nach einer Weile. »Warum macht ihr nicht alle einen Spaziergang, während ich diesen Saustall in Ordnung bringe? Die frische Luft bringt euch bestimmt auf andere Gedanken.«

Nur widerwillig zog ich mir die Strickjacke über und folgte Papa und Tomek ins Freie. Die Hoffnung, dass sich hinter dem Aussiedlerlager das echte Deutschland auftun würde, schrumpfte mit jedem Meter, den wir zurücklegten. In Unna-Massen gab es keine Wolkenkratzer und keine blinkende Neonreklame, dafür öde Felder und Wiesen und eine Spaziergängerin, die ein Halstuch mit Gänseblümchenmuster trug. Alles

Ländliche, dem ich entflohen zu sein glaubte, tauchte hier wieder auf, um meinen Vorstellungen von westlichem Fortschritt zu spotten. Ich überlegte. In Deutschland gab es genug Coca-Cola, um alle Milchzahngebisse der Welt darin aufzulösen. Auch das Konterfei von Micky Maus war auf hiesigen Straßen kein seltener Anblick. Aber kamen nicht sowohl Coca-Cola als auch Micky Maus eigentlich aus Amerika? Konnte es sein, dass Deutschland sich nur mit fremden Federn schmückte und das Gelobte Land, von dem wir in Wirklichkeit träumten und wohin wir hätten auswandern sollen, Amerika war? Kein Wunder, dass uns das Glück nicht lachte. Wir hatten das falsche Land erwischt. Ich überlegte, wie ich das meinem Vater schonend beibringen konnte.

»Papa?«, fragte ich. »Warum sind wir eigentlich nicht nach Amerika ausgewandert?«

»Weil es uns hier bessergeht.«

»Warum?«

»Weil Deutschland ein Sozialstaat ist. Wenn wir arm dran sind, wird uns geholfen.«

»Und warum müssen wir dann in diesem Zimmer wohnen?«

»Sei froh, dass wir ein Dach überm Kopf haben! Weißt du, wie es Leuten geht, die nach Amerika auswandern?«

Ich spitzte die Ohren.

»Um Auswanderer kümmert sich da keiner. Die müssen in irgendwelchen dreckigen Kellern leben, schlafen in Badewannen, und Kanalratten fressen ihnen die Haare vom Kopf.«

Mir grauste bei der Vorstellung. Andererseits: Wenn diese Keller sich unter gläsernen Wolkenkratzern befanden, konnte es doch so übel nicht sein.

»Oh, seht mal, hier gibt es Eis«, unterbrach Papa meine Grübelei und zeigte auf die Plastiktafel, die aufgeklappt vor einem Kiosk stand. Oben war eine Frau im weißen Badeanzug zu sehen, die in der Pose eines robbenden Babys unter einem Palmwedel lag. Unter ihr schossen wie ein Feuerwerk allerlei Eissorten aus dem Bild.

Dass wir ein solches Eis haben wollten, war überhaupt keine Frage. Papa beugte sich zum Schiebefenster des Kiosks hinunter, fächerte drei Finger seiner Hand auf und sagte: »Eis, bitte.«

Der Verkäufer reichte ihm eine Karte, auf der dieselben Eissorten abgebildet waren wie draußen auf der Tafel.

»Welches möchtet ihr denn haben?«, fragte Papa.

Erst wollte ich das Eis, das wie ein Buntstift aussah, dann lieber das in der Form eines Fußes. Tomek zeigte auf ein Eis, das einem Käsestück nachempfunden war, und Papa konnte sich nicht entscheiden zwischen einem mit Schokolade überzogenem Eis am Stiel und Waffeleis, um das sich Locken aus roter Soße schlängelten.

»Wisst ihr was, warum nehmen wir nicht einfach das Billigste«, schlug Papa vor. »Dann ist uns Mama nicht böse, und wir müssen nicht so lange wählen.«

Er zog das kleine Deutsch-Büchlein aus seiner Herrenhandtasche und blätterte hektisch darin, bis er die gesuchte Stelle gefunden hatte.

»Ich – habe – kein – Geld«, las er dem Verkäufer langsam und deutlich vor. Anschließend legte er ihm eine deutsche Mark auf die Theke.

Wenige Sekunden später kam der Verkäufer mit fünf länglichen, in Plastik eingeschweißten Brocken wieder. Sie hatten Farben, die in der Natur selten vorkamen, und waren auf der Karte nicht abgebildet. Weil Papa keine Sätze beherrschte, um eine Beschwerde vorzubringen, akzeptierte er räuspernd das Angebot und reichte mir die garstigen Stangen.

»Was ist denn das?«, fragte ich.

»Eis ist es allemal«, stellte Papa fest. »Wenn wir Glück haben, können wir es auch essen.«

Weil es bereits dunkel geworden war, traten wir den Heimweg an, das Eis mit spitzen Fingern vor uns hertragend.

Mama öffnete uns die Tür. Im Zimmer roch es immer noch, als hätten stark schwitzende Ratten ein Saufgelage darin gefeiert, aber wenigstens sah es nicht mehr danach aus.

»Ich habe die Ecken geschrubbt und den Dreck von den Wänden gespachtelt«, sagte Mama müde, aber stolz. »Und ihr?«

»Hast du schon mal so ein Eis gesehen?«, fragte ich und hielt ihr unsere Beute vor die Nase. Mama schüttelte den Kopf und legte die Stangen für die genauere Untersuchung nebeneinander auf den Tisch: grün, pink, noch mal grün, gelb und braun. Wie Ärzte über einem Patienten mit seltener Krankheit standen wir um den Tisch gebeugt und starrten die Stangen so lange ratlos an, bis sich eine Pfütze um sie herum gebildet hatte. Das Eis war geschmolzen. Mama nahm ein Tütchen mit der schwappenden Flüssigkeit in die Hand, schnitt sie auf und füllte den Inhalt in den Becher einer Thermoskanne. Vorsichtig konnten wir nun am süßen Nektar nippen, nur um festzustellen, dass das billigste deutsche Eis nichts anderes als gefrorene Limonade ohne Kohlensäure war.

12.

Das leuchtende A

Nach nur einer Woche in Unna-Massen wurden unsere aus Hamm mitgebrachten Vorräte knapp, und Mama musste sich ihrer größten Angst stellen: der Angst, Geld auszugeben.

Von »Supermärkten« hatten wir schon viel gehört. Angeblich durfte man dort einfach reinmarschieren und sich alles selbst aus den Regalen nehmen. Diese Regale waren nie leer! Auch gab es keine Schlangen vor dem Eingang wie in Polen, allenfalls an der Kasse, von denen es in einem Laden gleich mehrere geben sollte. Die Geschichten von automatischen Warenbändern, Einkaufswagen für einen Euro und maschinell erstellten Quittungen klangen so schön, dass Papa vor unserem ersten Supermarktbesuch etwas Extrageld mitnahm, falls man doch so etwas wie Eintritt von uns verlangen würde.

Das Verwirrende an deutschen Geschäften war, dass sie oft ganz anders hießen als das, was in ihnen verkauft wurde. Ein Schuhgeschäft hieß nicht einfach »SCHUHE«, sondern beispielsweise »Deichmann«, was, wie Papa im Wörterbuch nachgeschlagen hatte, womöglich etwas mit Deichen, aber rein gar nichts mit Schuhen zu tun hatte. Genauso war es mit Supermärkten. Es gab mehrere Supermärkte in Unna-Massen, die alle einen eigenen Namen hatten. Einer hieß »EDEKA«, ein anderer »Plus«. Von Onkel Marek wurde uns ein Supermarkt empfohlen, der den Namen »Aldi« trug.

Als wir am frühen Abend herausgeputzt und wohlfrisiert auf das große leuchtende »A« zugingen, begann Mama wieder zu zweifeln.

»Vielleicht kehren wir doch besser um?«, sagte sie scheu. »Wir haben zu Hause noch zwei Scheiben Brot, das reicht doch fürs Abendessen.«

Da geschah etwas Magisches: Die Glastür, die ins Innere des Supermarkts führte, öffnete sich wie von Zauberhand. Wie war das möglich? Kaum war ich hineingelaufen, rannte ich wieder hinaus. Die Tür schloss sich. Langsam ging ich wieder auf sie zu. »Sesam, öffne dich!«, befahl ich, aber sie war schneller. Ich rannte wieder hinein, wo meine Eltern vor einer Raupe aus aneinandergeketteten Einkaufswagen standen und sich nicht recht zu helfen wussten. Als sie den Trick mit der Münze endlich raushatten, gingen wir durch das Drehkreuz und traten in eine unvorstellbar prächtige Schatzkammer voll glänzender, bunter Waren, in der sich der ganze Reichtum Deutschlands türmte. Wir passierten Pyramiden aus Konservendosen und Glaspaläste aus Mineralwasserflaschen. Ich fand mich vor einem leuchtenden Kühlregal, das mit unzähligen Joghurtsorten gefüllt war. Alle Geschmacksrichtungen, die man sich denken konnte, gegossen in unterschiedlichste Becherformen, und wie viele unterschiedliche Namen die hatten! In Polen gab es von allem jeweils nur eine Sorte. Butter hieß immer Butter und sah immer gleich aus, eine blasse Kuh auf weißem Grund. Das galt auch für Joghurt, den es ohnehin nur in

Großstädten zu kaufen gab. Gerade als ich ehrfürchtig meine Hand nach den bunten Bechern ausstreckte, fuhr Mama mahnend dazwischen: »Halt! Besser nichts anfassen! Sonst müssen wir es noch kaufen!«

Ich rannte von Regal zu Regal, zählte, wie viel es von diesem und jenem gab, und entdeckte Dinge, von deren Existenz ich nicht mal zu träumen gewagt hätte. Wurstscheiben mit Bärchengesichtern! Bananensaft! Tiefgefrorene Torten! Ich war versucht, die Zunge in die Kühltruhe zu hängen.

Bald hatte ich die chinesische Abteilung entdeckt. Dosen mit Hundeköpfen verschiedener Rassen reihten sich aneinander. Es war ein so schauderhafter Anblick, dass ich froh war, mich an Papas Pullover festhalten zu können.

»Die Deutschen essen Hunde!«, berichtete ich ihm entsetzt.

»Ach was. Das glaube ich nicht«, lachte Papa.

Ich zeigte ihm das chinesische Regal.

»Das ist Tiernahrung, du Dummkopf! FÜR Hunde!«

»Was? Extra für Hunde?« Ich war mir nicht sicher, was ich sonderbarer finden sollte. Hunde zu essen oder Hunden Essen zu kaufen. Unserem Mops hatten jedenfalls die Reste vom Vortag gereicht, die Oma ihm in einem alten Topf in den Zwinger stellte.

In der Süßigkeiten-Abteilung fiel Papa endlich ein, dass er seine russische Kamera um den Hals trug. Er positionierte Tomek und mich vor dem Haribo-Sortiment, und wir vollführten aufständische Gebärden nach Art eines kommunistischen Denkmals.

»Mama muss mit aufs Foto!«, fiel Papa ein. »Wo steckt sie denn überhaupt?«

Wir fanden sie vor dem abgepackten Fleisch im Kühlregal. Mit der Hand auf dem Herzen und weit aufgesperrtem Mund stand sie da, mit der anderen Hand fächerte sie sich Luft zu. Dann wanderte ihre Hand von der Brust über die Stirn, und schon sahen wir sie ohnmächtig zu Boden gleiten. Papa riss sich sofort los, um Mama wieder auf die Beine zu helfen. Der Anblick deutscher Wurstlandschaften war zu viel für eine Frau, die aus Polen nur leere Metzgerhaken kannte. Mama kämpfte so sehr mit dem Gleichgewicht, dass Papa sie in den Einkaufswagen setzen musste. Er pflanzte ihr Tomek auf den Bauch, mich stellte er daneben, die Hände um den Griff des Einkaufswagens, und dann schoss er seinen ganzen Film mit diesem Motiv leer. Während er auf eigene Faust die Einkäufe erledigte, schob ich meine verwirrte Mama im Einkaufswagen zum Ausgang. Und wieder öffnete sich die Tür automatisch, um uns sanft aus der Schatzkammer zu führen. So kam es, dass wir von diesem Tag an Aldi respektvoller »Aladin« nannten.

An unserem vorletzten Tag in Unna-Massen schrieb Mama einen Brief an Oma Greta:

9. September 1989

Liebe Mutter,

wir haben beschlossen, in Deutschland zu bleiben.

Die Umstände sind schwierig, aber ich habe hier noch niemanden kennengelernt, der wieder zurück wollte. Die meisten freuen sich, dass es ihnen rechtzeitig gelungen ist, das Land zu verlassen. Das Rote Kreuz hat uns mit etwas Kleidung für den Herbst versorgt. Es sind sehr ordentliche und robuste Sachen.

Ich bin froh, dass wir dafür kein Geld ausgeben müssen, denn Kinderkleidung soll hier dreimal so teuer sein wie normale Kleidung.

Seit wir in Unna-Massen sind, müssen wir uns selbst versorgen. Es gibt hier Dosen zu kaufen mit fertiger Suppe, die man nur im Topf warm machen muss, und tiefgefrorene Fischstäbchen und Klopse zum Braten. Dazu serviere ich köstliches Ananas-Kompott, ebenfalls aus der Dose. Wir trinken sogenannten »Multivitaminsaft«, der aus vielen verschiedenen Fruchtsorten besteht. Die Gesichtchen der Kinder haben Farbe angenommen, seit sie Sachen naschen können, die sie in Polen nicht mal zu Festtagen bekommen haben.

Ich küsse Dich,
Danuta

Und Papa schrieb drunter:

Liebe Mutter,

das Beste an Deutschland sind die Autobahnen. Mein Wagen sorgt hier nur für Stockungen im Verkehr. Ich fahre 70 km/h und werde ständig von Lastwagen überholt. Stau ist hier ein häufiges Phänomen, für das es in Polen noch gar nicht genug Autos gibt. Gestern hatten wir ein Beratungsgespräch über unseren künftigen Wohnort. Schon übermorgen ziehen wir nach Neustadt, bei Düsseldorf. Dort hat man uns eine Notwohnung versprochen. Wir werden von nun an abwechselnd Dir und meinen Eltern schreiben. Bitte lies ihnen diesen Brief vor, wenn Du sie siehst.

Paweł

Für mich war die Rückseite reserviert. Ich schrieb:

Liebe Oma,
wie geht es Dir? Was macht Mops? Willst Du nicht auch nach Deutschland kommen? Tomek und ich vermissen Dich. Wusstest Du, dass es Gummibärchen nicht nur in Bärchenform gibt? Wir haben uns schon HARIBO Colaflaschen, HARIBO Saure Pommes und HARIBO Schnuller gekauft. Wenn man den Schnullerzipfel abbeißt, werden HARIBO Klobrillen draus.
Deine Ola

13.

Eine Baracke voller Helden

Die Stadt, die uns aufgenommen hatte, war für ihre Kokoskekse bekannt. Der Wind trug ihren süßen schweren Duft über Fabrikschlote und graue Einkaufszentren, über die Häfen am Rhein und die hellgrünen Turmdächer romanischer Kirchen. Im Süden der Stadt, dort, wo die Häuser ärmlicher wirkten, nikotingelbe Gardinen sich in den Fenstern wölbten und Kinder mit Augenringen bis in die Nacht im künstlichen Licht der Tankstellen saßen, lag in einem wilden Stück Grün verborgen die »Aussiedlerbaracke«. Dieses frisch errichtete weiße Gebäude würde uns und anderen Aussiedlerfamilien als weitere Notunterkunft dienen.

Im Inneren der Baracke reihten sich wie in einem Hotel zu beiden Seiten eines langen Flurs Zimmer an Zimmer. Papa klopfte prüfend gegen die Wand.

»Pappe und Glaswolle«, stellte er fest, als es ihm hohl entgegenhallte. Das uns zugewiesene Zimmer befand sich ganz am Ende des Ganges und hatte die Nummer 5. Wir fanden darin einen Tisch, zwei Stühle, einen Schrank und zwei Etagenbetten vor. Auf den grauen, weiß gestreiften Matratzen lagen Stapel von Kissen, Decken und Handtüchern.

»Die sind ja noch in Folie gewickelt, so neu sind die!«, jubelte Mama. Sie fuhr mit der Hand über die schlichten Bettgestelle, prüfte mit den Fingerspitzen die flauschige Qualität der Handtücher und schnupperte die Frische aus der Luft. »Und das dürfen wir wirklich alles benutzen?«, fragte sie mit ungläubigem Kopfschütteln.

»Besser«, sagte Papa. »Wenn wir ausziehen, dürfen wir es sogar behalten.«

Mama quiekte vor Entzücken, und sie war nicht allein. Aus allen Zimmern, die in den letzten Minuten geöffnet worden waren, drangen spitze Begeisterungsschreie.

»Unmöglich!« – »Phänomenal!« – »Das ist Hochkultur!«

»Gehen wir auf den Flur und begrüßen die anderen!«, schlug Mama vor.

Auf dem Flur begegneten uns zunächst zwei Männer, die sich auf Russisch begrüßten.

»Polen und Russen auf so engem Raum, ob das gutgeht?«, flüsterte Mama.

»Warum nicht?«, meinte Papa. »Die sind schließlich auch vor dem Kommunismus geflohen.«

Ich war nie zuvor jemandem aus Russland begegnet, wusste aber, dass viele Polen »den Russen« verfluchten. Onkel Jork, der verstorbene Ehemann von Tante Selma, hatte großen Groll gegen sie gehegt. Als in der UdSSR erstmalig ein Mensch ins All geschossen wurde, zeigte Onkel Jork nicht das geringste Interesse. »Weckt mich, wenn sie alle auf dem Mond sind«, soll er gesagt und gelangweilt das Radio abgedreht haben.

Wir setzten unseren Erkundungsgang in der Gemeinschaftsküche fort, wo sich mittlerweile mehrere

Polinnen verschiedenen Alters eingefunden hatten. Raunend strichen sie über fabrikneue Spülablagen und Herdplatten, eine knibbelte mit ihren langen Fingernägeln die Aufkleber von den Möbeln.

»Im Moment soll es zu viele Aussiedler und zu wenige Wohnungen geben«, sagte eine Frau von üppiger Gestalt. »Die Sozialarbeiterin hat gesagt, dass wir ungefähr ein Jahr hier bleiben müssen.«

»Ein Jahr, na, das halte ich schon aus«, entgegnete eine andere, deren Dutt von einem Netz zusammengehalten wurde, in dem lauter schwarze Perlen wie Fliegen saßen. »Wenn meine Familie aus Polen sehen könnte, wie ich hier in dieser Küche stehe … Die würden tot umfallen vor Neid!«

»Auf diese erstklassigen Verhältnisse sollten wir anstoßen!«, schlug Mama vor. Die Idee wurde begeistert aufgenommen, und sofort trugen alle zusammen, was sie gerade an Essen und Trinken parat hatten. Papa machte sich die Mühe, im Aldi schnell einen Wein zu besorgen, und Mama brühte kräftigen Fusselkaffee auf.

Am Ende des Umtrunks, als die Dämmerung die Raufasertapeten orange gefärbt hatte, kannte jeder Pole den anderen, und Papa hatte sich, wie es seine Art war, für alle Spitznamen ausgedacht. Wir wohnten Wand an Wand mit »Frau Dutt« und ihrem zahnlosen Ehemann »Goldkrönchen«. Neben ihnen war das ältere Ehepaar »Wihajster« untergebracht, die einen unaussprechlich langen, deutschen Nachnamen hatten. Sie teilten sich ihr Zimmer mit »Banane«, einem kränklich gelblichen Herren mit flachem Hinterkopf und hervorstehendem Kinn. Auf dem Flur gab es noch »Frau Schinken«, der das Fleisch wie bei einem Räucherschinken aus der engen Maschenbluse quoll, Herrn »Glatzenkamm«, der nur drei Haare über Kreuz hatte, und den »kleinen Stalin«, dem man eine gewisse Ähnlichkeit mit dem russischen Diktator nicht absprechen konnte. Schräg gegenüber von uns war »Frau Nagelfeilchen« untergebracht, eine junge hübsche Frau, die sich während des Kennenlern-Umtrunks allzu ausgiebig ihrer Maniküre gewidmet hatte. Sie war Mutter eines fünfjährigen Sohnes, den Papa *»Profesorek«* getauft hatte, weil er behauptete, durch seine stullendicken Brillengläser Pantoffeltierchen zu sehen. Tomek hatte bereits Freundschaft mit Profesorek geschlossen. Nur ich hatte noch keine Gesellschaft gefunden. Von Erwachsenen wurde ich übersehen, und Kinder in meinem Alter gab es hier auch nicht. Aber das konnte sich ja schon bald ändern, ein paar Zimmer standen schließlich noch frei.

Von nun an ging es uns gut. Dank der Kühlschränke in der Gemeinschaftsküche konnten wir endlich alle Joghurtsorten von Ananas bis Zitrone testen. Mama wurde es mit etwas Training im Supermarkt nicht mehr schwindlig, und bald ließ sie fertig abgepackte Wurst- und Käse-Packungen in den Einkaufswagen wirbeln, als hätte sie nie etwas anderes gekannt. Ihr Preisgedächtnis wurde so gut, dass sie gegen jede professionelle Kassiererin hätte antreten können.

Mama kaufte alles nur aus dem Sonderangebot. Hatte sie die Wahl zwischen unbequemen Schuhen für zehn Mark und bequemen für zwölf, nahm sie die unbequemen und schrieb sich die gesparten zwei Mark als Schmerzensgeld gut.

Spielzeug zu kaufen war für Mama tabu, ob es im

Sonderangebot war oder nicht. In Deutschland waren Spielsachen so vollkommen, dass es keiner Fantasie mehr bedurfte. Darin sah sie keinen Sinn. Wenn ich mit Tomek »Schule« spielte, war ein Stück Pappe unsere Tafel und eine rohe Spaghetti der Zeigestock. Einmal bat ich meine Mutter, mir wenigstens einen Teddybären zu kaufen. »Wir müssen sparen«, gab sie zur Antwort. Zum Kuscheln bekam ich einen Teppichprobenkatalog. Durch die Spielwarenabteilungen der Warenhäuser schleppte ich mich wie ein Durstiger durch die Wüste. Wunderschöne Barbies glotzten mich vorwurfsvoll aus ihren Plastikgefängnissen heraus an. »Kauf mich! Bürste mich!«, flehten sie. Ich konnte sie nur mit dem einen Satz vertrösten, den ich auswendig kannte: »Ich habe kein Geld.«

Doch eines Tages passierte etwas völlig Unerwartetes. Zwei rüstige Deutsche traten durch die Tür der Baracke. Sie behaupteten, von der Wohlfahrt zu sein, und schleppten große Kisten in den Gemeinschaftsraum. Daraus zogen sie allerlei Spielzeug hervor, das sie auf einem Tisch arrangierten. Die Kunde von ihrer wundersamen Ankunft verbreitete sich in Sekundenschnelle, und noch bevor sie mit dem Auspacken fertig waren, hatten sich alle Polen- und Russenkinder um den Gabentisch versammelt und bissen sich vor Aufregung die Fäustchen blutig.

Auf dem Tisch sah es aus wie unter dem Weihnachtsbaum reicher Leute. Da waren Klötzchen mit Wackelaugen, entzückende Spieldosen zum Kurbeln und Aufziehen, Plüschraupen mit kleinen Klumpfüßen und Säckchen, die mit Glasmurmeln gefüllt waren. Doch meine ganze Unruhe konzentrierte sich auf ein meerblaues Gummipony und den Schönheitsstall, der zu ihm gehörte. Ich hätte meine Seele an den Teufel verkauft, um es zu besitzen. Mit geballter Gedankenkraft versuchte ich, das Pony hypnotisch an mich zu binden und den Schönheitsstall vor die Schwelle unseres Zimmers schweben zu lassen. Während ich mich mental so verausgabte, dass mir Schweißtropfen auf der Stirn standen, hatten sich die Kinder längst auf das Spielzeug gestürzt. Sie schnappten sich ganze Tüten voll Lego, fegten die kleinen Autos vom Tisch direkt in ihre Schürzen, klemmten sich »Karius und Baktus«-Bücher unter den Arm und Puzzles zwischen die Zähne, und ehe ich mich versah, waren auch mein Pony und sein Plastikstall verschwunden. Die Kinder hatten den Tisch bis aufs Letzte geplündert.

»Warum habe ich nichts bekommen?«, weinte ich Mama später vor.

»Wie erklärst du es dir denn?«, fragte sie zurück.

»Ich habe gewartet, bis sie mir was geben.«

»Und was haben die anderen Kinder anders gemacht? Schau es dir ab und mach es beim nächsten Mal genauso«, riet sie mir.

Als zwei Wochen später dieselben Sozialarbeiter mit weiteren Ladungen Spielzeug kamen, riss ich alle fünf Tüten Lego, die sie dabeihatten, rücksichtslos an mich. Mit dem Triumph über meine Wohlerzogenheit hatte ich jedoch einen erbitterten Krieg losgetreten. Obwohl ich mich nach langen Verhandlungen dazu bereit erklärt hatte, einen Teil meiner Legosteine abzugeben, fanden Zwist und Zwietracht unter den Kindern kein Ende. Von diesem Tag an war niemand mehr zufrieden mit dem, was er hatte, und kein Kind gönnte etwas dem anderen. Selbst die regelmäßigen Besuche der Spielzeuglieferanten konnten die ungleichen Verhältnisse nicht tilgen. Je mehr Spielzeug sie brachten, desto gieriger und unersättlicher wurden die Kinder. Wir kratzten und beschimpften uns, schlugen uns die Spielsachen aus der Hand und zertraten sie vor den Augen der anderen.

Die Regenwürmer, die man früher einträchtig aus dem Sandkasten genascht hatte, dienten nun dazu, sie sich gegenseitig hinter den Kragen zu werfen. Um uns für das Unrecht zu bestrafen, das wir einander antaten, schickte Gott eine Läuseplage auf die Baracke herab, von der kein einziges Mädchen und kein einziger Junge verschont bleiben sollte.

Der anstehende Besuch beim Kinderarzt stürzte vor allem Papa in Verzweiflung. Es war das erste Mal, dass er sich ohne Dolmetscher würde verständigen müssen. Die halbe Nacht hatte er im Fiat verbracht, dem einzigen Ort, wo er ungestört arbeiten konnte. Im Licht einer Taschenlampe studierte er sein Deutschbuch und schrieb sich wichtige Sätze heraus, die er dann so lange vor sich hin flüsterte, bis er nicht mehr wusste, was sie bedeuteten. Auch ich fürchtete mich. In Polen waren Arztbesuche eine häufige Ursache meiner vorgetäuschten Tode gewesen. Gegen jede erdenkliche Krankheit gab es nur Einläufe oder Spritzen. Ich konnte nur beten, dass es in Deutschland anders war.

Die Praxis lag in einem mehrstöckigen, alten Haus, in dem eine samtschwere Atmosphäre herrschte. Es war die Art von Gebäude, in dem gealterte Operndiven Gesangsunterricht zu geben pflegen. Aber die Räume der Praxis waren hell und freundlich, und das Wartezimmer, in das die Sprechstundenhilfe uns geführt hatte, schien gar nicht auf die Grausamkeit einer ärztlichen Untersuchung vorbereiten zu wollen.

Die Kinder waren mit Holzspielzeug und Bilderbüchern beschäftigt, als erwarte sie hier nichts Böses. Die Wand war mit friedlich gesinnten Zootieren behängt, die über Regenbogen rutschten. Der einzige Wandschmuck im Wartezimmer unseres polnischen Arztes war ein Plakat gewesen, auf dem der eiterfarbene Querschnitt eines Bandwurms zu sehen war.

Nach drei Stunden des Wartens, in denen Patienten ein und aus gegangen waren, begann Papa, unruhig in seiner Herrenhandtasche zu nesteln.

»Meinst du, sie haben uns vergessen?«, fragte ich.

Papa zog einen Zehn-Mark-Schein aus seinem Portemonnaie.

»Ja. Und ich glaube, ich weiß auch warum. Kommt mit.«

Papa lehnte sich über die Rezeptionstheke und hielt der Sprechstundenhilfe den Zehn-Mark-Schein hin. Sie schüttelte sichtlich irritiert den Kopf. Papa versuchte es noch mal mit einer lockenden Geste, doch die Sprechstundenhilfe sah ihn nur entsetzt an und machte eine abwehrende Handbewegung. In diesem Moment war der Arzt aus dem Behandlungszimmer getreten, und Papa wedelte ihm flehend mit dem Zehn-Mark-Schein zu.

»Pan jest z Polski?«, fragte der Arzt unerwartet. »Sie sind aus Polen?«

Papa hatte vor Verlegenheit ganz rote Ohren.

»Wie haben Sie mir das so schnell angesehen?«, stammelte er.

»Der Zehn-Mark-Schein. Sie sind nicht der Erste in dieser Praxis, der glaubt, dass er uns bestechen muss, um dranzukommen«, erwiderte der Arzt lachend. »Aber ich versichere Ihnen, dass Sie nicht deswegen so lange warten mussten. Ich sehe eben nach … Sie sind Herr …?«

Papa nannte unseren Namen.

»Etwas Geduld noch. Sie kommen gleich dran.«

Der Arzt war sehr nett. Er erzählte meinem Vater, dass er in den sechziger Jahren eine Deutsche geheiratet hatte und deshalb mit seiner Praxis nach Deutschland umgezogen war. Die medizinischen Verhältnisse in Polen kannte er nur aus Erzählungen. Er verschrieb uns ein Spezialshampoo und wünschte der ganzen Familie viel Erfolg.

Gleich im Anschluss fuhren wir in die Apotheke. Beim Öffnen der Tür bimmelte eine ganze Traube von Glöckchen, aber es dauerte noch eine halbe Minute, bis die Apothekerin aus dem Dunkel der braunen Schubladenwände trat. Wortlos reichte Papa ihr das Rezept, und abermals verschwand sie für eine Weile, erst hinter den Schubladenwänden, dann unter der Verkaufstheke, wo sie verschiedene Sachen in eine Plastiktüte warf. Die gut gefüllte Tüte reichte sie Papa, der hilflos die Brauen runzelte. Es hatte doch nur eine Medizin auf dem Rezept gestanden? Papa zog sein Deutschbüchlein hervor. Doch die Apothekerin nickte uns bloß aufmunternd zu, wie um uns zu versichern, dass der geheimnisvolle Inhalt der Tüte wirklich keiner Bezahlung bedurfte.

Erst im Auto wagte ich einen Blick hinein. Neben dem braunen Fläschchen mit dem Wundershampoo fand ich in der Tüte viele bunte Traubenzuckerpastillen, von denen jede einzeln verpackt war, zwei kleine Tüten mit Gummibärchen, ein Jo-jo, zwei Papiertröten, ein Seifenstück in der Form einer Schildkröte, Aufkleber, ein Kindermagazin und ein Tierposter zum Auffalten. Ich verstand die Welt nicht mehr. Wurde man in Deutschland wirklich dafür belohnt, dass man Läuse hatte?

14.

Die stinkende Fliege

Es war ein ruhiger, ereignisloser Oktober-Abend. Wir saßen im Zimmer und spielten mit den Spiralen, die Mama aus Äpfeln schälte, als plötzlich, nur für die Dauer eines Glutfunkens, eine grinsende Fratze im Fenster erschien. Mama schreckte hoch, und wir sahen gerade noch einen blonden Schopf vorbeihuschen wie ein Waldtier. Papa riss das Fenster auf.

»Hallo!?«, rief er in die Dunkelheit, aber draußen fegte bloß der Wind durch das Laub.

»Wahrscheinlich irgendein betrunkener Herumtreiber«, sagte Mama, schloss das Fenster und zog zur Sicherheit die Vorhänge zu. Kurz darauf hörten wir ein forderndes Türklopfen.

»Wer ist da?«, fragte Mama verunsichert.

»Iberraschunck!«, krächzte es von der anderen Seite.

Meine Eltern zogen die Schultern hoch und sahen sich fragend an. Die Stimme gehörte niemandem aus der Baracke. Das hätten wir erkannt, schließlich besuchte man einander, lieh sich Lockenstäbe und polnische Würzmischungen aus und ließ seine Kinder zusammen spielen. Papa ging zur Klinke, Mama trippelte als Rückendeckung hinterher. Langsam öffneten sie die Tür.

»Gutten Tack!!!« Vor uns stand keine Geringere als unsere Autobahn-Bekanntschaft Dorota Ogórkowa, mit einem zusammengerollten Teppich unter dem Arm. Hinter ihr, im ausgeleierten Hemd und buckelig wie ein Fragezeichen, lugte der Riese Damian, Dorotas Ehemann, in unser Zimmer.

»Dorota?«, fragte Mama erstaunt. »Was macht ihr denn hier?«

»Iberraschunck!!!«, krächzte Dorota wieder. »Wohne ich hier! Sind wir grade eingezogen, Damian und ich.«

Dorota zog den verschlafenen Damian hinter sich an der Hand ins Zimmer. »Habe ich gerade in alle Fenster geschaut, ob wir schon kennen jemanden. Und da, schau! Unsere Freunde von Autobahn. Lasst euch zerdrücken!«

Dorota begrüßte meine Eltern mit Wangenküsschen. »Alexis«, rief sie endlich und wuschelte mir mit Kratznägeln durch die Haare. Ohne die Einladung abzuwarten, setzte Dorota sich schwungvoll aufs Bett und ließ ihren Hintern federn.

»Dann erzählt doch mal, wie ihr hier gelandet seid!«, sagte Mama, hinter deren barmherzigem Lady-Di-Lächeln ich ihre Zähne vielsagend knirschen hörte.

»Na, weißt du. Haben wir gedacht, warum nicht auch rausfahren für immer, solange noch geht. Waren wir in Unna-Massen und sind wir jetzt hier. Kinder kommen später. Sind noch bei Oma und Opa in Polen, lernen bisschen Deutsch. Mein Bajtek ist schon in dritte Klasse. Kann nicht einfach herkommen und alles von vorne lernen.«

»Und was ist das?«, fragte Papa, auf die Teppichrolle in Dorotas Schoß weisend. »Seid ihr zum Islam übergetreten?«

»Witzbold! Teppich ist Geschenk!«, prustete Dorota. »Von Spärrmiel!«

Schwungvoll rollte sie den Teppich aus und präsentierte ihn mit ausholender Gebärde. Er roch muffig und sah etwas mitgenommen aus. Ich zählte mehrere Brandlöcher und bemerkte seine schiefen Fransenfrisuren.

»Danke, aber du bist verrückt!«, sagte Mama. »Das können wir doch nicht annehmen!«

»Nicht annehmen? Sei nicht albern. Hab ich doch gesagt, ist von Spärrmiel!«

Mama sah Dorota ahnungslos an.

»Spärrmiel? Ist das ein Laden?«

»Hör auf!«, grölte Dorota, deren Augäpfel vor Lachen tränenreich glänzten. »Kennt ihr Spärrmiel nicht? Spärrmiel ist Feiertag! Sag ich dir später alle Termine, musst du in Kalender schreiben.«

»Aha? Und was feiert man da?«, fragte Mama und riss eine Packung Kokoskekse auf, während Papa jedem ein Glas Multivitaminsaft eingoss.

»Feiern wir Sachen umsonst«, sagte Dorota. »Deutsche stellen jeden Monat Möbel auf Straße und alles, was nicht mehr haben wollen. Weiß ich auch nicht warum, sind meistens gute Sachen. Stellen alles vor Haus und holen nicht wieder rein. Kannst du alles nehmen, was du brauchst. Teppich, Sessel, Fernseher … Sag ich dir, dieses Land: Lux!«

»Das ist sehr interessant«, gab Mama zu. Mit einem gewissen Wohlgefallen blickte sie nun auf den Teppich, der dem Raum eine Idee von häuslicher Gemütlichkeit verlieh.

»Und du sagst mir, wann wieder Spärrmiel ist?«, fragte Mama.

»Aber sicher, meine Liebe. Können wir sogar zusammen gehen. Darf ich doch rauchen?« Während Mama noch von der diplomatischen Unmöglichkeit, nein zu sagen, gelähmt war, hatte Dorota schon ihren Kopf spitzmündig zur Flamme geneigt. Nun klopfte sich auch Damian eine Zigarette aus der Schachtel. Nachdem er ein paar Züge genommen hatte, ließ er die heiße Asche ins Saftglas fallen. Mama entfuhr ein entsetztes Quieken.

»*Kurwa*, Damian!«, fluchte Dorota. »Asch doch nicht in Glas von Frau Professor!« In Polen wurden Lehrer meistens mit »Professor« angesprochen. Das verlieh ihrem Berufsstand Autorität und sorgte für den respektvollen Umgang. Aber wären Damian und Dorota Mamas Schüler gewesen, hätten sie jetzt nicht viel zu lachen gehabt.

»Damian, Räupchen«, sagte Dorota. »Holst du eben Aschenbecher von uns!«

Damian erhob sich schwerfällig und kam nach wenigen Minuten mit einer goldfarbenen Metallfliege von der Größe eines Festtagsbratens wieder. Sie hatte Flügel, die man hochklappen konnte, und in ihrem ebenfalls vergoldeten Inneren lag ein stattlicher Haufen braun geschmauchter Kippen.

»Haben wir gekauft in Polen. Manchmal gab auch schöne Sachen«, sagte Dorota und strich der Fliege liebevoll über den monströsen Kopf, während Mama sich bemühte, beim Husten nicht zu erbrechen.

Später, als im Rauch nur noch unsere blassen Schemen sichtbar waren, erzählte Dorota uns von der Existenz eines Aussiedler-Codes, an dem jeder ablesen konnte, wo der andere stand, wie viel Ansehen er verdiente und wie groß seine Chancen auf Erfolg waren.

Die Herausforderung für einen unerfahrenen Aussiedler bestand darin, in einer festgelegten Reihenfolge bestimmte Besitztümer anzuhäufen.

»Das Wichtigste ist Teppich«, erklärte Dorota. »Können deine Kinder auf Teppich spielen, hast du Zuhause, wie in Polen. Teppich ist einfach. Gibt auf Spärrmiel Teppiche zuhauf. Dann brauchst du gute Kaffeemaschine, ist schwieriger. Stellen Leute nicht so oft vor Haus. Aber wirst du auch respektiert, wenn du Schreibmaschine findest. Kannst du Briefe an Behörde schreiben, hast du ständig Besuch von Leute, die Schreibmaschine brauchen. Dann musst du haben Spezialradio für Kassetten überspielen. Aber das Wichtigste ist Fernseher in Farbe. Findet man auf Spärrmiel selten, und dann ist meistens kaputt. Aber kannst du Geschäfte machen, wenn du reparieren kannst.«

Mama warf Papa einen vielsagenden Blick zu.

»Fährst du aber nicht nach Polen, bevor du gute Auto hast«, ergänzte der wortkarge Damian. »Muss deutsch sein. Glaubt sonst keiner, dass dir hier bessergeht. Holt ihr euch alles von Spärrmiel, wenn ihr klug seid, und spart ihr für gute deutsche Auto.«

Mama bedankte sich für die wertvollen Ratschläge mit einem ehrlichen Husten.

In den kommenden Nächten schliefen wir bei offenem Fenster, in mehrere Schichten Kleidung gehüllt und in Decken gewickelt wie fette Kohlrouladen. Bis der Gestank vollständig verflogen war, verging eine ganze Woche.

Ein polnisches Sprichwort sagt: »Gast im Haus, Gott im Haus.« Seit die Ogóreks gegenüber eingezogen waren, hatte Papa eine bessere Version auf Lager: »Gast im Haus, Gott weiß warum.«

15.

Der erste Schultag

»Ich habe dich in der Schule angemeldet«, sagte Papa, als sich die ersten Oktoberblätter von Bäumen und Kalendern zu lösen begannen. Einige Wochen nach offiziellem Schulbeginn sollte ich in eine schon bestehende zweite Klasse kommen. Mit meinen acht Jahren hätte ich in Deutschland eigentlich schon die dritte Klasse besuchen müssen, aber Papa hatte dem Direktor bei der Anmeldung erzählt, dass ich in Polen nur Fünfen nach Hause gebracht hätte. Er wusste nicht, dass eine Fünf hier etwas anderes als die Bestnote war.

Auf meinen ersten Tag in der deutschen Schule bereitete ich mich schon lange vor. Aus dem kostenlosen Apotheken-Magazin »Junior« hatte ich Passbilder von Kindern ausgeschnitten, die Brieffreunde suchten, und sie in ein Notizbuch geklebt. Mit Papas »Diebels«-Kugelschreiber hatte ich den fehlenden Körper dazu gemalt, mitsamt der Kleidung, die ich mir an deutschen Kindern eben vorstellte. In ihren Gesichtern versuchte ich zu lesen, was sie einmal werden wollten, welche Hobbys sie hatten und nach welcher HARIBO-Sorte sie am liebsten griffen. Nur eine Frage konnte ich nicht beantworten, egal wie tief ich in all die Kinderaugen sah: ob sie sich mit einem Mädchen anfreunden würden, das nur Polnisch sprach.

Obwohl ich schon viele Dinge richtig benennen konnte und manches verstand, war mein einziger sicher sitzender Satz immer noch: »Ich habe kein Geld.« Damit musste ich auskommen. Ich konnte auch behaupten, ich hätte sehr wohl Geld. Dann würde es heißen: »Ich habe Geld.« Streng genommen hatte ich also ganze zwei Sätze auf Lager.

In Polen war es nicht schwer gewesen, gemocht zu werden. Es reichte, wenn man nett und hilfsbereit war. Kleine Charakterfehler fielen weniger auf, wenn man Sachen aus dem Westen besaß. Ein Haargummi mit Plastikkirschen wie die unnahbare Ania oder einen Schokoladen-Nikolaus in der Vitrine wie meine durchtriebene Freundin Aneta.

Ob es etwas gab, das von meiner Sprachlosigkeit ablenken würde, womit man deutsche Kinder beeindrucken konnte, vielleicht etwas, das es in ihrem Land nicht gab? Ich beschloss, dass ich für den Anfang meine roten Eichhörnchen-Schuhe tragen würde. Sie waren »Made in China«, was in Polen der Inbegriff von extravagantem Chic und weltlicher Eleganz war. Dass jedes zweite Mädchen die gleichen hatte, minderte ihren Reiz nicht, im Gegenteil, das machte sie umso besonderer. Durch Identisches wurden wir magisch verschwistert. Vielleicht hatten diese Schuhe auch die Macht, mich zum beliebtesten Mädchen einer deutschen Klasse zu machen?

An meinem großen Tag erwachte ich vor allen anderen. Draußen war es noch düster, nur aus dem Flur drang Licht durch den Türspalt. Von der oberen Etage des Bettes sah ich meinen neuen Ranzen schimmern. Hätte Mama nicht auf den letzten Drücker ein Sonderangebot gefunden, hätte ich mit einer Plastiktüte vorliebnehmen müssen. Das Mäppchen, das Papa für mich gekauft hatte, war schon fertig ausgestattet mit Buntstiften, Filzstiften und verschiedenen Linealen. Im Mäppchen gab es außerdem einen Zauberstift, mit dem man Tinte verschwinden lassen konnte, und der herrliche Duft des Radiergummis machte mir bewusst, wie lange ich schon in keinen mehr gebissen hatte.

Ich kletterte vom Hochbett und griff nach der Kleidung auf dem Stuhl, die Mama am Vorabend für mich ausgesucht hatte. Sie hatte sich gegen den rosa Jogginganzug entschieden und den dunklen Jeansrock rausgelegt, der mit seinen sternchenförmigen Nieten das Westlichste war, was man in Polen hatte kriegen können. Zum Rock passte der eingelaufene, knastgittergestreifte Pullover aus Kratzwolle, weil er mein einziger Pullover war, und eine Falten werfende Strumpfhose in dumpfem Beige, die mir beständig vom Hintern rutschte. Im kalten Licht des Badezimmers starrte ich lange in den Spiegel, um mir selbst Gesellschaft zu leisten. Weder Mama noch Papa würden mich zur Schule begleiten. Sie mussten Tomek in den Kindergarten bringen und anschließend zum Sprachkurs eilen. Außerdem wollten sie mich zur Selbständigkeit erziehen, und dazu gehörte, dass ich mich in Situationen, die neu und fremd waren, allein zurechtfand. Meine Angst wurde nur durch einen Blick auf die Eichhörnchen-Schuhe gemildert.

»Bombig!«, sagte Mama, als ich fertig im Türrahmen stand, nach polnischem Frisurenverständnis gestriegelt, mit einer riesigen weißen Schleife über der Stirn und dem pinkfarbenen Tornister auf dem Rücken.

»Sei brav. Sag nichts Falsches. Fall bloß nicht auf«, gab sie mir auf den Weg.

In der Nacht war ein dichter Nebel aus der Erde gekrochen. Spinnwebengleich hing er von den Bäumen und trübte die Sicht wie Milchglas. Konzentriert lief ich den Weg entlang, den Papa mir am Vortag gezeigt hatte: eine Abkürzung durch den Park. Die alten Eichen wirkten im Nebel wie Spukgespenster. Ich beschleunigte meinen Schritt, dabei ließ ich die roten Schuhe nicht aus den Augen, denn sie bestätigten mir, dass ich noch festen Boden unter den Füßen hatte.

Als der Park hinter mir lag, stellte ich fest, dass die Straße, auf der ich rauskam, nicht die war, die ich erwartet hatte. Über einer Bäckerei quietschte ein Brezelschild im Wind. Ich blickte nervös um mich. Weit und breit war kein Schulkind zu sehen, das mir als Wegweiser hätte dienen können. Nur ein Müllwagen, der unter ohrenbetäubendem Getöse seine Scheinwerferglotzer kullern ließ. Als der Müllwagen weg war, sah ich, dass er mir die Sicht auf die Schule versperrt hatte, deren Blöcke nun grau aus dem Dunst tauchten. Graue Blöcke mit gelb gestrichenen Fensterrahmen. Ich atmete erleichtert auf. Hinter welchem Fenster sich wohl meine neue Klasse befand?

Die Geräuschkulisse des Schulhofs drang immer lauter zu mir herüber. Durch das Schlottern meiner Knie kam die Strumpfhose ins Rutschen. Ich korrigierte beschämt ihren Sitz. Plötzlich kam mir meine Angst ganz dumm vor. In Polen wurden Ausländer wie heilige Kühe verehrt. Warum sollte es hier anders sein?

Auf dem Schulhof wütete ein Meer aus bunten Mützen und blinkenden Ranzen. Ich näherte mich willkürlich einer der wogenden Kindergruppen, nur um mich im letzten Moment umzudrehen und eine andere anzusteuern. Wieder und wieder verließ mich der Mut. Ich überlegte, was passieren würde, wenn ich einfach kehrtmachen und zur Baracke zurückrennen würde. Da hörte ich wie aus einer anderen Wirklichkeit jemanden meinen Namen rufen.

»Alexandra?« Reflexartig streckte ich den Zeigefinger am angewinkelten Ärmchen nach oben. Wenn ich doch nur wüsste, wie man »anwesend!« auf Deutsch sagte. Eine große, hagere Frau kam auf mich zu. Wahrscheinlich war sie eine Lehrerin. »Alexandra?«, fragte sie abermals. Ich nickte stumm. Sie nahm mich an der Hand und führte mich zu einer Kindergruppe, die in Paaren aufgereiht vor dem Eingang des Gebäudes stand. Just in diesem Moment erklang ein Gong, drei harmonische Töne, und die Kinder setzten sich in Bewegung. Ich ging mit der Lehrerin, die immer noch meine Hand festhielt, vorneweg.

Von innen sah das Schulgebäude aus wie ein riesiger Kindergarten. Im Treppenhaus, dem die Kühle öffentlicher Einrichtungen fehlte, hingen keine Schwarz-Weiß-Porträts bedeutender Staatsmänner, sondern farbenfrohe Collagen. Ich konnte den Blick nicht von den riesigen Sombreros auf den Fluren lösen, die hier offenbar als Sitzgelegenheit dienten. An der Hand der Lehrerin fühlte ich mich sicher. Als wir die Treppe erklommen, blickte ich nach unten, um mir die Gesichter der anderen Kinder anzusehen. Ich erschrak, als mir bewusst wurde, dass zwei Mädchen mich direkt anstarrten. Sie flüsterten und kicherten und musterten mich von oben bis unten. Obwohl ich nicht verstand, was sie zueinander sagten, wusste ich, dass ihr Getuschel irgendwas damit zu tun haben musste, wie ich gekleidet war. Erst jetzt fiel mir auf, wie anders ich aussah mit der großen steifen Schleife auf dem Kopf und den tristen Farben meines Pullovers. In Polen hatte ich mich nie darum sorgen müssen, ob meine Kleidungsstücke zusammenpassten oder nicht. Wichtig war nur, dass die Schulkittel immer sauber und gebügelt waren. Auf den letzten Metern zum Klassenraum starrte ich befangen auf meine Eichhörnchen-Schuhe, deren leuchtendes Rot innerhalb von Minuten verblasst war.

Die Lehrerin ließ meine Hand erst in der Klasse los. Ich sah mich um. Aus großen Postern schauten mich selbstbewusste Tiere an. Ein Schimpanse auf der Toilette, mit heruntergelassenen Hosen, ein Dackel mit Sonnenbrille, der an einer Eistüte leckte, und ein Löwe, der keine Anstalten machte, sich beim Gähnen die Pfote vors Maul zu halten. Die Tafel, die im Klassenzimmer hing, war beweglich und ließ sich aufklappen wie ein Altarbild. Es waren Kästchen und Linien draufgemalt. Auf der langen Fensterbank entdeckte ich viele unförmige und schlampig bemalte Salzteigwürste. Weil ich nicht wusste, wo ich mich hinsetzen sollte, hielt ich nach einem freundlichen Gesicht Ausschau. Ein Mädchen lächelte mich warm an. Mit ihrem unter dem Kinn zusammengeknoteten Kopftuch sah sie aus wie eine alte Oma vom Bauernhof. Ihre modischen Ansichten mochten etwas verrückt sein, aber ich war erleichtert und froh, als ich bemerkte, dass den Platz neben ihr noch niemand besetzt hatte. Ich lächelte dankbar zurück und setzte mich zu ihr, durchgestreckt wie ein Soldat, die Hände flach auf dem Tisch, wie man es mir in Polen beigebracht hatte, und spürte sogleich Blicke im Rücken, die nach einer Erklärung verlangten. Nachdem alle ihre Plätze eingenommen hatten, machte die Lehrerin sich daran, die Anwesenheit zu überprüfen. Ich merkte auf, als ich sie nach »Kowalski« fragen hörte. Kowalski war ein polnischer Name, und ich hatte nicht mitbekommen, wer die Hand gehoben hatte. Meine Sitznachbarin war es jedenfalls nicht, und außer uns beiden wirkte hier niemand falsch angezogen. Wenn es in meiner Klasse wirklich noch jemanden aus Polen gab, war ich gerettet. Zumindest eine Freundschaft wäre mir sicher.

Meinen eigenen Namen hatte die Lehrerin nicht vorgelesen. Stattdessen winkte sie mich zu sich, richtete meinen Kopf zur Klasse und legte mir die Hände auf die Schultern. Von hier konnte ich endlich alle Kinder sehen. Spätestens jetzt hatte jeder bemerkt, dass eine Neue in der Klasse war, zudem eine, die aussah, als wäre sie aus einem Ufo gefallen. Über zwanzig aufgesperrten Mündern starrten mich vierzig große, seltsame Augen an.

»Guten Morgen, Kinder. Das ist Alexandra«, sagte die Lehrerin freundlich, laut und besonders deutlich. »Alexandra kommt aus Polen. Hallo Alexandra!« Sie lächelte mich breit an, und ich staunte über ihre großen Zähne, über denen sich das Zahnfleisch wölbte wie ein rosiger Morgenhimmel.

»HAL-LO A-LEX-AN-DRA!«, rief die Klasse im Chor zurück.

»Ich bin Frau Stubenrecht«, sagte die Lehrerin, nahm ein Stück Kreide zwischen die Finger und schrieb ihren Namen an die Tafel. Dann reichte sie mir die Kreide und bat mich, auch den meinen an die Tafel zu schreiben. Ich gab mir große Mühe mit meiner Schönschrift. Dabei entdeckte ich, dass die Buchstaben von Frau Stubenrechts Schreibschrift ganz anders aussahen als die, die ich in der Schule gelernt hatte. Was bei ihr eine bauchige Schlaufe war, war bei mir ein schlanker Spazierstock. Außerdem wurde der Name der Lehrerin ganz anders geschrieben, als er gesprochen wurde, also nicht *Sztubenreśt*, wie ich ihn geschrieben hätte. Was Frau Stubenrecht danach zur Klasse gesagt hatte, habe ich nicht verstanden, aber alle erhoben sich von ihren Plätzen und reihten sich vor mir auf, als wäre ich ein Pfarrer, der Hostien austeilt. Dann fingen sie an, mir einer nach dem anderen die Hand zu reichen und jeweils ein Wort zu sagen.

»Volker.«

»Mareike.«

»Doreen.«

»Achmed.«

Dass es sich bei den merkwürdigen Wörtern um Namen handelte, begriff ich erst, als ein kastenförmiges, kurzgeschorenes Mädchen herrisch vor mich trat und auf Polnisch raunte:

»Ewa. Ich bin auch aus Polen. Aber denk bloß nicht, dass ich deine Freundin bin.«

Das also war die zweite Polin! Ich senkte beschämt den Blick. Sie trug natürlich keine Eichhörnchen-Schuhe.

In der kleinen Pause hatte meine nette Sitznachbarin Fatma den Klassenraum verlassen, und ich wusste nicht, was ich mit mir anstellen sollte. Ewa Kowalski saß nur zwei Plätze weiter und schlürfte ein Tütchen Capri Sonne. Sie war die Einzige, die Polnisch konnte, also beschloss ich, es noch mal mit ihr zu versuchen. Sie trug ein Hemd mit steifem Kragen und darüber einen weinroten Pullunder mit einem kleinen aufgenähten Krokodil auf der Brust. Als ich mich zu ihr drehte, zog sie die Augen zu schmalen Schlitzen zusammen und ließ die Fingerknöchel knacken.

»Du hast einen schönen Pullover an«, sagte ich zu ihr.

Mama hatte mir beigebracht, dass man mit netten Komplimenten den ärgsten Rivalen erweichen konnte.

»Du nicht«, entgegnete Ewa barsch.

»Ich weiß«, war alles, was ich erwidern konnte.

»Mein Pullover ist ein Markenpullover«, erklärte Ewa. »Der hat richtig viel gekostet, weißt du?«

»Hast du ihn geschenkt bekommen?«, fragte ich, damit das Gespräch nicht gleich wieder abbrach.

»Das geht dich gar nichts an. Und nun hör auf, mich vollzulabern. Freundinnen hab ich genug.«

Sie saugte ihr Trinktütchen leer und wanderte behäbig zum Mülleimer, wo sie sich zu den zwei Mädchen gesellte, die auf der Treppe über mich getuschelt hatten. Sie ließ mich in einer Verwirrung zurück, aus der mich nur der Pausengong reißen konnte.

In der nächsten Stunde stand ein Diktat an. Die Kinder holten ihre Hefte heraus, und ich tat es ihnen gleich. Eine Besonderheit deutscher Hefte war, dass der Umschlag wie Autolack glänzte und hinten Comics von Donald Duck abgedruckt waren. Die Linierung im Heft war sehr eigenartig, sie erinnerte eher an Notenblätter. Während Frau Stubenrecht mit getragener Stimme einen Text vorlas, stellte ich erstaunt fest, dass ich ziemlich viele Wörter schon mal gehört hatte und Buchstabe für Buchstabe zu Papier bringen konnte. Nach dem Diktat ging die Lehrerin durch die Reihen, las, was die Kinder geschrieben hatten, und setzte dann mit einem Kopfstreicheln hier und einem Schulterklopfen dort kleine rosa Stempel in die Hefte der Kinder. Auch ich bekam einen. Es war ein Elefant, der auf einem Ball balancierte.

»Hey, warum krieg wieder nur ich keinen Stempel!?«, schrie ein dunkelhaariger Junge, der ganz am Rand in der letzten Reihe saß. Alle Köpfe drehten sich abrupt zu ihm um.

»Du hast kein einziges Wort richtig geschrieben, Dominik«, sagte die Lehrerin mit bedauerndem Kopfnicken.

Der Junge schaute ungläubig in sein Heft, dann stieß er sich mit ausgestreckten Armen von seinem Tisch weg, der für einen spannungsgeladenen Moment kippelte, bevor er scheppernd zu Boden krachte. Ich war entsetzt. Wie konnte sich ein Schuljunge so benehmen? Zu allem Überfluss beeilte sich die Lehrerin gleich, ihn mit lieben Worten zu besänftigen, statt ihn einfach an Arsch und Kragen zu packen und aus der Klasse zu werfen. Während ich auf den Rabauken starrte, der mit solcher Leichtigkeit alle Gesetze der Höflichkeit brach, hatten die anderen Kinder sich längst gelangweilt von ihm abgewandt. Es war bestimmt nicht das erste Mal, dass er dieses Verhalten an den Tag gelegt hatte.

Kurz vor der großen Pause teilte Frau Stubenrecht Milchpäckchen aus, von denen es in der Plastikkiste drei verschiedene Sorten gab. Weiße Packungen, braune Packungen – da war dann wohl Kakao drin – und gelbe Packungen. Ich fragte mich, wofür das Gelb stehen mochte. Als hätte sie meine Gedanken erraten, stellte Frau Stubenrecht mir ausgerechnet ein gelbes

Päckchen auf den Tisch. Gekonnt löste ich den Strohhalm vom Klebepopel, durchstach mit der Spitze die Silberfolie und schlürfte mutig drauflos. Halleluja! Wenn das nicht der Geschmack des Paradieses war! »Vanille« stand klein auf der Packung. Ich drückte sie mit beiden Händen und saugte mich in Ekstase. Das leere Milchpäckchen schmiss ich nicht weg, sondern legte es in meinen Ranzen, um es Mama und Papa zu Hause vorführen zu können. Wenn man das leere Päckchen drückte, kam aus dem Strohhalm ja noch der Duft, der den himmlischen Geschmack erahnen ließ.

Ich bemerkte, wie mich die Lehrerin besorgt musterte. Schließlich trat sie an meinen Tisch und fragte: »Hast du keinen Hunger, Alexandra?« Mit einer Hand tippte sie sich an den Mund, mit der anderen tätschelte sie ihren Bauch. Mama hatte im Morgentrubel gar nicht daran gedacht, mir ein Brot mitzugeben. Ich nickte, und Frau Stubenrecht holte einen Mars-Riegel aus ihrer Tasche, den sie mir lächelnd auf den Tisch legte. Ich bedankte mich und ließ ihn in die Tasche meiner Strickjacke gleiten. Meine Eltern und Tomek würden sich bestimmt über ein Mitbringsel freuen. Außerdem war der Riegel ein Beweis für das unbegreiflich zuvorkommende Verhalten deutscher Lehrer.

Als ich schon eine ganze Weile allein auf dem Schulhof gestanden hatte, kamen drei Mädchen aus meiner Klasse auf mich zu. Die in der Mitte hatte Augenringe und sah dank fehlender Vorderzähne aus wie ein kleiner Vampir.

»Sag mal Schrank!«, rief sie frech.

»Szrank«, antwortete ich brav.

»Sag mal Apfel!«, forderte eine mit gepolstertem

Haarreifen, die ohne ihren flaumigen Schnurrbart wie eine arabische Prinzessin ausgesehen hätte.

»Sag mal Elefant!«, befahl die andere wieder, während die Dritte, eine Blondine mit fleischigem Kinn, nur nichtssagend grinste.

»Sag mal: Ich bin doof!«, rief jemand schroff dazwischen. Ich riss den Kopf herum und erkannte den Rüpel, der nach dem Diktat Radau gemacht hatte.

»Gib mir sofort dein Mars, oder ich hau dich!«, sagte er mit ausgestreckter Hand, an der er seine gekrümmten Finger wackeln ließ. Ich starrte ihn mit glühendem Kopf an.

»Was ist, bist du taub?«, schrie er mich an. »Gib mir dein Mars!«

Die Mädchen hatten sich zwei Schritte entfernt und beobachteten die Situation mit schauriger Erwartung. Ich zog den Marsriegel aus meiner Tasche, den Dominik mir sogleich mit einer unvorhersehbaren Armbewegung aus der Hand riss. Dann begann er, damit vor meiner Nase herumzufuchteln, als wäre ich ein Hund und der Riegel ein Stock.

»Hol's dir doch, hol's dir doch!«, triezte er mich.

»Ich habe kein Geld«, murmelte ich.

»Was hast du gesagt?« Dominik brach in glucksendes Gelächter aus.

»Ich habe kein Geld«, wiederholte ich leise.

Die drei Mädchen, die uns keine Sekunde aus den Augen gelassen hatten, grölten, und Dominik ließ den Riegel in der Bauchtasche seines Pullovers verschwinden.

Weil ich spürte, dass mir eine Flucht bevorstand, sah ich mich nach einem vertrauten Kopftuch um, aber weit und breit war keine Spur von Fatma. Ich stürmte ins Schulgebäude und atmete auf, als ich auf Anhieb die Mädchentoiletten fand. Keuchend schloss ich mich in einer Kabine ein und streckte die Beine weit von mir, damit mich niemand an den Eichhörnchen-Schuhen erkannte. Erst nach dem zweiten Pausengong fasste ich den Mut, die Kabine zu verlassen. Im Spiegel über dem Waschbecken fand ich meine Augen zu zwei graublauen Pfützen geronnen, goldbraun gesprenkelt mit dem Weizenstaub meiner ländlichen Herkunft.

Zum Unterricht kam ich zu spät. Die Lehrerin teilte gerade Blätter mit Rechenaufgaben aus. Angestrengt versuchte ich, nicht Dominik anzuschauen, der sich statt meines Mars-Riegels die Schnüre seines Kapuzenpullovers schmecken ließ. Er hatte mich bestohlen und gedemütigt und war mit Abstand der schlimmste Dummkopf und Grobian, der mir je begegnet war. Auf die Rechenaufgaben konnte ich mich nicht konzentrieren. Obwohl Frau Stubenrecht so nett zu mir gewesen war und Fatma mich immerzu anlächelte, kreisten meine Gedanken nur um Dominik und Ewa, die mir deutlich gezeigt hatten, wie wenig sie von mir hielten. Warum wollte Ewa Kowalski nicht meine Freundin sein? Warum war sie so stolz auf ein Pullunder-Krokodil, das wie eine zertretene Wäscheklammer aussah? Und dieser Dominik? Würde er mich jetzt jeden Tag schikanieren? Was hatte ich bloß an mir, das beide so wütend machte?

Als ich das Schulgebäude verließ, war der Nebel abgezogen, und hinter dem dünnen Wolkenschleier wartete eine stumpfe Herbstsonne auf mich. Ich lief um das Schulgebäude herum, um wieder die Abkürzung durch den Park nehmen zu können.

»Ey!«, hörte ich jemanden hinter mir rufen. Die

Stimme gehörte Dominik, dem grobschlächtigen Rabauken. Ich wollte mich gerade an die Schlaufen meines Ranzens klemmen und um mein Leben rennen, da hatte er mich schon eingeholt und riss mich am Arm herum. In seiner ausgestreckten Hand lag mein Mars-Riegel.

»Ich habe auch kein Geld«, sagte er, als er ihn mir zerdrückt und zerknautscht wiedergab. Dann drehte er sich einfach um und rannte weg.

16.

Der, die, das

»*Podkoszulek!*«, sagte Mama und klappte das Lehrbuch zu, zwei Finger zwischen den Seiten.

»Unterhemd!«, gab Papa blitzschnell zur Antwort.

Wie jeden Nachmittag nach dem Essen saßen meine Eltern wippend auf dem Bett und fragten einander Vokabeln ab.

»Der, die oder das?«

»*Das* Unterhemd.«

»Richtig«, nickte Mama. »Das kann ich mir merken, aber wie kann es sein, dass es *die* Hose heißt und *der* Rock, wenn das eine von Männern getragen wird und das andere von Frauen? Total unlogisch!«

Papa lächelte. »Daher auch die schlesische Klage: Gäbe es kein Der-die-das, wären wir ganze Deutsche.«

Ich horchte auf. Ganze Deutsche? Wir?

»Warum kann Oma eigentlich Deutsch?«, fragte ich und dachte daran, wie Oma ständig ihre *brele* verlegte oder ein *fojercojg* suchte, wie sie mir *bratkartofle* oder eine *klapsznita* machte und wie sie *rajzyfiber* bekam, bevor sie in die *ajzynbana* stieg. Alles Wörter, die ich schon immer verstanden hatte, ohne zu wissen, dass sie deutschen Ursprungs waren.

»Oma hat als Dienstmädchen bei einer deutschen Familie gearbeitet«, erzählte Mama.

»Und was ist mit den anderen alten Leuten aus Polen, die Deutsch können?«, fragte ich. »Haben die da auch alle gearbeitet?«

»Manche haben für Deutsche gearbeitet, andere für Polen. Aber alle, die im Krieg in deinem Alter waren, mussten in eine deutsche Schule gehen. Oma Greta ist auch in eine deutsche Schule gegangen. Deswegen kann sie auch ›Fuchs, du hast die Gans gestohlen‹ und ›Hänschen klein‹ singen.«

»Aber wenn eure Eltern Deutsch konnten, warum könnt ihr es dann nicht?«, wunderte ich mich.

»Nach dem Krieg war es in Polen verboten, deutsch zu sprechen«, erklärte Papa. »So wie während des Krieges Polnisch verboten war.«

»Polnisch war verboten? Warum?«

Mama und Papa tauschten einen zögerlichen Blick aus.

»Das lernst du noch in der Schule«, sagte Mama, bevor sie wieder im Deutsch-Lehrbuch zu blättern begann.

Meine Eltern besuchten vormittags einen Sprachkurs. Nachmittags prägten sie sich Vokabeln ein. Und abends kam eine Ehrenamtliche in die Baracke, um die Aussiedler im Gemeinschaftsraum lehrreich vollzuquatschen. Sie hieß Frau Miesinger-Rathgeb und stand allabendlich pünktlich um sechs auf der Matte, obwohl niemand sie herbestellt hatte. Wer sich mit »Kann ich Sprache schon!« vor ihrer Wohltätigkeit drücken wollte, den köderte sie mit entwaffnendem Enthusiasmus und Erfrischungsstäbchen. Der Lehrplan von Frau Miesinger-Rathgeb bestand aus absurden Lektionen, in denen meine Eltern Sätze wie »Ein Neger mit Gazelle zagt im Regen nie« auswendig lernen mussten. Zur Belohnung verriet die Lehrerin, dass der Satz von vorn und von hinten gelesen werden konnte. Ein anderes Mal mussten sich ihre Lehrgefangenen merken, dass Milch müde Männer munter macht und Fischers Fritz frische Fische fischt. Bald hatte sich der Gemeinschaftsraum in ein richtiges Klassenzimmer verwandelt, in dem Erwachsene wie Schüler vor sich hin dämmerten und einander Briefchen auf die Rückseiten von Kassenzetteln schrieben. Viele gingen während des Unterrichts auf die Toilette, um auf mysteriöse Weise in den Röhren der Kanalisation zu verschwinden. Jeder versuchte, sich aus dem Unterricht zu stehlen, ohne die deutsche Frau spüren zu lassen, dass man in der Baracke keine Zeit für Zungenbrecher hatte. Die Gebote polnischer Höflichkeit machten es undenkbar, Frau Miesinger-Rathgeb jemals die Wahrheit zu sagen.

Mein eigener Sprachkurs fand in der Schule statt, einmal pro Woche, und hieß auf dem Stundenplan »Förderunterricht«. Diese zwei Stunden gehörten den Kindern aus anderen Ländern, die noch nicht Deutsch sprechen konnten. Ewa und Fatma saßen nicht mehr drin. Meine Förderlehrerin hieß Frau Sonnenschein. Sie trug eine Bluse, auf die kleine Bananen gestickt waren, und zwischen ihren glänzenden Bäckchen klebte das liebste Lächeln.

Im Förderunterricht lernten wir zunächst Buchstaben, die es nur im Deutschen gab. Am ulkigsten war ein kleines s, das wie ein großes B aussah und im Mund zischte. Während man im Polnischen an Buchstaben

Schwänzchen und Striche heften konnte, schwebten im Deutschen manchmal zwei Punkte über dem A, O oder U. Das Ü sah aus wie Frau Sonnenschein, wenn sie von einem Ohr zum anderen grinste, und kam in Wörtern vor, die sie besonders mochte: *Übung*, also die Aufgaben, die wir in ihrem Unterricht machten, oder *Tüte*. Da waren die Kopien mit den Übungen drin. Im Ö erkannte ich den fauchenden *Löwen* und das vor Schreck geweitete Maul einer *Kröte*. Und alles mit einem Ä darin klang verächtlich und unfreundlich. »*Bäh!*«, sagte man, wenn man etwas nicht mochte. *Krähe* hieß der schaurige Vogel. »*Verspätung!*«, schrieb Frau Stubenrecht ins Klassenbuch, wenn man verschlafen hatte.

Im Förderunterricht fühlte ich mich endlich wieder normal. Meine Klamotten waren normal, denn sie unterschieden sich kaum von denen der Russen, Bulgaren und Rumänen. Meine Haare waren normal. Keiner von uns aus dem Osten hatte einen Pottschnitt oder eine saure Dauerwelle. Sogar unsere Sprachlosigkeit war normal. In der ganzen Schule gab es keinen Ort, der sich sicherer anfühlte. Bis ein neuer Schüler in die Förderklasse kam. Einer, der überhaupt nicht normal war.

»Das ist Dominik«, sagte Frau Sonnenschein. »Er kommt zwar aus Deutschland, aber …« Mit schulterzuckendem Unbehagen korrigierte sie ihre Miene zu einem optimistischen Lächeln.

Nicht der schon wieder, dachte ich, während die Panik in mir hochstieg. Was hatte dieser Rabauke ausgerechnet im Förderunterricht verloren, dem einzigen Ort, wo ich sein durfte, wie ich war?

»Dominik hat Probleme mit Lesen und Schreiben.

Darum ist er hier. Um mit uns zu üben«, erklärte Frau Sonnenschein.

Dominik, der die ganze Zeit finster ins Leere gestarrt hatte, nahm in der letzten Reihe Platz, als wollte er mit niemandem etwas zu tun haben. Er versteckte sein Gesicht hinter dem Vorhang seiner viel zu lang gewordenen Haare und zeichnete mit dem Finger die Ritzspuren auf dem Tisch nach. Wann immer mein Blick sich in seine Richtung verirrte, schien Dominik bemüht, niemandem in die Augen zu sehen.

Frau Sonnenschein teilte Arbeitsblätter aus und stellte fest, dass sie nicht genug Exemplare kopiert hatte.

»Dominik, setz dich bitte zu Alexandra«, hörte ich sie raunen wie in einem Alptraum. »Ihr könnt die Aufgabe auch zusammen machen.«

Bevor ich ein Stoßgebet sprechen und ein Kreuz schlagen konnte, saß Dominik neben mir und fauchte: »Polacken!«

Ich zuckte zusammen. Versuchte er sich etwa am Polnischen? Einen Mann aus Polen nannte man *Polak*, eine Frau hieß *Polka*. Das Wort »Polacken« existierte in der polnischen Sprache nicht.

»Polka«, berichtigte ich ihn also leise.

Dominik sah mich kopfschüttelnd an, dann schnaubte er verächtlich durch die Nasenlöcher und fummelte einen abgenagten Bleistift aus seinem Mäppchen.

Unsere Übung bestand darin, die Mitglieder einer Bärenfamilie richtig zu benennen. Dominik riss das Blatt an sich, und ich sah mit zusammengepressten Augen zu, wie er den großen Bären mit »Papper« beschriftete und den kleinen Bärenjungen mit »Bruda«.

»Keine Lust mehr«, grummelte er und schob mir das unvollendete Blatt hin, ohne mich anzusehen. Ich korrigierte »Papper« zu »Papa« und »Bruda« zu »Bruder« und ergänzte die restlichen Leerstellen. Unsere Arbeit wurde von Frau Sonnenschein mit einem doppelten Hundestempel belohnt.

Nach der Übung flüchtete Dominik sofort zurück an seinen Platz. Unser Übungsblatt hatte er mitgenommen. Den Rest der Stunde verbrachte er mit wütendem Kritzeln.

Als der Gong den Unterricht beendete, knüllte Dominik sein Blatt zusammen und warf es im hohen Bogen Richtung Mülleimer. Er traf nicht, und das Bällchen purzelte unter die Tafel. Ohne seinen Müll aufzuheben, stürmte er als Erster aus der Klasse, und ich hörte nur noch seine Turnschuhe hastig über den gebohnerten Boden quietschen. Beim Zusammenpacken ließ ich mir viel Zeit, damit ich ihm draußen nicht über den Weg lief. Im Rausgehen hob ich das Papierbällchen auf, um es in den Mülleimer zu werfen, aber dann hielt ich inne. Der Zettel gehörte auch mir, und ich schmiss nie ein Arbeitsblatt weg. Also stopfte ich mir das Bällchen in die Jackentasche und huschte nach Hause.

Als ich dort den Papierball auseinanderfaltete, entdeckte ich, dass die gesamte Rückseite mit Zeichnungen bedeckt war. Ein Baum mit ausladender Krone und fein ausgearbeiteten Ästen, ein fliegendes Auto und eine naturgetreue Fledermaus. Dominik mochte ein unmöglicher Mensch sein, aber ich musste zugeben, dass er wirklich gut zeichnen konnte. Ich strich das Blatt mit beiden Händen glatt und presste es vorerst zwischen die Seiten meiner Fibel.

Eines Tages ereignete sich im Gemeinschaftsraum der Baracke eine unerhörte Begebenheit. Frau Miesinger-Rathgeb war am späten Nachmittag eingetroffen, um ihren eigenwilligen Deutschunterricht zu erteilen. Ausnahmsweise hatte sie ihren Sohn dabei, ein Kleinkind, das sie in der Baracke frei herumlaufen ließ. Meine Mutter hatte an diesem Tag einen Schokoladenkuchen gebacken. Sie stand noch in der Küche, als das Kind mit offenen Armen auf sie zurannte. Mama gab ihm ein Stück vom Schokoladenkuchen und betrat, das Kind auf dem Arm schaukelnd, den Gemeinschaftsraum, wo Frau Miesinger-Rathgeb ihre Schüler erwartete. Nachdem Mama das Kind abgesetzt hatte, blickte sie wohlwollend auf sein schokoladenverschmiertes Mäulchen. Um sich selbst und der Frau zu beweisen, wie gut es dem Kleinen schmeckte, ging Mama in die Hocke, klopfte sich mehrmals auf den Bauch und sagte: »A-A! Jaaaa, A-A schmeckt gut!«

Frau Miesinger-Rathgeb starrte meine Mutter entgeistert an, bevor sie sich ihr Kind schnappte und ohne eine Erklärung aus der Baracke stürmte. Sie ließ Mama in großer Verwirrung zurück.

»Was habe ich getan?«, rätselte Mama später. Es bedurfte meines fortgeschrittenen Wortschatzes, um aufzuklären, dass »A-A« in deutscher Kindersprache etwas anderes meinte als »Leckerlecker«.

Am 10. November 1989, als kein Zweifel mehr darüber bestand, dass Frau Miesinger-Rathgeb für alle Zeit vergrault worden war, konnte die Wiedereinweihung des Gemeinschaftsraums gefeiert werden. Dorota Ogórkowa hatte einen Fernseher vom Sperrmüll gespendet, und alle trudelten mit Bierflaschen und Salzstangen ein, um die Abendnachrichten zu schauen. Dank verbesserter Deutschkenntnisse waren die Aussiedler endlich nicht mehr vom Weltgeschehen abgeschnitten. Während Damian Ogórek noch auf den Fernseher einschlug, um das Bild zu korrigieren, erklang schon die Erkennungsmelodie, gefolgt von der Ansage: »Hier ist das Erste Deutsche Fernsehen mit der Tagesschau.« Neben dem Nachrichtensprecher stand groß: »Offene Grenze«. Es wurde ein Gedränge gezeigt, eine gelbe U-Bahn fuhr ein, und Menschenmassen pressten sich durch die Kontrollstellen zwischen DDR und BRD. Was die Sprache verschleierte, erklärten die Bilder. Männer in Jeansjacken standen auf der Berliner Mauer und schlugen mit Hämmern auf sie ein. Ein Stück brach heraus und kippte vornüber. Vor dem Brandenburger Tor weitere Menschenmassen, die skandierten: »Die Mauer muss weg!« Neben dem Nachrichtensprecher stand jetzt: »Ansturm von DDR-Bürgern«, und mein Herz klopfte beim Anblick von Schlangen hupender Trabis, aus denen Menschen ihre Arme in einen staubigen Sonnenaufgang streckten. Hunderttausende waren auf dem Weg in den Westen.

17.

Lambada

Es war unser erster Winter ohne Schnee. Papa brauchte keine Russenmütze mit Ohrenklappen und Mama keinen Pelzmantel mehr, und ich würde nie wieder dick eingepackt wie Juri Gagarin in weißen Schneelandschaften versinken. Obwohl dieser Umstand mit ungekannter Bewegungsfreiheit einherging, vermisste ich die Möglichkeit, den Schlitten aus Omas Keller zu ziehen. Ich vermisste sogar den giftigen, stinkenden Rauch, der an polnischen Dezembertagen aus den Schornsteinen kroch. Zum Glück gab es etwas, das die Trübseligkeit vertrieb, weil es aus einer Welt kam, in der immer Sommer war: Es trug den exotischen Namen »Lambada«. Immer wenn ich Frau Ogórkowa besuchte, schob sie für mich eine Kassette in den Videorekorder, die mit *»Teledyski«* beschriftet war. Sie enthielt verschiedene aus dem Fernsehen aufgenommene Musikvideos. Lambada war ein Lied, eine Mode und ein Tanz, aber vor allem war es ein neuartiges Gefühl, ausgelöst von zwei Kindern, die vor südländischer Meereskulisse die Hüften kreisen ließen. Das Mädchen hatte eisblaue Augen und lange blonde Haare, und der Junge, der sie im Tanz eng umschlungen hielt, war schwarz. Während eine Frau mit Vogelnest auf dem Kopf die melancholische Melodie sang, tanzten die beiden inmitten fliegender Röcke von der Farbe sonnengereifter Zitronen. Als würden die sichtbaren Pobacken der erwachsenen Frauen sie nicht beschämen, als wäre es egal, dass sie nicht die gleiche Hautfarbe hatten, als spielte es keine Rolle, dass das Mädchen einen Kopf größer war als ihr dunkelhäutiger Tanzpartner. Sie tanzten wie Erwachsene, Stirn an Stirn, mit einer rätselhaften Sehnsucht im Blick.

Zwar wusste ich, dass es außer der Liebe zu Gott und der Vaterlandsliebe auch die Liebe zwischen Mann und Frau gab. Aber für Kinder war diese Liebe verboten, und selbst die Erwachsenen hörte man selten darüber reden. Dorota Ogórkowa war eine große Ausnahme. Bei ihr durfte ich das Video, das meine Mutter »unanständig« fand, so oft schauen, wie ich wollte. Es war unser Geheimnis, genau wie die Zigarette, an der sie mich einmal spaßeshalber hatte ziehen lassen.

Unser Zimmer war erfüllt vom Duft spritzender Mandarinen. Wir saßen im Schein brennender Teelichter, als Mama mich bat, den Müll rauszutragen. Um es so schnell wie möglich hinter mich zu bringen, schlüpfte ich in Mamas riesige Latschen und schlappte zum Müllcontainer. Als sich meine Augen zufällig vom Boden lösten, erblickte ich im grellgelben Licht der Laterne einen Jungen, der mit einer Dose Flirt in der Hand vor den Müllcontainern auf und ab ging. Obwohl ich mich plötzlich für die Latschen an meinen Füßen schämte, steuerte ich schnurstracks auf den Container zu. Ohne den Jungen eines Blickes zu würdigen, geradezu als wäre er unsichtbar, schob ich den Containerdeckel hoch und ließ den Müllsack hineinplumpsen.

»Hey, wohnst du hier?«, fragte der Junge auf Polnisch. Der Wind hatte mich zu ihm gedreht wie einen willenlosen Wetterhahn, so dass ich ihm direkt ins Gesicht sehen musste. Ein Gewühl von Löckchen, luftigen Wirbeln und schmalzigen Spiralen wand sich auf seinem Kopf. Er sah etwas älter aus als ich, und seine Haut war dunkler als bei den kränklich blassen Polenjungen, die verstohlen durch die Gänge der Grundschule schlichen. Er trug eine speckige, viel zu große Lederjacke, unter der ein schwarzes T-Shirt mit fauchendem Panther aufblitzte.

»M-hm«, bejahte ich. »Da drin.« Ich zeigte auf die Baracke, obwohl weit und breit kein anderes Gebäude stand, in dem ich hätte wohnen können.

»Ich auch!«, rief der Junge zu meinem Erschrecken und streckte mir seine große Hand entgegen. »Ich bin Bajtek«, stellte er sich mir vor. Nun wurde mir einiges klar. Bajtek, der Sohn von Ogóreks, der bei seinen Großeltern Deutsch lernen musste, bevor seine Eltern ihn aus Polen einreisen ließen. Meine Hand verschwand zitternd in seiner.

»Ich bin Ola«, presste ich aus mir heraus. Bajtek sah mich belustigt an.

»Ich bin mit meiner kleinen Schwester gekommen.«

Isaura, dachte ich.

»Isaura«, sagte Bajtek.

»Du hast eine Schwester?« Ich tat überrascht.

»Ja. Hey, sie hat eine echte Barbie dabei. Wenn du nett zu ihr bist, lässt sie dich bestimmt damit spielen!«

»Das wäre … super!«, stammelte ich.

»Also dann … Wir sehen uns«, sagte Bajtek zwinkernd, worauf ich, statt zu antworten, mit hochrotem Kopf und fliegenden Latschen nach Hause stolperte.

Kurz nach meiner atemlosen Ankunft klopfte Dorota an die Zimmertür und lud unsere ganze Familie zum Vorstellungsumtrunk ein.

»Sind Kinder jetzt da, können wir kennenlernen!«, erklärte sie meinen Eltern im blechernen Brüllton. Wie so manche Frau aus Oberschlesien klang sie selbst in herzlichen Momenten, als würde sie ein unartiges Kind anschreien. Ich tauschte flink Mamas Latschen gegen meine chinesischen Eichhörnchen-Schuhe und fuhr mir einige Male plättend über die Haare.

Als wir auf den Flur traten, stand die Tür bei Ogóreks schon offen. Ich entdeckte sofort die kleine Isaura, ein Mädchen, dessen Alter ich auf Vorschule schätzte. Sie hatte eine leere Klopapierrolle in den Händen, in der ein mümmelnder Hamster steckte.

»Isa, hab ich dir gesagt sollst du Tier in Ruhe lassen!«, mahnte Dorota. »Machst du alle deine Hamster kaputt!«

»Dumme Ziege!«, rief Bajtek, der sich halsbrecherisch vom Etagenbett stürzte, um seiner Schwester tadelnd an den Kopf zu patschen.

»*Kurwa*, Bajtek! Red nicht so hässlich vor Frau Professor«, fuhr Dorota dazwischen, und zu meinen Eltern gewandt sagte sie: »Kommen, kommen. Steht Drink schon auf den Tisch. Sag ich euch, Kinder erziehen ist Ding von Unmöglichkeit. Wie Regenschirm in Arsch aufmachen.«

Meine Mutter setzte ein halb verkrampftes, halb verständnisvolles Gesicht auf und kraulte Tomek beidseitig das Köpfchen, was bedeutete, dass sie ihm diskret die Ohren zuhielt.

»Hey, Ola!«, rief Bajtek mir wacker zu. »Lange nicht gesehen.«

Ich wollte nichts lieber, als etwas zu entgegnen, aber ich brachte nur ein dünnes Quieken zustande. Dass Bajtek ein bisschen wie *Majkel* aus der amerikanischen Serie mit dem sprechenden Auto aussah, raubte mir den Atem.

Während meine Eltern höflichkeitshalber an Dorotas Drinks nippten und Bajtek wie ein Erwachsener mitnippte, spielte ich mit Isa und ihrer Barbie, die mich erstaunlich wenig interessierte, obwohl man aus ihrem Kleid fünf andere zaubern konnte. Als meine Eltern sich endlich verabschiedeten, war ich erleichtert. Ich konnte es kaum erwarten, im Bett mit Eulenaugen an die Decke zu starren und von dem Tag zu träumen, an dem Bajtek mir seine Liebe gestehen würde. Er trüge einen Turban mit Fasanenfeder, ich ein luftiges Lambada-Röckchen, und auf dem Rücken eines Rappen galoppierten wir in die glühenden Weiten der Wüste.

In den kommenden Tagen machte mein Zustand mich so anfällig für Peinlichkeiten, dass ich es für das Klügste hielt, Bajtek aus dem Weg zu gehen. In der Schule war das kein Problem. Bajtek ging schon in die vierte Klasse und musste nicht zum Förderunterricht. Auf dem Schulhof stand er immer abseits, bei den älteren Jungs. Wir kamen uns nicht in die Quere. Doch wenn Dorota uns abends besuchte und Bajtek dabeihatte, stellte ich mich schlafend, und wenn er mir auf dem Flur entgegenkam, hockte ich mich hin und schnürte mir langsam und sorgfältig die Schuhe. Ich lief sogar absichtlich mit losen Schnürsenkeln rum, damit ich jederzeit einen Grund hatte, mich zu ducken. Ich würde Bajtek nie zeigen können, dass ich ihn mochte. Ich war nicht wie das Mädchen aus dem Lambada-Video.

Zu unserem zweiten Wortwechsel kam es erst am Tag des vorweihnachtlichen Sperrmülls, dem alle in der Baracke entgegenfieberten. Während die Erwachsenen von neuen Teppichen, Fernsehern und Regalen träumten, hoffte jedes Kind, dass es seine Eltern begleiten durfte, wenn die Dunkelheit sich über den Schatzhügeln herabsenkte. Sperrmülljäger gingen über Leichen. Sie schritten unerschrocken über ausgefranste Bürostühle, zerbrochene Blumenkübel, kahle Schaufensterpuppen und von den eigenen Federn durchbohrte Matratzen. Aus den Trümmerlandschaften befreiten sie alles, was noch zu retten war, und transportierten es in geliehenen Einkaufswagen blitzschnell in die Baracke. Die Plünderung der Straßen erforderte ein gutes Auge, Willensstärke und Schnelligkeit. Nur wenige waren so geschickt wie Damian und Dorota Ogórek, die als Könige des Sperrmülls galten. Sie sammelten kaputte Fernseher und Videorekorder, ließen sie billig reparieren und verkauften sie zu horrenden Preisen an ahnungslose Aussiedler weiter, denen sie in der polnischen Messe auflauerten. Mit den Profis auf den Sperrmüll zu gehen, war seit langem mein Traum.

»Bitte, bitte, bitte, bitte, bitte!«, flehte ich meine Eltern am Sperrmülltag an. »Ich bin doch schon groß. Ich werde schon nicht verloren gehen.«

»Nein«, wiederholte Mama. »Wo hat man denn so etwas gesehen, dass ein Mädchen nachts allein durch die Gassen streunt.«

»Aber die Ogóreks passen doch auf mich auf. Außerdem darf sogar die kleine Isa gehen.«

Nach mehrmaligen Bravheitsversprechen klopfte

meine Mutter endlich bei Ogóreks und überließ mich unter Seufzern deren Obhut.

Der Sperrmüll war genauso aufregend, wie alle immer erzählt hatten. An jeder Straßenecke war ein kleines Wohnzimmer, und überall standen Kisten, in denen man nach Herzenslust wühlen konnte.

»Komm mit!«, rief Bajtek plötzlich und zog mich an der Hand in eine dämmrige Gasse, in der ein ausrangiertes, rotes Sofa stand. »Schau dir das an. Ist das nicht abgefahren?«

Ich nickte. Mit etwas Fantasie sah das Sofa aus, als würde es fliegen können.

»Lass uns kurz hinsetzen«, schlug Bajtek vor. »Ich muss dir unbedingt etwas zeigen.« Er begann, in seiner großen Jackentasche zu wühlen, aus der er nacheinander eine schlaffe Kaugummizigarette, einen Fünfmarkschein und allerlei kleine und große Schrauben beförderte.

»Komisch. Ich find's gerade nicht. Weißt du eigentlich, dass ich gestern Nacht mit meiner Mutter bei euch war?«

Ich schüttelte den Kopf.

»Ja. Und ich habe dir beim Schlafen zugesehen.«

Ich wusste nicht, was ich darauf antworten sollte, und spürte nur, wie ich rosa anlief. Bajteks Finger tasteten immer noch die Taschen seiner Jacke ab. Und plötzlich begriff ich. Bajtek hatte nicht weniger vor als mir hier, auf dem roten Sofa, vor der romantischen Kulisse einer nachtbeleuchteten Stadt, seine Liebe zu gestehen. Und das, wonach er suchte, war offenbar ein Verlobungsring aus dem Kaugummiautomaten. Der Tag, auf den ich so sehnsüchtig gewartet hatte, war endlich gekommen.

»Und dann?«, flüsterte ich erwartungsvoll.

»Hmm? Was?«

»Du ... du hast gesagt, dass du gestern bei uns warst.«

»Ach ja, richtig. Und ich habe dir beim Schlafen zugesehen. Du sahst aus wie ...« – und ich ahnte es schon: wie eine Prinzessin?

»Wie unser Hamster«, platzte Bajtek heraus.

Über die Liebe zwischen Mann und Frau wusste ich nicht viel, und doch genug, um zu begreifen, wie wenig ein Hamster damit zu tun haben konnte. Mit einem Kloß im Hals starrte ich auf Bajteks Schuhe, während mein Gesicht versteinerte.

»Ah, hier! In der Hosentasche!«, rief Bajtek und klopfte sich an den Hintern. Er zog ein Stück Pappe aus seiner Jeans und legte es neben sich aufs Sofa.

»Ich wollte dir eigentlich etwas sagen«, begann er von neuem.

Ich lauschte. Hatte er sich etwas Romantisches aufgeschrieben? Vielleicht hatte ich ihn einfach falsch verstanden und Hamster war für ihn ein Kosewort wie Kätzchen oder Würmchen.

»Ich glaube, ich habe mich verliebt.«

Ich fiel in eine innere Ohnmacht.

»In eine Deutsche«, ergänzte Bajtek. »Sie geht in die sechste Klasse und ist die schönste Frau, die ich je gesehen habe ... Und so reif ... sie hat sogar schon Busen. Wie die Frauen bei *Tutti Frutti*!« Mein Herz brach mit einem Schlag entzwei.

»Du bist in eine alte Deutsche verliebt?«, krächzte ich mit dünner Stimme.

»Ja. Findest du das schlimm? Ich mag polnische Mädchen eigentlich gar nicht«, gestand Bajtek, ohne meine Antwort abzuwarten. »Die haben alle so ein breites Gesicht, wie fette russische Bäuerinnen.«

»Sehe ich auch aus wie eine fette russische Bäuerin?«, fragte ich, tonlos vor Bestürzung.

»Du doch nicht!«, lachte Bajtek und boxte mir kumpelhaft in die Schulter. »*Du* siehst aus wie ein Hamster!«

Von meiner Erschütterung bekam Bajtek nichts mit. Mit verklärtem Lächeln erzählte er mir, wie lange er schon für die Deutsche schwärmte. Dass sie glühende Blicke zwischen den Schulhöfen tauschten, und wie sie ihm kürzlich eine Botschaft zugesteckt hätte, die er seitdem jedem zeigen würde, der sie sehen wollte. Endlich griff er nach der Pappe, die er zuvor aus seiner Hosentasche gezogen hatte. Es war eine in der Mitte geknickte Postkarte, die einen Sonnenuntergang mit geschwungener Palme zeigte. Auf der Rückseite prangte ein Herzaufkleber, und darunter stand etwas geschrieben. Bajtek las vor: »Iiii … Loffe. Eeeh! Ooo! Uuu!«

»Was soll denn das heißen?«, fragte ich.

»Das weißt du noch nicht?«, lachte Bajtek. »Loffe heißt Liebe auf Englisch! Was dieses I und Y und O und U sollen, weiß ich auch nicht. Wahrscheinlich eine Abkürzung oder so was. Aber sie liebt mich! Kapierst du? Da steht Loffe! Und Loffe heißt Liebe auf Englisch!«

Bajtek drückte die Postkarte an seine Brust und sprang tänzelnd vom Sofa. »Komm, wir müssen meine Eltern finden!« Diesmal nahm er mich nicht an die Hand.

Damian und Dorota hatten auf dem Sperrmüll einen Fernseher gefunden, für dessen Reparatur sie meinem Vater 20 Mark versprachen. Als Papa zusammen mit mir den wieder funktionierenden Fernseher bei Ogóreks ablieferte, begann Damian herumzudrucksen.

»Jaaa ... weißt du ... haben wir gerade schlechte Geschäfte gemacht. Kein Geld. Können wir aber mit Bilder bezahlen.«

»Kunst!«, rief Dorota aus dem Hintergrund, »Lux!«, und ließ die Asche ihrer Zigarette in die goldene Fliege fallen. Damian war Maler. Das ganze Zimmer der Ogóreks war vollgehängt mit seinen Werken. Zum größten Teil waren darauf röhrende Hirsche im Dämmerschein und nebelverhangene Mühlen zu sehen, über die sich ein Vorhang aus abgeschossenen Vögeln senkte. Papa nahm das Angebot an – bestimmt wollte er den Künstler nicht beleidigen –, und Damian holte ein in Packpapier gewickeltes Gemälde unter dem Bett hervor. »Hier. Das kommt von Herzen. Müsst ihr aufhängen, bringt Glück.«

Als wir den Ölschinken zu Hause ausgepackt hatten, wurde ich zum ersten Mal Zeuge eines Fluches aus dem Mund meiner Mutter. Anschließend brachen meine Eltern in ein Gelächter aus, wie man es nur von Trauerfeiern kennt. Damian hatte sich selbst als leidenden Christus am Kreuz verewigt, Dorota grinste uns spitznasig aus dem Antlitz der Mutter Gottes entgegen, und am unteren Bildrand schauten Bajtek und Isaura verträumt in wolkige Himmelshöhen, eingeschlossen in die fetten Babykörper zweier Engel. In unserem Zimmer waren die Ogóreks jetzt so allgegenwärtig wie der Herrgott persönlich. Aber während das Gemälde meinen Eltern Alpträume bescherte, half es mir über meinen Liebeskummer hinweg. Schon nach kurzer Zeit konnte ich in Bajtek nicht mehr das Geringste von *Majkel* erkennen. Er sah einfach zu bescheuert aus als dickes Engelchen.

18.

Der Zorn des Nussknackers

Seit November waren alle Äste in der Stadt mit Lichterketten behängt. In den Schaufenstern funkelten prächtige Weihnachtsbäume, und glänzende Kristallspiegel vervielfachten ihren Zauber. Selbst in der Baracke liefen aufziehbare Weihnachtsmänner über den Flur und schlugen mechanisch ihr Glöckchen. Die deutsche Vorweihnachtszeit war ein üppig inszeniertes Winterspektakel, auch wenn der einzige Schnee aus der Puderzuckerdose des Waffelbäckers kam.

Um es heimatlicher zu haben, sprühten viele Polen künstlichen Frost an ihre Fenster und hängten Wattebällchen auf. Andere gaben sich mit einem Tannenzweig zufrieden und arbeiteten lieber an ihrem persönlichen Wirtschaftswunder. So wie meine Mutter, die eine Woche vor Weihnachten mit kindlichem Eifer und heraushängender Zungenspitze ihre Sparerfolge notierte.

»Es reicht noch lange nicht für ein Auto«, seufzte sie zu Papa gewandt, der im Lichtkegel einer billigen Tischlampe saß und in einem Videorekorder stocherte.

»Wir müssen ein Paket nach Polen schicken und haben nicht mal Fotos, die wir vorzeigen könnten.«

Papa blickte auf. »Dann machen wir schnell welche!«

»Ja, aber wovon denn? Doch nicht etwa von der Baracke!«

»Warum nicht?«, fragte Papa. »Wir haben es doch nett hier drin. Fünf Teppiche, Farbfernseher ...«

Unsere Blicke wanderten gemeinsam durchs Zimmer. Über die nackte Glühbirne hatten wir zuletzt eine St.-Martins-Laterne gestülpt. Aus Matratzenteilen vom Sperrmüll hatte Mama eine Art Sofa gebaut, deren Unvollkommenheit sie unter eng gespannten Decken versteckte. Sperrmüll-Teppiche, so weit das Auge reichte. Das alles schien Mama nicht mehr wertschätzen zu können, denn sie schaute Papa leidend an.

»Ich habe eine Idee«, verkündete Papa nach kurzem Grübeln. »Warum leihen wir uns nicht einfach irgendwo einen Mercedes? Wir fotografieren uns davor und schicken die Bilder mit dem Paket nach Polen. Drüben kann doch keiner wissen, dass es nicht unser Auto ist!«

»Na gut«, seufzte Mama. »Das ist besser, als wenn man uns für Gescheiterte hält.«

Meine Eltern konnten auf die Schnelle zwar keinen Mercedes, dafür aber einen schönen roten Opel auftreiben, der einem Bekannten von Dorota gehörte. Am Sonntag, gleich nach der polnischen Messe, fuhren wir damit auf den leeren Parkplatz einer über den Winter geschlossenen Freizeitanlage.

Als Erstes war Papa an der Reihe, und Mama musste die Fotos schießen. Papa war ein Naturtalent. Er wusste instinktiv, wie man vor einem westlichen Auto zu posieren hatte. Er drehte sich ins Profil und hängte den Arm locker über die geöffnete Fahrertür. Dann machte er ein Hohlkreuz, damit sein ehrlich erworbener Wohlstandsbauch, ein sogenannter Bierbauch, noch besser zur Geltung kam. Bei den nächsten Aufnahmen sollte der Wagen von vorn zu sehen sein und Mama, die ihre schimmernde Sonntagsbluse anhatte, den Opel mit schwungvoller Armbewegung präsentieren, so als handelte es sich um den Hauptgewinn in einer Spielshow. Die letzten Bilder auf dem Film verwendete Papa darauf, Tomek und mich abzulichten, wie wir uns von verschiedenen Seiten an den Opel schmiegten, als wäre er ein riesiger Teddybär.

Die Fotos waren ausgezeichnet gelungen. Papa ließ von jedem Abzüge anfertigen, damit sie in der Verwandtschaft, Bekanntschaft und Nachbarschaft schnell und unkompliziert die Runde machen konnten. Wie es sich für Ausgewanderte gehörte, kaufte Mama viel guten deutschen Kaffee, Gummibärchen und allerlei Shampoos und Badezusätze. Sie packte alles in eine frische Plus-Tüte, die ein Frosch und eine Schildkröte zierten, und band sie an den Henkeln mit Geschenkband zusammen. Zum Schluss schrieb sie noch einen Brief an Oma Greta, schob die Fotos ins Kuvert und übergab alles Herrn Banane, der jeden Monat nach Polen fuhr und sich als privates Logistikunternehmen für die oberschlesische Region einen Namen gemacht hatte.

In der Schule hatte Frau Stubenrecht eine abendliche Adventsfeier angekündigt. Eingeladen waren alle Kinder und ihre Mütter. Das Programm würde aus »gemütlichem Beisammensein« und »weihnachtlichem Allerlei« bestehen. Ich konnte mir unter einer solchen Veranstaltung wenig vorstellen, denn in Polen verband man die Adventszeit allenfalls mit frommem

Fasten und qualvollen Messen in aller Frühe. Feierliche Weihnachtsstimmung wurde für Heiligabend aufgespart. Adventskränze und Spekulatius waren für uns genauso neu wie Weihnachtsmärkte und blinkender Fensterschmuck.

Ich wollte unbedingt hingehen. Mit der Feier hatte sich endlich eine Gelegenheit ergeben, meiner Mutter zu zeigen, wie meine Schule von innen aussah. Auch Mama war von der Idee begeistert, denn sie spekulierte darauf, dort Freundschaft mit der einen oder anderen deutschen Mutter schließen zu können. Um einen besonders guten Eindruck zu machen, hatte sie den ganzen Tag in der Küche gestanden und *babka* gebacken, einen luftigen Marmorkuchen mit Zuckerguss.

Die Feier fand im Klassenzimmer statt. Als meine Mutter und ich ankamen, leierte aus einem Kassettenrekorder viel zu laut »Der Tanz der Zuckerfee« aus Tschaikowskis Ballett »Der Nussknacker«, das ich in Polen schon mal auf der Bühne gesehen hatte. Zu meinem Erstaunen war Frau Stubenrecht selbst als Nussknacker verkleidet, was ihr dank ihrer großen Zähne und kantigen Kleiderbügelschultern gut zu Gesicht stand. Auf dem Lehrerpult drehte sich sanft der Propeller einer Weihnachtspyramide, und um die zu einem riesigen Quadrat zusammengerückten Tische saßen bereits einige Kinder mit ihren Müttern zusammen und bastelten Baumschmuck aus vorgestanzten Glitzersternen. Ich hoffte, dass Frau Stubenrecht uns einen Platz zuweisen würde, aber sie schien viel zu beschäftigt, um uns überhaupt zu bemerken. Weil Mama und ich nicht wussten, wie wir uns in dieser unerwarteten Situation verhalten sollten, stellte Mama den

Kuchen auf den Tisch, zu all dem anderen Gebäck, und wir setzten uns in die hinterste Ecke, um nicht aufzufallen. Frau Stubenrecht hatte mittlerweile die Musik etwas leiser gedreht, nun lief ein amerikanisches Weihnachtslied. Mama sah den deutschen Müttern dabei zu, wie sie sich an ihrer *babka* labten. Hin und wieder wandten sie uns ein freundliches Gesicht zu, eine Frau versuchte sogar, mit Mama ins Gespräch zu kommen, aber Mama war von ihrer Sprachunfähigkeit gelähmt und gab nicht mehr als ein schüchternes Lächeln zur Antwort.

»Willst du nicht zu den anderen Kindern gehen?«, flüsterte sie mir nach einer Weile ins Ohr. Ich sah mich in der Klasse um und entdeckte die nette Sarah. Aber erstens saß sie neben Ewa, und zweitens wollte ich Mama nicht alleine in der Ecke sitzen lassen. Ob Ewas Mutter auch hier war?

»Herrjottssakramenter! Wat soll der Kokolores?«, hallte es plötzlich über den Flur, und eine Frau, die einen um sich schlagenden Dominik mit sich zerrte, torkelte ins Klassenzimmer. Jäh war die Kassette zu Ende, und für einen Moment standen Dominik und seine Mutter da wie auf einer Bühne. In der Stille hörte man nur, wie die anderen Mütter sich an ihren heißen Getränken verschluckten. Mit den eleganten Halstüchern und formschönen Fönfrisuren blickten sie entsetzt und erwartungsvoll auf die beiden Gestalten.

Wenn man über die Frau, mit der Dominik gekommen war, auf Anhieb etwas sagen konnte, dann, dass sie überhaupt nicht wie eine Mutter aussah. Sie war eine großgewachsene, spindeldürre Frau mit einer fransigen, blonden Palme auf dem Kopf. Mehrere pinke Haargummis stapelten sich mittig zu einer Art

Stamm, aber statt Kokosnüssen hingen Hula-Hoop-Reifen von ihren ausgeleierten Ohrläppchen. Zu spitzen Hexenschlappen trug sie eine schrill gemusterte Pluderhose und darüber eine ballonartige Jeansjacke, die mit kleinen weißen Perlen übersät war.

»Ja leck mich in die Täsch!«, stieß sie hervor, als ihr Blick über die Plätzchen und Kuchenstücke wanderte. »Gratis Kamelle? Wat sachste denn dazu!« Ohne Beherrschung stürzte sie sich auf die Blechteller und pickte sternförmige Plätzchen heraus, bis sie beide Hände voll hatte. Dann gesellte sie sich wankend zu ihrem Sohn, während verlegenes Flüstergelächter durch die Reihen ging.

Dominik saß mit hängenden Schultern an seinem Platz in der gegenüberliegenden Ecke und goss sich heißes Wachs über die Finger, das er dann mit zorniger Miene abrubbelte. Frau Stubenrecht wechselte die Kassettenseite, so dass bald besinnliche Engelschöre das Unbehagen übertönten. Nach einer Weile klatschte Frau Stubenrecht in die Hände, um sich Gehör zu verschaffen.

»Es ist Zeit für den Programmteil des Abends. Wer von den Müttern möchte denn das erste Weihnachtsgedicht lesen?«, fragte sie eifrig in die Runde.

»Wat, ne Jedischt soll isch vorlese?«, krächzte Dominiks Mutter und glotzte beifallsheischend in die Runde. »Näääääh. Dat kannste knicke, knicke kannste dat!«

Ich sah, wie Dominik die Augen hinter seiner Hand verbarg. »Ich muss Sie doch sehr bitten!«, zischte Frau Stubenrecht mit diskreter Strenge.

»Wer redet denn so vor seinem eigenen Kind!«, mischte sich ungefragt eine Mutter ein. »Und das in der Adventszeit. Absolut respektlos!«

»Haste dat jehört, Dommi? Nun jeit et aber los!«, rief Dominiks Mutter und stieß ihm amüsiert den Ellenbogen in die Seite.

»Ha-ha! Sie hat Dummi gesagt!«, brüllte Ewa durch den Raum.

»Warum bist du nicht einfach zu Hause geblieben«, hörte ich Dominik murmeln.

»Wat? Zu Haus jebliebe?! Wo et hier bei dich opp de Scholl Glöhweinsche für ömmsonst jipt?«

»Du bist doch schon besoffen gekommen!«, sagte Dominik mit zitternder Stimme, als wäre er kurz vor dem Weinen. Zum Glück wusste ich, dass Jungs wie Dominik nicht weinten. Sie brachten bloß andere dazu.

»Hömma, du Tünnes! Vonne klitzekleine Schnäpsken jeht die Welt nich unter. Und nu Schnauze!«

Dominik wollte schon zu einer Antwort ansetzen, da stampfte Frau Stubenrecht so heftig auf, dass ihr der buschige Nussknackerschnurrbart aus dem Gesicht fiel.

»Bitte«, sagte sie mit mühsamer Beherrschung. »Ich glaube, es wäre wirklich besser, wenn Sie jetzt gehen würden.«

»Genau! Sie sind hier auf einer Adventsfeier und nicht in der Kneipe!«, rief die vorlaute Mutter wieder.

Ich krallte mich an den Arm meiner Mutter, die, obwohl sie wenig verstand, ganz blass war vor Schreck, als wäre sie soeben Zeugin eines Banküberfalls geworden.

»Hömma«, sagte Dominiks Mutter und bohrte Frau Stubenrecht den Zeigefinger in die Brust. »Hömma«, sagte sie wieder, doch weiter schien ihr nichts einzufallen.

Dominik stieß seinen Stuhl gegen die Wand und

stürmte aus dem Klassenzimmer. Seine Mutter trippelte auf ihren Stöckelschuhen hinterher, dann fiel die Tür mit einem Knall hinter ihnen zu. »Pass op, wenn ich dich in die Finger krije!«, hallte ihre Stimme aus dem Treppenhaus nach. »Aber heitschi bumbeitschi bumbum«, leierte es besinnlich aus dem Kassettenrekorder.

Frau Stubenrecht streute neue Teelichter über die Tische und goss Kaffee nach. Angeregt von dem skandalösen Vorfall brachen die Frauen in ein wildes Geschnatter und Geplapper aus, während meine Mutter einsam in der Ecke saß und unglücklich in ein brennendes Keramikhäuschen schaute wie ein Straßenkind in die Weihnachtsfenster wohlhabender Familien.

Erst als die Feier sich dem Ende neigte, die Plätzchenteller leer gegessen und die Kerzen zu kleinen Stümpfen niedergebrannt waren, trat eine der Frauen an meine Mutter heran. Sie hatte auffällige Gesichtszüge, kurze rote Haare, die gefärbt aussahen, und trug eine Brille mit Goldrand.

»Guten Abend, ich bin Justyna Kowalski, die Mutter von Ewa«, grüßte sie auf Polnisch.

Mama blickte überrascht auf, und ich fragte mich, warum Ewas Mutter sie nicht gleich angesprochen hatte.

»Ewa hat mir erzählt, dass eine Polin neu in der Klasse ist«, griff sie das Gespräch auf. »Ich habe mir gleich gedacht, dass Sie ihre Mutter sind. Tut mir leid, dass ich nicht früher zu Ihnen gekommen bin, aber …« Sie warf einen Blick über die Schulter, wo die letzten Gäste Kuchenkrümel in die roten Servietten knüllten. »Ich wollte nicht auffallen«, beendete sie murmelnd.

»Es freut mich sehr, Ihre Bekanntschaft zu machen«, entgegnete Mama. »Ich bin so unglücklich, dass ich hier mit niemandem reden kann. Ich bringe nicht mal einen simplen Satz auf Deutsch heraus. Die müssen ja glauben, dass ich kein Interesse habe.«

Ewas Mutter zuckte nur mit den Augenbrauen. »Meine Liebe, nehmen Sie es mir nicht übel, ja? Aber Freundschaft wird es zwischen Ihnen und denen hier nicht geben. Die sehen Ihre billigen Klamotten, und schon sind Sie abgeschrieben. Machen Sie sich nichts vor. Man sieht doch von weitem, dass Sie eine Aussiedlerin sind.«

»Aber daran kann ich doch nichts ändern!«, verteidigte sich Mama. »Wir sind nun mal Polinnen.«

»Pschsch!«, zischte Frau Kowalski. »Ich bin keine von euch ... Wir sind schon vor fünf Jahren gekommen und haben hart dafür gearbeitet, Deutsche zu werden. Wir haben was *geleistet*, verstehen Sie? Wir wollen mit den anderen Spätaussiedlern nicht in einen Topf geworfen werden. Es kann ja sein, dass Sie eine gebildete Frau waren in Polen, darum rede ich überhaupt mit Ihnen.«

Mama starrte betroffen auf den Boden, und ich begriff, dass Frau Kowalski sie nicht besser behandelte als Ewa mich. Sie tat es bloß auf die erwachsene Masche, dass man es nicht so schnell merkt.

»Vielleicht könnten wir uns mal auf einen Kaffee treffen?«, schlug Mama vor. »Wir könnten Erfahrungen austauschen, und sagen Sie, was sind denn das eigentlich für Probleme, die unsere Töchter miteinander haben?«

Mein Blick wanderte zu Ewa, die sich mit beiden Händen Bällchen aus Kuchenkrümeln in den Mund stopfte.

»Meine Liebe«, begann Frau Kowalski wieder in ihrem herablassenden Ton. »Ewa soll nicht mit Polen befreundet sein, wenn sie auch deutsche Freunde haben kann. Und bei den ganzen Vorurteilen ... Sie wissen doch, was die Deutschen über polnische Aussiedler denken.«

»Nein, das weiß ich nicht«, sagte Mama irritiert.

Woher sollte sie es wissen? Ihre Kontakte zu Deutschen hatten sich bislang auf Arztbesuche, Behördengänge und Einkäufe im Supermarkt beschränkt.

»Sie denken, da kommt der arme polnische Schlucker rüber, kriegt vorn und hinten alles reingeschoben und baut sich dann hier ein schönes weißes Haus. Und die Deutschen, die können zusehen, wo sie bleiben.«

»Aber das ist doch absurd! Wissen die denn nicht, wie wir leben?«, wunderte sich Mama.

»Lesen Sie denn keine Zeitung?«

»Nein. Dafür reicht mein Deutsch nicht. Aber wenn ich höre, was Sie mir da alles erzählen, bin ich fast froh darüber.«

»Wir ermutigen Ewa, gar nicht mehr Polnisch zu sprechen«, fuhr Frau Kowalski unbeirrt fort. »Sie soll dieselben Chancen haben wie die deutschen Kinder.«

»Aber mehrere Sprachen zu sprechen ist doch etwas Wunderbares«, wandte Mama ein.

»Finden Sie? Was soll denn gut daran sein, überall als Pole erkannt zu werden?«

Mama versuchte sich an einem Lächeln. Ich sah, dass ihr die Worte fehlten.

»Sie müssen sich schon anpassen, wenn Sie hier ein ruhiges Leben haben wollen, meine Liebe. Ich kaufe meiner Ewa zum Beispiel nur Markenkleidung. Das ist hier ziemlich wichtig.«

»Ich persönlich finde es wichtiger, dass aus meiner Tochter ein anständiger Mensch wird«, sagte Mama.

»Sehen Sie? Und genau deswegen hat Ewa Freunde und Ihre Tochter nicht. Entschuldigen Sie mich« – sie schaute auf ihre goldene Armbanduhr –, »wir müssen jetzt gehen. Mein Mann holt uns gleich ab.«

»Es war nett, Sie kennenzulernen«, sagte Mama knapp, und Frau Kowalski erhob sich, um Ewa in die Jacke zu helfen.

»Sie hat uns nicht mal gefragt, ob sie uns mitnehmen kann«, sagte Mama, als die beiden außer Hörweite waren. »Dieser Frau mangelt es völlig an Kultur. Polin will sie nicht sein, aber das macht sie nicht zur Deutschen. Sie ist überhaupt nichts.« In Momenten größter Enttäuschung erinnerte mich Mama an Oma Greta.

In Polen hätten wir schon im Herbst die Pilze für das Weihnachtssauerkraut gesammelt, sie in einer Reihe aufgefädelt und zum Trocknen über den Ofen gehängt. Kurz vor Heiligabend würde ein Karpfen in die Badewanne gelassen, um darin seine letzten Runden zu drehen, und Tomek und ich hätten auf der Suche nach Geschenken neue Kellerkammern entdeckt und wären dabei auf Schätze aus Urgroßmutters Zeiten gestoßen. Anders als Omas Haus war die Baracke ohne Geschichte und Tradition. In ihr war kein Platz für Pilzgirlanden und große Fische. Das Zimmer, das wir zu viert bewohnten, war zu klein, um darin etwas verstecken zu können; dass Tomek ein ferngesteuertes Auto bekommen würde und ich einen Walkman, war ein offenes Geheimnis. Die einzige Überraschung blieb denn auch, dass aus Spargründen ein Strauß aus Tannenzweigen den Weihnachtsbaum ersetzte.

Wir hatten uns selbst um die Möglichkeit gebracht, über Weihnachten zu Oma zu fahren. Nun, da unsere Fotos vor dem geliehenen Opel in der Heimat die Runde machten, konnten wir uns dort unmöglich mit dem *maluch* blicken lassen. Außerdem hatten wir in Deutschland so stark zugenommen, dass wir, wie Papa scherzte, zum Einsteigen in den Winzling einen Schuhlöffel bräuchten.

19.

1990

Es war der 31. Dezember 1989, der letzte Tag des Jahrzehnts, zu dessen Beginn ich geboren worden war und das ich bis auf seine letzten fünf Monate im sozialistischen Polen verbracht hatte. Draußen sprangen Knallfrösche über den Asphalt, und der Boden in unserem Zimmer war mit zerschnittenen Lappen, Folienrollen und Prospekten bedeckt, aus denen Mama ein Kostüm für Tomek herzustellen versuchte. Ich selbst bastelte eine Prinzessinnenkrone, und Papa saß mit angezogenen Beinen unter dem Hochbett und las ein Buch mit dem Titel »Erfolgreich bewerben«. Nur manchmal schaute er hinter den Seiten hervor, um sich über die Anstrengungen zu wundern, die wir auf uns nahmen. Seit Stunden bereiteten wir uns auf die Silvesterfeier vor, die im Gemeinschaftsraum stattfinden würde. Wie es in Polen beliebter Brauch war, feierten Kinder den letzten Abend des Jahres in selbstgemachten Verkleidungen, und Erwachsene setzten sich lustige Hütchen auf. Das Gemälde an unserer Wand, das Bajtek als dicken Engel zeigte, muss über Nacht seine ernüchternde Wirkung verloren haben, denn als ich hörte, dass Bajtek auf die Silvesterparty kommen würde, hatte ich keinen anderen

Wunsch, als ihm dort in Gestalt einer Prinzessin zu begegnen.

Wenn Bajtek uns spätabends mit seiner Mutter besuchte, stellte ich mich wie gewohnt schlafend, versuchte dabei aber die Wangen einzuziehen, um die Ähnlichkeit mit einem bestimmten Nagetier zu schmälern. Sobald Bajtek sich näherte, sog ich den Geruch seiner Lederjacke ein, und durch Blinzel-Schlitze sah ich das Blut gesund und rosig unter seiner Wangenhaut schimmern. Ich stellte mir vor, dass seine Handballen voller kleiner Steinchen waren, weil er so viel auf dem kalten Asphalt saß, auf öffentlichen Treppen, in dunklen Eingängen, eben überall dort, wo es gefährlich und erwachsen zuging und wo nachts zur Musik von Michael Jackson getanzt wurde.

Alles, was Bajtek noch fehlte, um ein echter Held zu sein, war eine Prinzessin, die er durch die Gefahren der Unterwelt geleiten konnte. Die Alufolienstreifen zitterten unter meinen Fingern, als ich sie um die unförmigen Zinken des Pappkrönchens wickelte. Sie würden auf meinem Haupte funkeln wie Sonnenstaub auf Ozeanwellen.

»Was wünschst du dir für das neue Jahr?«, riss Mama mich aus meinen Träumen, während sie einen Knopf an Tomeks Pelerine festzog. Lange Haare wie von dem Mädchen aus dem Lambada-Video, dachte ich, aber weil ich wusste, dass es nicht das war, was meine Mutter hören wollte, sagte ich: »Ich möchte so gut Deutsch sprechen, dass ich mich in der Schule immer melden kann, wenn ich etwas weiß.«

»Das ist ein schöner Vorsatz«, lobte Mama. »Und du, Paweł? Was möchtest du erreichen?« Papa reagierte nicht, so vertieft war er in sein Buch. »Paul?«

Nun schreckte er auf, als hätte Mama ihn mit kaltem Wasser überschüttet. »Was wünschst du dir fürs neue Jahr?«

»Einen Ort, wo ich in Ruhe lesen kann«, entgegnete er mit müdem Lächeln.

»Wenn ich du wäre, würde ich mir wünschen, endlich eine Arbeit zu finden«, sagte Mama vorwurfsvoll.

»Das wird nichts!« Papa knallte das Buch zu und warf es wütend auf die Bettdecke.

»Warum so pessimistisch? Du kannst doch so viel.«

»Ich weiß nicht«, sagte Papa finster. »Diese ganze Selbstbeweihräucherung, die von mir erwartet wird. Ich kann mir das nicht vorstellen. Soll ich mich vor meinem zukünftigen Chef gleich im Vorstellungsgespräch zum Affen machen, indem ich den Angeber mime?«

»Aber so funktioniert das hier nun mal«, sagte Mama. »Das musst du akzeptieren. Warum fällt es ausgerechnet dir so schwer, über dich selbst zu reden? Du hast so viele – wie sagt man noch – *Stärken*! Du musst sie nur aussprechen.«

»Stärken, Stärken! In meinem ganzen Leben hat mich keiner nach meinen Stärken gefragt. In Polen hat man einen Antrag auf Arbeit gestellt und hatte den Job. Die müssen doch kapieren, dass ich was kann. Ich habe schließlich studiert.«

»Dann tu nicht so bescheiden!«, sagte Mama. »In Polen war das vielleicht eine Tugend, hier steht es dir nur im Weg.«

Papa hatte schon mehrere Vorstellungsgespräche erfolglos hinter sich gebracht. Hinterher hat er uns immer erzählt, wie sie gelaufen waren. Wenn ein Arbeitgeber auf seine guten Abschlussnoten zu sprechen kam, behauptete Papa, die hätten nichts mit seinem Können zu tun. Dass er in der Schule Russisch gelernt hatte, gab er zu; dass er sich selbst Englisch beigebracht hatte, verschwieg er. Nach seinen persönlichen Interessen befragt, zuckte er nur mit den Schultern, als hätte er die Frage nicht verstanden. Warum sollte es einen Arbeitgeber interessieren, dass er gern Bücher über die Funktionsweise von Computern las, wenn er am Ende bloß Fernseher reparieren würde?

»Ich hoffe, dass wir nächstes Jahr endlich eine richtige Wohnung bekommen«, sagte Mama. »Ein Zimmer für jeden, das wäre ein Traum. Vielleicht sogar ein kleiner Balkon? Es war ja schön hier, als wir eingezogen sind und alles neu und frisch war, aber wenn ich ehrlich bin, habe ich langsam die Nase voll von …«

»Ogóreks?«, ergänzte Papa niedergeschlagen.

»Pst!«, zischte Mama. »Die Wände sind aus Papier.«

Nicht erst seit die Ogóreks uns das Gemälde geschenkt hatten, war Mama ihrer überdrüssig. Dorota schleppte ständig neue Teppiche vom Sperrmüll an, auch wenn sie stanken wie ein nasser Hund. Manchmal klopfte sie mitten in der Nacht an unsere Türe, um sich ein Ei zu leihen. In der Küche salzte sie ungefragt unsere Suppe nach. Mama war mit den Nerven am Ende: »Ich mache die Tür auf – Ogórkowa. Ich schaue aus dem Fenster – Ogórkowa. In meinen Träumen – Ogórkowa. Ich traue mich kaum noch, eine Konservendose zu öffnen.«

Als die Anzeige auf dem braunen Radiowecker auf 20:00 Uhr sprang, rückte ich mir die Krone auf dem Kopf zurecht. Ausnahmsweise hatte Mama mir erlaubt, mir was anzuziehen, für das nur der Ausdruck

»ekstra!« passend erschien: ein pastellfarbenes, von Silberfäden durchzogenes Kleid mit gerafften Puffärmeln, dessen »Made in China«-Aufdruck seine umwerfende Eleganz bezeugte. Dazu trug ich meine neuen Sonntagsschuhe aus schwarzem Lack, auf die ich besonders stolz war, weil sie im Gehen klackten wie die Absätze von Oma Greta.

Im Flur verkündeten die Gerüche von Rasierwasser, Haarspray und billigem Parfüm den baldigen Aufbruch und Frau Ogórkowa schrie letzte organisatorische Anweisungen über den Gang: »Damian! Brauchen wir noch Saft von Orange!« Und: »Musst du mehr Konfetti machen, Isa!«

Der Ball hatte bereits begonnen, als ich mit meiner Mutter in den Partyraum trat. Der Boden kringelte sich förmlich vor lauter Luftschlangen, und oben hingen von zwei Schnüren, die sich unter einer kleinen Disco-Kugel kreuzten, unzählige bunte Luftballons. Die Gäste gruppierten sich in den Ecken und pickten Erdnüsse aus kleinen Schüsseln. Auf der Fahrt nach Deutschland der Inbegriff von »Lux!«, sorgten gesalzene Erdnüsse bei mir nur noch für milde Enttäuschung. Wo waren die wirklich leckeren Sachen?

»Huhu! Kuckuck! Hier sind wir!«, hörte ich Isaura aus der Menge rufen und versuchte sogleich, sie zwischen Schmatzgeräuschen und glänzenden Nylonwaden ausfindig zu machen. Ich entdeckte ihre zappelnde Gestalt an der Bar, hinter der Frau Dorota die Eiswürfel rappeln ließ. Isaura hatte sich zwei rote Kreise auf die Wangen gemalt. Ihre Mutter trug als einzige Frau auf der Party keinen Rock, sondern einen pinken Overall mit Schulterpolstern und unvorstellbar breitem Gürtel. Ihre Frisur erinnerte an das Kopfgefieder eines Kakadus, und zum ersten Mal fiel mir auf, dass sie eigentlich jeden Tag wie verkleidet aussah.

»Alexis!«, schrie Dorota. »Lux siehst du aus. Alles gut?«

»Warum sind hier so viele Leute?«, fragte ich.

»Bekannte von uns!« Dorota goss ihr Saft-Martini-Gemisch in Gläser, die mit Frauen in knappen Bikinis bedruckt waren.

Dass ich Bajtek noch nicht erspäht hatte, machte mich unruhig. Schließlich hatte ich mir nur für ihn so viel Mühe mit meiner Krone gegeben. »Wo ist eigentlich Bajtek?«, fragte ich Dorota, die bestimmt zu beschäftigt war, um sich über meine Frage zu wundern.

»Macht mit Locher Konfetti!«, krächzte sie. »Kannst du zu ihm gehen und helfen, haben wir noch ganze Stapel Prospekte.« In diesem Moment kam Bajtek mit einem Videorekorder herein. Er nickte den Erwachsenen grüßend zu, bevor er den Fernseher in der Ecke einschaltete und begann, die Geräte miteinander zu verkabeln. Als er fertig war, schob er eine Video-Kassette ins Fach. Ich jubelte innerlich, als ich Dorotas *teledyski* erkannte. Noch acht Lieder bis »Lambada«, dachte ich. Wie es wohl wäre, mit Bajtek dazu zu tanzen? Kaum hatte ich den wohlig-beängstigenden Gedanken abgeschüttelt, ertönten schon die ersten Takte von MC Hammers »You can't touch this«. Isa und ich stürmten kreischend auf die Tanzfläche. Der Fernseher dröhnte auf voller Lautstärke. Im Partyraum ging es genauso zu, wie ich es mir in einer richtigen Diskothek vorstellte. Aber während mein Tanzstil darin bestand, Isa an den Händen zu halten und mich mit ihr im Kreis zu drehen, legte Bajtek solo eine Tanznummer aufs Parkett, die dem akrobatischen Sackhosen-Gehüpfe von MC Hammer in nichts nachstand. Bajtek trug wieder sein T-Shirt mit dem fauchenden Panther, dessen Augen, wie man nun sehen konnte, im Dunkeln leuchteten. Ich war fasziniert und eingeschüchtert zugleich. Nachdem ich Bajtek eine Weile zugesehen hatte, traute ich mich nicht mehr auf die Tanzfläche. So saß ich trübselig auf meinem Stuhl und nippte Kindercola durch einen geriffelten Strohhalm, während Isaura alleine weitertanzte. Zwei Lieder später tippte mir jemand auf die Schulter. Als ich mich umdrehte, blickte ich geradewegs in Bajteks schelmische Augen. Feucht von Tanzschweiß kringelten seine Haare sich noch mehr als sonst.

»Hey, Ola«, sagte er selbstsicher. »Es ist doch Party! Warum sitzt du denn hier alleine rum?«

Ich wusste es selbst nicht. Ich wollte etwas Witziges entgegnen, errötete aber nur und schwieg.

»Sag mal, willst du mit mir tanzen?«, fragte Bajtek auf seine freundliche Bajtek-Art. Alles in mir zitterte.

»Nein«, hörte ich mich sagen. Im selben Augenblick erstarrte ich vor Entsetzen über meine Antwort.

»Oh. Schade«, sagte Bajtek, klopfte mir wohlwollend auf die Schulter und verschwand wieder in der tanzenden Menge.

Ich konnte kaum fassen, was gerade geschehen war. Bajteks Tanzangebot hatte mich völlig gelähmt. Ich musste an die Deutsche denken, die den Mut gehabt hatte, ihm auf einer Postkarte ihre Liebe zu gestehen. Ich schämte mich fürchterlich für meine Feigheit, als ich zu Bajtek sah, der zwischen den Grüppchen von Erwachsenen nicht weniger verloren wirkte, als ich mich in meiner schummrigen Ecke fühlte. Vielleicht konnte ich meinen Fehler ungeschehen machen, indem ich ihm diesmal auf die Schulter tippte. Ihn in der Menge zu entdecken fiel mir leicht, er war wie ein leuchtendes Gummibärchen inmitten langweiliger Erdnüsse. Aber kaum dass ich die Hand nach seinem Rücken ausstreckte, musste ich sie wieder zurückziehen. Bajtek selbst um einen Tanz zu bitten, war das Unmöglichste, Undenkbarste, Unwahrscheinlichste auf der Welt. Ich beschloss, einen Umweg über seine Schwester zu nehmen.

»Kannst du Bajtek sagen, dass ich doch mit ihm tanzen will?«, schrie ich Isaura ins Ohr, als ich sie gefunden hatte.

»Sag's ihm doch selber! Jetzt läuft mein Lieblingslied!«, schrie sie zurück und stürmte auf die Tanzfläche, um zu Madonnas »Like a Prayer« mit den Zöpfen zu peitschen.

Ich zwirbelte nervös an den Zacken meines Krönchens. Ich wollte nicht Ola sein, die sich die Schuhe schnürte, um Bajtek nicht in die Augen sehen zu müssen. »Ich bin eine Prinzessin. Ich bin eine Prinzessin«, wiederholte ich still vor mich hin. Plötzlich entdeckte ich ein Mädchen in der Tür, das ich noch nie zuvor gesehen hatte. An der Röte ihrer Wangen und dem eisigen Glanz ihrer Augen erkannte ich, dass sie von draußen kam. Lange dunkle Haare fielen ihr über die Schultern. Unter dem violetten Mantel trug sie ein weißes Kleid, das aus mehreren wallenden Schichten bestand und aussah wie eine Rose, die auf dem Kopf steht. Argwöhnisch beobachtete ich, wie Bajtek grinsend auf sie zuging und sie umarmte, wobei er an ihren Haaren roch. Er vergrub die Hände in den Hosentaschen und trippelte auf der Stelle, während sie sich unterhielten.

Er sagte etwas, sie lachte. Dann sagte sie etwas, und er lachte.

Ausgerechnet jetzt erklangen die ersten Takte Lambada. Bajtek half dem Mädchen aus dem Mantel, bevor er sie an der Hand nahm und auf die Tanzfläche zog. Ich konnte es nicht fassen. Sie sah nicht nur aus wie die braunhaarige Version des Lambada-Mädchens, sie konnte mindestens genauso gut tanzen. Mit Schrecken sah ich zu, wie sie ihm die Hände auf die Schultern legte und die beiden wie Puderpinsel dahinwirbelten. Im brodelnden Rausch aus Wut, Scham und Eifersucht rannte ich aus dem Partyraum in den Flur und dann durch die Hintertür nach draußen. Ich ließ mich auf der Schaukel vor der Baracke nieder, riss mir die Krone vom Kopf und warf sie in den Sand. Im Hintergrund vernahm ich die Geräuschkulisse des Krieges. Knallfrösche explodierten, Rauch stieg auf, und von den Straßen her hallte wildes Gebrüll. Die Kälte ließ meine unförmigen Beine zittern, und ein Schluchzen saß in meiner Kehle. Ich hatte vielleicht zwanzig Minuten allein auf der Schaukel gesessen, als die ersten Gäste nach draußen traten.

»Da bist du ja!«, rief Isa und rannte mit fuchtelnden Armen auf mich zu. »In fünf Minuten gibt's Feuerwerk!«

Obwohl ich nie zuvor ein Feuerwerk gesehen hatte, brannte mir gerade nur eine Frage unter den Nägeln.

»Wer war denn das Mädchen im weißen Kleid?«

»Meinst du die Deutsche, die mit ihrem Vater gekommen ist? Die hat Bajtek eingeladen.« Isaura kicherte. »Ich glaube, er liebt sie.« Ich spürte, wie ich den Boden unter den Füßen verlor, als würde im Sand unter mir ein Sog entstehen, der mich in die Tiefe zog.

»Woher weißt du, dass er sie liebt?«, fragte ich bange.

»Weil ich gesehen habe, wie sie sich hinter der Baracke geküsst haben«, sagte sie mit vielsagendem Blick.

»Geküsst?« Die Vorstellung entsetzte mich.

»Ja, wie ein Liebespaar«, bestätigte sie meine Befürchtung.

»Wieso hast du deine schöne Krone nicht mehr auf?« Isa hob die zerknüllten Überreste meines Prinzessinnendaseins auf und setzte sie mir wieder auf den Kopf.

Immer mehr Menschen verließen die Baracke. Die Erwachsenen begannen zu zählen. Neun, acht, sieben, endlich entdeckte ich Mama und Papa, der Tomek auf seinen Schultern reiten ließ, vier, drei, zwei, und die ersten Raketen explodierten in der Luft wie tausend bunte Spinnen, während alle mit offenen Mündern an den Himmel starrten und »Aaah!« und »Oooh!« raunten. Ich lief zu meinen Eltern, die mich küssend umarmten. Mama ließ mich an ihrem *szampan* nippen, und Papa zündete eine Wunderkerze an, die er mir mit spitzen Fingern reichte. Während aus dem unscheinbaren Draht die schönsten Funken sprühten, musste ich an die Lichter auf der Autobahn denken und die Feuerschweife rasender Autos, an die erste Nacht in Deutschland, als alles noch neu und unbekannt war und ich das Gefühl hatte, nicht mehr Ola, sondern Alexis zu sein. Nun hielt ich den abgebrannten, stinkenden Draht in der Hand.

»Hey, Ola! Frohes Neues!«, rief Bajtek mir fröhlich zu, bevor er mit dem Finger auf meine Krone zeigte. »Ist dir ein Butterbrot auf dem Kopf explodiert?«

Ich lachte, als hätte er den Witz über jemand anderen gemacht.

Bevor ich schlafen ging, warf ich die Krone in den

Mülleimer. Da lag sie nun, ein Produkt von Arbeit und Liebe, wie die verschmähten Butterbrote deutscher Kinder.

20.

Die Narrensitzung

Der Lebensmut meiner Mutter wurde von den Machenschaften einer bösen Hexe überschattet: Frau Kowalski sauste wie ein zerstörerischer Sturm durch Mamas Kopf. Obwohl seit der Adventsfeier in meiner Schule einige Zeit verstrichen war, konnte Mama sich noch an jeden Satz erinnern, den Ewas Mutter ihr zugewispert hatte. Bald glaubte sie selbst daran, dass ihre Kleidung und ihre Herkunft sie zu einem Menschen zweiter Klasse machten, und Frau Kowalski war nicht länger eine Person ohne Kultur, sondern jemand, der die Kühnheit besaß, eine unbequeme Wahrheit auszusprechen. Vom vielen Grübeln und Zweifeln wurde Mama immer müder und antriebsloser. Die einzige Aktivität, bei der sie noch vor Energie sprühte, war Möbelrücken. Alle paar Tage musste das Bett mehr nach vorn oder mehr nach hinten, der Tisch näher ans Fenster oder weiter von ihm weg, mal fanden wir das Zimmer gespiegelt vor, mal unbegehbar. Aus einer Fernsehdokumentation über das Leben in Gefängnissen hatten wir erfahren, dass deutsche Strafgefangene dieselben Matratzen hatten wie wir, und Mama wurde klar, dass auch wir nicht mehr als eine Zelle bewohnten.

Am Ende des Monats wurde gegenüber, in nur zwanzig Metern Entfernung, eine neue Baracke aufgestellt.

»Endlich! Sie haben eine Psychiatrie für uns gebaut!«, scherzte Papa. Aber die »Winde der Veränderung«, von denen Willy Brandt gesprochen hatte, fegten uns keine Nervenärzte in die Nachbarschaft, sondern DDR-Bürger. Innerhalb von nur einem Tag war Baracke Nr. 2 von unbekanntem Leben erfüllt, und es dauerte nicht lange, da platzten die Zimmer drüben aus allen Nähten. Familien und Paare aus unserer polnisch-russischen Baracke, in deren Zimmer noch freie Betten waren, mussten sich damit arrangieren, dass nun völlig fremde Menschen bei ihnen einzogen. Menschen, mit denen man sich nicht einmal verständigen konnte, weil sie ein Deutsch sprachen, das ganz anders als das Deutsch aus dem Fernsehen klang. Außerdem legten sie ein unsittliches Verhalten an den Tag, das unsere Eltern in Angst und Schrecken versetzte. Während die polnischen Frauen nach dem Duschgang die Gürtel ihrer Bademäntel um sich zurrten wie die Bindfäden um ihre Rindsrouladen, entblößten die Bademäntel der DDR-Frauen mehr, als sie verhüllten. Ihre Nachlässigkeit war für uns Kinder eine lebensnahe Aufklärungsergänzung zu dem Film »Eis am Stiel«. Zum Baden ließen die Eltern uns bald nur noch im Dunkeln raus.

Anfang Februar erreichte uns ein Brief von Oma Greta.

8. Januar 1990

Meine verlorenen Kinder,

seit Ihr rausgefahren seid, ist Ruhe im Haus. Endlich konnte ich mich Eures unnützen Krempels entledigen. Die Bibliothek habe ich auf dem Markt verkauft, die Kinderbücher liegen im Keller neben dem Ofen. Ganz fein habe ich alles gemacht, das Haus ist jetzt eine richtige Puppenstube.

Olas Köter habe ich im Wald ausgesetzt, aber mit Hunden ist es wie mit Adelbert damals, kaum zur Tür rausgeschmissen, springen sie durchs Fenster wieder rein.

Ich danke Euch für die bescheidenen Geschenke und schockierenden Fotos. Wie ich sehe, habt Ihr in Deutschland keine Zeit, Eure Kleidung ordentlich zu bügeln. Ich werde Euch wohl einen Besuch abstatten müssen!

Nehmt Euch in Acht,
Oma Greta

Mamas Gesicht war ganz weiß, als sie den Brief zusammenfaltete.

»O Jesus. Was machen wir nur? Oma darf uns auf keinen Fall besuchen. Wenn sie sieht, wie wir hier leben, sind wir erledigt. Und was erst, wenn sie von dem Auto erfährt?«

»Wie ich deine Mutter kenne, will sie uns nur Angst einjagen«, winkte Papa ab. »Meinst du wirklich, sie ist immer noch beleidigt? Weil wir in Deutschland geblieben sind?«

»Natürlich ist sie beleidigt!«, rief Mama, als wäre

Papa schwer von Begriff. »Riech doch nur an dem Brief!«

Das Papier roch in der Tat scharf nach Omas Schläfensalbe, die an den Briefecken kleine Fettflecke hinterlassen hatte. Wie junge Mädchen Papierbögen mit Rosenwasser besprengten, um die Zartheit ihrer Gefühle auszudrücken, ließ Oma uns auf ihre Weise wissen, dass sie Kopfschmerzen bekam, wenn sie an uns dachte.

»Ach was! Sie kommt nicht«, beharrte Papa. »Sie hat doch kein Auto, und eine Busreise kann sie sich auch nicht leisten.«

»Und was, wenn doch?« Mama sprang vom Stuhl. »Wo sollen wir sie unterbringen? Wir haben doch nicht mal ein Bett für sie!«

»Mach dir keine Sorgen«, entgegnete Papa. »Sie blufft nur.«

»Wenn du dir so sicher bist, kennst du meine Mutter wohl schlecht. Hast du das gelesen? Du wirst sehen, sie wird noch mit einem Bügeleisen vor unserer Tür stehen. Das ist das Ende der Welt!« Mama schrie beinahe.

»Ach, hör doch auf«, sagte Papa genervt.

»Und was ist, wenn sie erfährt, dass du arbeitslos bist?«, fuhr Mama unbeirrt fort. »Im ganzen Dorf wird sie es rumerzählen! Ich hab euch gewarnt, und ihr habt nicht gehört, wird sie sagen!«

»Ich gehe spazieren«, sagte Papa, nahm seine Jacke von der Stuhllehne und verließ das Zimmer, während Mama nur betreten ins Leere starrte.

Während die Natur sich nach den Strapazen des Winters wieder aufzurappeln begann, Schneeglöckchen aus der Erde brachen und erste Frühlingsschauer den

Schmutz aus den Straßen spülten, schien die Baracke eine vergessene Insel zu sein, die keinen Sonnenstrahl abbekam und allmählich in der um sich greifenden Schwermut ihrer Bewohner versank. Wer noch gesund und bei Kräften war, fuhr schon morgens ins nahe gelegene Düsseldorf und versteckte sich oben im Fernsehturm. Dort trank er Zitronentee aus dem Automaten, drei über den Tag verteilt, und harrte oben aus, bis man ihn rauswarf. Die Lebensmüden versuchten, im Gemeinschaftsraum Zerstreuung zu finden, der sich mit der Zeit in eine verrauchte Gruft verwandelt hatte. Sogar die Stoffblumen sahen vertrocknet aus in ihrem kümmerlichen Strauß, der auf der Fensterbank lag wie auf dem Sargdeckel eines Einsamen. Magengeschwüre wuchsen und Blinddärme platzten, und glücklich war jeder, der Urlaub im Krankenhaus machen konnte, wo die Zimmer größer und die Toiletten sauberer waren und wo er gegen Erniedrigungen von Sachbearbeitern und plump-vertraulichen Nachbarn gefeit war. Der Herr, den Papa »der kleine Stalin« nannte, kehrte erholt aus dem Krankenhaus zurück und berichtete, wie ihm während einer medizinischen Foto-Session, bei der er sich wie ein Filmstar gefühlt habe, die Idee gekommen sei, sich selbst zum Hausmeister der Baracke zu ernennen. Seine erste Amtshandlung würde in der Einberufung einer Krisensitzung bestehen.

Die nämliche Versammlung fand Ende Februar im Gemeinschaftsraum statt. Meine Eltern hatten sich zunächst gegen die Teilnahme gesträubt. »Wo zwei Polen sind, da sind drei Meinungen«, sagte Mama immer. Das wollte ich mir ansehen. Gleich nach den Abendnachrichten sollte es losgehen.

Der Gemeinschaftsraum war schon gut gefüllt, als

meine Eltern und ich ihn betraten. Frau Ogórkowa war auch da und hatte Damian mitgebracht, der mit hängendem Hemd, hängenden Armen und hängenden Lidern im Halbschlaf schwebte. Außerdem waren gekommen: die hübsche junge Frau Nagelfeilchen, das alte Ehepaar Wihajster, die Frau mit dem Dutt und ihr zahnarmer Gatte »Goldkrönchen«, ein paar Leute, die so farblos und langweilig waren, dass Papa sich noch keinen Namen für sie ausgedacht hatte, sowie der Star des Abends, der kleine Stalin, der sich sogleich als Moderator zu erkennen gab.

»Guten Abend, meine Herrschaften«, sagte er wichtigtuerisch, kreuzte die Hände auf dem Rücken und begann mit ausholenden Schritten auf und ab zu gehen. »Wir haben uns heute hier versammelt, um hoffentlich einträchtig und zu aller Zufriedenheit zu beschließen, was auf dem Hintergrund der Verfallserscheinungen der letzten Wo …«

In diesem Moment stürzte Herr Glatzenkamm in den Raum.

»Bitte entschuldigen Sie meine Verspätung, ich muss mich sehr entschuldigen. Das heißt, eigentlich muss ich meine Frau entschuldigen, die heute nicht kommen kann.«

»Aha«, brummte der kleine Stalin unter seinem Schnurrbart, »und was mag das wohl sein, was Ihrer Frau so viel wichtiger ist, als an unserer Versammlung teilzunehmen?«

»Ihr ist nicht gut«, erklärte Herr Glatzenkamm geknickt. Der kleine Stalin machte geschäftig eine Notiz auf seiner Programmliste.

»Wissen Sie, wenn ich es mir recht überlege«, nuschelte er an seinem Bleistift kauend, »ist es ganz gut, dass Ihre Frau nicht hier ist, denn wie ich gerade sehe, ist sie Teil des Problems, über das wir heute reden müssen und über das wir keineswegs offen reden könnten, wenn sie anwesend wäre. Diese Dame nämlich, meine Herrschaften«, sagte er zum Publikum gewandt, »weigert sich seit Wochen, das Gemeinschaftsbad zu putzen.« Ein unruhiges Raunen ging durch die Reihen, dann ließ Frau Dutt den Arm nach oben schnellen.

»Herrschaften, ich habe die Verweigerin persönlich zur Rede gestellt. Und dieses unmögliche Weibsbild behauptet allen Ernstes, keinen Dreck zu machen«, zeterte sie und sah sich Bestätigung heischend um.

»Entschuldigung, wenn ich vielleicht einige Worte dazu sagen dürfte –«, sagte Herr Glatzenkamm und setzte einen Buckel auf wie ein Geier.

»Wir bitten darum«, ermunterte ihn der kleine Stalin.

»Also, zunächst möchte ich eine Beschwerde vorbringen. In den Toiletten sind nämlich … nun, wie soll ich sagen … Sachen geschmiert worden, die …« Während er herumdruckste, drehte er die Finger ineinander wie ein Kind, das etwas verbrochen hatte.

»Bitte, erzählen Sie weiter.«

»Nun, wenn ich hier stellvertretend für meine Frau sprechen dürfte, die Türen der Toiletten sind mit … nun, mit gewissen Körperteilen bemalt … und ich persönlich, als gläubiger Katholik, kann nachvollziehen, warum meine Frau als ebenfalls gute und gläubige Katholikin, Sie verstehen, das Bad nicht mehr putzen will.«

»Aha, aha!«, rief der kleine Stalin, nachdem er den breiten Brustkasten voll Luft gezogen hatte. »Wer hat denn die Sie-wissen-schon da hingeschmiert?«

Wie eine fahndende Taschenlampe streifte sein mürrischer Blick über die plötzlich erstarrten Gesichter. Nur Frau Ogórkowa kicherte verdächtig in sich hinein. Herr Ogórek war eingenickt, und aus seinen fleischigen Lippen blubberten kleine Schnarchblasen.

»Herr Damian!«, brüllte der kleine Stalin. Dorota schüttelte ihren Mann, bis er wieder zu Bewusstsein kam.

»Hmm?«, murmelte Damian mit flatternden Lidern.

»Was sagen Sie denn als Künstler dazu? Was sagen Sie dazu, dass unsere Toiletten durch vulgäre Schmierereien verunstaltet werden?« Er sah ihm vielsagend auf die von Farbspritzern befleckten Finger.

»Fragen Sie Falsche!«, lachte Dorota. »Hatte mein Mann in Polen unser Klo gemacht, was aussah wie Sixtinische Kapelle!«

Der kleine Stalin riss seine Augen so weit auf, dass ich dachte, sie springen gleich raus. »Lux!«, setzte Dorota bekräftigend hinzu.

»Ich danke Ihnen für den kulturell sicher bedeutsamen Beitrag«, räusperte sich der kleine Stalin, »aber nun zurück zu der Frage, wie das Verhalten unserer Putzdienst verweigernden Freundin zu bestrafen ist.«

»Ich weiß!«, rief Frau Dutt, die aufgestanden war, um sich selbstbewusst die Fäuste in die Hüften zu stemmen. »Fleischentzug. Als Fleischverkäuferin habe ich damals jeden so bestraft, der mir krumm kam. Wurst unter die Theke und fertig. Ham wir nicht.«

»Ich möchte Sie keineswegs kränken«, unterbrach der kleine Stalin, »aber wir leben nicht mehr in der Wirtschaftskrise. Die Zeiten Ihrer Autorität sind vorbei.«

»Dann klauen wir ihr einfach die Wurst aus dem

Kühlschrank!«, beharrte Frau Dutt. Frau Wihajster sprang auf: »Ach, *Sie* sind der Wurstdieb! Und ich hatte schon die armen Leute aus der DDR verdächtigt!«

»Herrschaften, Herrschaften! Bitte beruhigen Sie sich!« Der kleine Stalin kämpfte gegen das immer lauter werdende Gemurmel an. »Eins nach dem anderen. Zunächst müssen wir eine Strafe für unsere Verweigerin beschließen. Was würden Sie als Lehrerin denn dazu sagen?« Er zeigte auf meine Mutter, die erschrocken zusammenzuckte.

»Nun, sozialistischer Pädagogik zufolge sollten wir das Problem gemeinsam lösen«, sagte sie unsicher. »Frau Schinken darf nicht aus der Gemeinschaft ausgeschlossen werden. Und das bedeutet, dass wir entweder alle bestrafen oder niemanden.«

»Sehr schön, sehr schön, Frau Magister«, sagte der kleine Stalin. »Endlich haben wir etwas, worüber wir abstimmen können.«

»Entschuldigung«, sagte Frau Dutt wieder. »Wenn ich mir erlauben dürfte, zuvor ein Wort über die DDR-Bürger zu verlieren …«

Der kleine Stalin nickte ermutigend.

»Ich und mein Mann wohnen nun seit zwei Wochen mit dieser schrecklichen Frau und ihrem Kind zusammen, Sie alle wissen, wen ich meine … die *dederówka*, die jeden Tag ihren Kassettenrekorder in der Küche aufstellt und die ganze Baracke mit Staumeldungen beschallt. Ich kann Ihnen gar nicht sagen, wie sehr ich mich nach dem Sanatorium sehne, Herrschaften. Ich weiß nicht, wozu ich fähig sein werde, wenn ich mit dieser Frau auch nur einen Tag länger unter einem Dach leben muss.«

»Da hätte ich vielleicht eine Idee«, sagte Frau Nagelfeilchen gutmütig lächelnd. »Wie ich verstanden habe, teilen Sie und Ihr Mann sich ein Zimmer mit der *dederówka* und ihrem Kind. Und ich als Alleinstehende mit meinem Kleinen wohne mit der anderen Hälfte dieser Familie in einem Zimmer. Was halten Sie davon, wenn ich bei Ihnen einziehe und die DDR-Familie so ein eigenes Zimmer bekommt? Wäre das nicht besser für alle Beteiligten?«

Frau Dutt starrte Frau Nagelfeilchen mit offenem Mund an.

»Haben das alle gehört?«, rief sie empört durch den Raum. »Die scheint zu denken, dass sie mir einfach so den Mann ausspannen kann!«

»Glaub ich, wird Zeit für Drrrink ...«, sagte Frau Ogórkowa und verließ voller Tatendrang den Raum.

»Meine Liebe, ich glaube, Sie haben mich falsch verstanden«, versuchte Frau Nagelfeilchen die Situation zu retten. »Ich will nichts von Ihrem Gatten.«

»Ach wirklich? Jemand, der rumläuft wie Sie, mit Dekolleté bis zum Bauchnabel, ist nicht hinter anderer Weiber Männern her? Wem wollen Sie solche Märchen erzählen, Frau! Ich lebe seit über fünfzig Jahren auf dieser Welt!«

»Meine Liebe ...« Frau Nagelfeilchen war bemüht, die Tränen zu unterdrücken, die in ihrer Stimme zitterten. »Ich wollte nichts anderes, als Ihnen zu helfen. Ich bin fünfundzwanzig. Was sollte ich von Ihrem Mann wollen?«

»Ganz recht!«, schaltete sich nun die alte Wihajster ein. »Der hat doch kaum noch Zähne im Mund. Eine Frechheit, diesem reizenden Wesen einen solchen Geschmack zu unterstellen!«

Frau Dutt blähte die Nüstern wie ein erhitzter Bulle.

»Was fällt Ihnen ein, Sie alte Vettel! Mein Achim ist ein guter Mann.« Sie streifte sich einen Latschen vom Fuß und schickte sich an, damit der Angreiferin zu drohen, als Dorota Ogórkowa mit einem Tablett voll kleiner gefüllter Wodkagläser zurückkam, nach denen jeder, der konnte, dankbar die Hand ausstreckte.

Frau Dutt, die mit dem einsatzbereiten Latschen in der Hand auf einem Bein hüpfte, verlor auf einmal das Gleichgewicht und kippte vornüber wie ein getroffener Elefant. Sofort riss sich Frau Nagelfeilchen los, um der Gefallenen zu Hilfe zu eilen, was diese offenbar als Einladung zum Ringkampf verstand, denn sie packte Frau Nagelfeilchen an den langen Haaren und riss sie mit sich zu Boden. Die Umstehenden glotzten einander an, bevor sie sich mit empörtem Geschrei auf die beiden Streithennen stürzten.

Der kleine Stalin indessen brüllte unbemerkt gegen die Meute an. Weil ihm jedoch niemand Gehör schenkte, marschierte er mit geballten Fäusten auf die Wand zu und verpasste ihr einen wütenden Tritt. Sofort war ein Loch darin, aus dem Glaswolle quoll. »Zuckerwatte!!!«, rief ein Kind und fing an, bauschweise die giftige Glaswolle aus dem Loch zu ziehen.

Plötzlich erschall von draußen ein lauter Knall, wie aus einem Gewehr. Schlagartig verstummten alle. In der bangen Erwartung, dass etwas Schreckliches geschehen war, begaben wir uns in den Flur. Aus der offenen Eingangstür stieg wie aus einer Erdspalte Rauch auf. Während er sich verflüchtigte, wurden die Umrisse einer finsteren Gestalt erkennbar. Die Frau, die hüstelnd aus der Rauchwolke trat, war Oma Greta.

21.

Gretas Kommando

Oma klopfte sich den Staub vom Pelz und zog sich mit ihrem Puderspiegel in der Hand die roten Lippen nach. Ihr finaler Doppelschmatzer klang wie das Entsichern einer Waffe. In kniehohen Lederstiefeln trat sie über die Schwelle und marschierte mit kleinen, festen Schritten auf den Flur. Sie ließ den Blick tadelnd über Wandflecken, zerzauste Kinderköpfe und dreckige Türklinken gleiten, während ihre Brauen sich zu einem V zusammenzogen. Ich sah zu meiner Mutter. Ihre Brust hob und senkte sich immer schneller, was verriet, dass sie sich in ihrem schlimmsten Alptraum wähnte.

»Was ist denn das für ein *burdel* hier?«, höhnte Oma. Dieses Kindern verbotene Wort benutzte sie nur, wo beleidigende Unordnung herrschte. In Ermangelung einer Antwort stürzte Mama sich schluchzend in Omas Arme.

»O Mutter, was für ein Wunder! Wir haben überhaupt nicht mit dir gerechnet.«

In diesem Moment trat Herr Banane mit zwei prallen Koffern in die Baracke. Herr Banane, der jeden Monat nach Polen fuhr und dessen Auto an Fehlzündungen litt, die gelegentlich für beunruhigende Knalle und dunkle Rauchschwaden sorgten, musste Oma auf seiner Rückreise mitgenommen haben. Nachdem auch mein Vater Oma mit drei Luftküssen begrüßt hatte, eilte er dem gebrechlichen Herrn entgegen, um ihm die Koffer abzunehmen.

»Ist das alles?«, fragte er an Oma gewandt.

»Blödsinn, das ist nur die Wurst«, entgegnete sie amüsiert. »Mach doch nicht so eine Hektik, Paweł. Wo sind meine Enkelkinder?« Nun lief auch ich mit offenen Armen auf Oma zu, die mich sogleich lachend packte, mit ihrer Bärenkraft hochhob und an ihren Filzmantel drückte, wo die tote Fuchsschnauze ihrer Stola sich glasäugig in den eigenen Schwanz biss.

»Sehen wir uns heute noch?«, fragte Herr Banane, der demütig zu Oma aufblickte.

»In meinem Alptraum vielleicht«, hörte ich Oma in ihren Fuchs nuscheln. »Aber sicher«, antwortete sie laut. »Du bringst mir doch hoffentlich noch den Rest vom Gepäck.« Und während Herr Banane gehorsam davonhumpelte, geleiteten wir Oma Greta in unser bescheidenes Zuhause.

»Wir haben gar nicht mit dir gerechnet, Mutter!«, keuchte Mama, während sie mit zittriger Hand das Zimmer aufschloss.

»Du wiederholst dich, nun beruhige dich doch«, sagte Oma mit geringschätzigem Halblächeln. Oma betrat das Zimmer und sah sich ausgiebig darin um.

»Fein habt ihr es hier nicht gerade«, stellte sie fest und ließ sich auf den Sperrmüllstuhl fallen. Tomek, der während der Krisensitzung schon geschlummert hatte, erwachte von unserem Gepolter. Als er Oma in ihrem tierischen Aufzug erblickte, begann er aus Leibeskräften zu schreien. Gemäß dem unter furchtsamen Kindern weit verbreiteten Irrglauben, dass man Monster durch Wegschauen verschwinden lassen kann, zog er sich die Decke über den Kopf und igelte sich bibbernd darunter ein.

»O weh. Er erinnert sich nicht an mich«, seufzte Oma, »aber das haben wir gleich.« Endlich nahm sie die Fuchsstola von den Schultern und steckte zunächst eine Pfote unter der Decke hindurch, die sie nach Tomeks Händchen tasten ließ. Sie zog den Fuchs ein Stück zurück und erkannte am Widerstand, dass Tomek nach der Pfote gegriffen hatte und sie fest umklammert hielt. Nun brachte Oma den Fuchs zum Sprechen, indem sie den Unterkiefer, der an einer Art Spange befestigt war, auf- und zuschnappen ließ und dazu mit dünnem Stimmchen sprach: »Eins, zwei, drei, vier, fünf, sechs, sieben. Peter-Paulus hat geschrieben. Einen Brief. Nach Paris. Ob der Kaffee fertig ist.« Ein Kichern unter der Decke verriet, dass Tomek die Stimme erkannt hatte. Es dauerte nicht lange, bis er sich von seiner Oma aus der Decke herauskitzeln ließ.

Als Herr Banane und Papa das restliche Gepäck in die Baracke gewuchtet hatten, fing Oma an auszupacken. Wie ein Zauberer zog sie Wurstketten aus dem Koffer, die kein Ende zu nehmen schienen: dünne Frankfurter, geräucherte Krakauer sowie *krupnioki*, die schlesischen Graupenwürste. Dabei erzählte sie uns, wie es zu ihrer Deutschlandreise gekommen war. Es hatte sich herausgestellt, dass Herr Banane, den wir vor Weihnachten beauftragt hatten, Oma Greta mit Geschenkpaketen zu beliefern, eine Bekanntschaft aus ihren Jugendjahren war. Er hatte sich einst tagein, tagaus vor Omas Fenster herumgedrückt, um nur einen einzigen verächtlichen Blick von ihr zu erhaschen.

Als er dann neulich vor Omas Türe gestanden hatte und gewahr wurde, dass er seine unerreichte Jugendliebe vor sich hatte, versprach er, ihr immer zu Diensten zu sein. Und weil Oma verwitwet war und Herr Banane alleinstehend und Oma, seit Mops ihr endgültig entlaufen war, jemand fehlte, auf dem sie herumtreten konnte, beschloss sie, die Bekanntschaft mit einem Gläschen Fussel-Kaffee aufzufrischen. So hatte es sich ergeben, dass Herr Banane ihr spontan angeboten hatte, sie zu ihrer Familie nach Deutschland zu bringen. Da er frei herausgeplappert hatte, welche katastrophalen Zustände in der Baracke herrschten, musste Oma nicht lange überlegen.

»Mach dir keine Sorgen um die Bezahlung, Mutter«, sagte Papa. »Wir erstatten ihm natürlich die Benzinkosten.«

Oma machte ein überraschtes Gesicht.

»Spinnst du? Dieser nervigen Plaudertasche würd ich nicht mal einen vertrockneten Wurstzipfel geben. Der sollte besser mich dafür bezahlen, dass ich ihn 16 Stunden lang ertragen habe, ohne ihm eins überzubraten.«

Mama und Papa sahen Oma schockiert an, aber sie störte sich nicht daran. Nachdem sie uns auch alles über die Veränderungen in Polen berichtet hatte, wovon die wichtigste zu sein schien, dass es beim Metzger endlich wieder Fleisch gab, »wie vor dem Krieg«, durften wir endlich schlafen gehen. Oma bekam ihr eigenes Bett, weil Tomek und ich uns ab jetzt eine Matratze teilen würden. In der Nacht, als Oma in vertrauter Weise die Zehen knacken ließ, beschlich mich die wohlige Ahnung, dass sich nun alles zum Besseren wenden würde.

Am nächsten Morgen wurde ich vom rasselnden Geräusch energisch aufgerissener Vorhänge geweckt. Oma stand in ihren Putzpantoletten auf dem Tisch und ließ Tageslicht ins Zimmer strömen. Um ihren Kopf hatte sie einen prächtigen Turban geschlungen. Weil Putzen für Oma eine Bühnenkunst war, hatte sie nie irgendwelche Mühen gescheut, sich dafür besonders herzurichten. Mit dem dekorativen Haarkringel, der aus dem Turban schaute, sah sie aus wie die Stummfilmdiva Pola Negri.

»Ich bin bereit!«, sagte sie entschlossen und stieg elegant vom Tisch.

»Mutter, du kannst doch nicht an deinem ersten Tag bei uns putzen!«, jammerte Mama.

»Ach was«, winkte Oma ab. »Ruhe im Karton! Hier herrsche nun ich.« Mit den Absätzen klackend machte sie sich sofort auf den Weg ins Bad, um die Eimer zu füllen. Resigniert seufzend schloss Mama die Tür und setzte sich zu mir aufs Bett.

»Papa ist zur Telefonzelle gegangen und versucht, den roten Opel zu bekommen«, flüsterte sie mir zu. »Lass dir bloß nichts anmerken, falls wir heute Nachmittag einen Ausflug machen sollten, ja? Tu so, als würde das Auto uns gehören.«

Ich nickte. Dann sorgte ich mich. Es war ganz einfach gewesen, sich den Wagen für zwei Stunden auszuleihen, aber ob der Bekannte von Frau Ogórkowa ihn für einen ganzen Tag hergeben würde? Außerdem wusste noch niemand, wie lange Oma bei uns zu bleiben gedachte.

Seit den Mittagsstunden war die Baracke von Zitronenduft erfüllt und von Frühlingslicht durchflutet.

Draußen ergötzten sich die Vögel an der blühenden Natur, und es war so wunderbar warm, dass wir beschlossen, alle zusammen einen Ausflug in den Botanischen Garten zu machen.

Oma ging um den roten Opel herum, den Papa tatsächlich ›organisiert‹ hatte. Sie musterte ihn schmunzelnd, bevor sie auf dem Beifahrersitz Platz nahm.

»Meine Hochachtung«, sagte sie, als wir schon eine Weile gefahren waren. »Ich hätte nicht gedacht, dass ihr eure Flunkereien so gut durchziehen könnt.«

»Flunkereien? Welche Flunkereien? Wovon redest du?«, fragte Mama mit bebender Stimme.

»Von eurer westlichen Limousine. Als ob ich nicht wüsste, dass der Wagen nicht euch gehört.«

»Du wusstest es?« Ich schrie fast vor Neugier.

»Ich bin doch nicht dumm«, bellte Oma und erklärte dann in einem spöttisch-amüsierten Ton: »Ich kann mich nicht daran erinnern, dass auf den Fotos, die ihr mir geschickt habt, ein ›Baby an Bord‹-Aufkleber zu sehen war. Wenn ihr also nicht ein vor kurzem geborenes Enkelkind im Kofferraum versteckt, kann das Auto nur einem anderen gehören.«

Die restliche Fahrt über herrschte im Opel betretenes Schweigen.

Die exotische Pflanzenwelt im Botanischen Garten stimmte Oma versöhnlich, auch wenn vergnügter Hohn immer noch ihre Lippen umspielte. Wir setzten uns an einen runden Betontisch, und Mama packte YES-Törtchen und Flirt-Dosen aus.

»Hast du denn schon eine Arbeit gefunden, Paweł?«, fragte Oma unvermittelt, während sie die wohlgeformten Beine übereinanderschlug.

»Er kann sich nicht bewerben«, antwortete Mama

für Papa, der mit gesenktem Kopf dasaß und bedauernd die Schultern nach oben zog. »Weil er nicht in der Lage ist, etwas Gutes über sich zu sagen.«

»Was? Mein eigener Schwiegersohn?« Oma machte große, theatralische Augen. »Paweł, es ist zwar nicht mein Blut, das durch deine Adern fließt, aber du bist Teil der Familie und kannst von mir lernen.«

»Was?«, fragte Papa niedergeschlagen.

»Stolz.«

»Wenn es nur um Stolz ginge«, sagte Papa. »Deutschen Arbeitgebern genügt es nicht, dass ich was von meinem Handwerk verstehe, sie erwarten, dass ich im Vorstellungsgespräch alles beschönige und übertreibe. Ich kann mich aber nicht verstellen, ich bin doch kein Affe.«

»Unsinn!«, rief Oma. »Das Wichtigste ist, dass du einen Fuß in die Tür bekommst. Manchmal muss man die albernen Spiele der anderen mitspielen, um zu kriegen, was man will. Adelbert war Matrose, obwohl er nicht schwimmen konnte.«

»Opa konnte nicht schwimmen?«, fragte ich erstaunt.

»Was glaubst du, warum er ertrunken ist, der Trottel?«, lachte sie. »Dein Opa hatte solche Angst vor Wasser, dass er schon losjaulte, wenn er einen Waschzuber sah. Aber wisst ihr, was größer war als diese dämliche Angst? Sein Wunsch, an Bord eines echten Schiffes zu gehen und ein Stück von der Welt zu sehen.«

»Das hätte auch schiefgehen können«, wandte Papa ein. »Was, wenn man ihn bei der Marine ins Wasser geworfen hätte?«

»Dann wäre er eben früher ertrunken und ich wäre ein Filmstar geworden wie Marlene Dietrich. Stattdessen haben wir geheiratet, meine Lebenschancen waren verspielt, und Adelbert musste stadtbekannter Millionär werden, um der Familie Ansehen zu verschaffen.«

»Nicht diese Geschichte, Mutter«, seufzte Mama und hielt sich die Hand vor die Augen, während Papa und ich gebannt lauschten, was Oma uns wohl zu erzählen hatte.

»Nachdem Adelbert über Nacht Lotto-Millionär geworden war, hat er damit überall so geprahlt, dass es in unserem Haus zuging wie in der Straßenbahn. Alle zwei Minuten hat es geklingelt. Wir hatten mehr falsche Freunde als der Bürgermeister.«

Ich war baff.

»Hat Opa wirklich im Lotto gewonnen?«, fragte ich.

»Freilich. Nur ausgerechnet bei den sechs Richtigen hatte er vergessen, den Lottoschein abzugeben. Aber das verschwieg er.«

Papa lachte zum ersten Mal seit Wochen.

»Was für ein Schlitzohr«, sagte er, halb zu sich selbst. »Aber immerhin war er adliger Abstammung, oder? Onkel Ewald hat mir mal den Familienstammbaum gezeigt.«

»So ein Blödsinn!«, schrie Oma wieder. »Vor dem Krieg hieß er Wojtek, dann haben die Deutschen ihn in Adelbert umbenannt, und seitdem brüstete er sich mit adliger Abstammung. Blaues Blut, dass ich nicht lache. Wenn Adelbert von seinem Stammbaum runterfiele, würde er sich nicht mal blaue Flecken holen.«

Papa kratzte sich das Kinn und schien sich in aufwühlende Gedanken zu vertiefen.

»Weißt du eigentlich schon, wie lange du bleibst?«, fragte Mama Oma, die jetzt die Augen geschlossen hatte und sich das Gesicht von der Sonne wärmen ließ.

»Ich bleibe, bis Paweł eine Arbeit findet und ihr eine Wohnung bekommen habt.«

In der kommenden Woche setzte Oma ihre Ordnungsmaßnahmen in der Baracke fort, indem sie den schwierigsten Bewohnern ganz besondere Lektionen erteilte. Die meisten Probleme ließen sich einfach lösen. Die Frau, die sich weigerte, das Bad zu putzen, wurde von Oma darin eingeschlossen, bis sie ihre Pflicht erfüllt hatte, und Frau Ogórkowa genügte schon ein herablassender Augenaufschlag von Oma, um sich zu trollen, wenn sie unerwünscht war.

Den Konflikt mit der Ostdeutschen, die jeden Tag die Küche und alle benachbarten Räumlichkeiten mit Staumeldungen beschallte, legte Oma bei, indem sie in der Flurnachbarschaft fünf Leute überredete, der rücksichtslosen Tonmeisterin mit ihren eigenen Radios Gesellschaft zu leisten. Ost- und Westschlager, Pop- und Volksmusik, Verkehrsnachrichten und Werbejingles verschwammen an diesem Tag zu einer Kakophonie, bis die Botschaft von der begriffsstutzigen Frau endlich verstanden wurde.

Ein junger Russe, der sich mehrere Male einen Spaß daraus gemacht hatte, sich eine Gorillamaske aufzuziehen und zu Tode erschrockene Kinder über den Flur zu jagen, erlebte sein blaues Wunder, nachdem es Oma gelungen war, ihm die Maske zu entwenden. In einer nebligen Nacht, als Oma aus dem Fenster blickte und den Russen in seinem Auto sah, wo er mit seiner Angetrauten knutschte, stülpte sie sich selbst die Gorillamaske über den Kopf und schlich sich leise heran, bevor sie mit einem Satz auf die Windschutzscheibe sprang und aus schwarzen Affennüstern Atemwolken schnaubte. Der Schrei des Mädchens drang so laut und schrill durch die Nacht, dass einige in banger Erwartung eines Horror-Massakers in Nachthemden und Pyjamas ins Freie liefen. Vor weiteren Angriffen durch Gorillas sicher, konnten die Kinder endlich wieder in Ruhe schlafen.

22.

Der große Regen

Wie jeden Mittwochnachmittag saß ich im Förderunterricht und lernte mit den anderen Aussiedlerkindern und Sonderfall Dominik die Regeln der deutschen Grammatik. Die schwarze Wolke, die schon den ganzen Tag mit Regen gedroht hatte, war über der leeren Schule zusammengebrochen, und nun goss es in Strömen. Weil der gegen die Schulmauern gewehte Regen einen solchen Lärm veranstaltete, beschäftigte Frau Sonnenschein uns mit Stillarbeit. Aus dem Fenster beobachtete ich, wie die Beine der Klettergerüste langsam in einer plätschernd aufgeschäumten Lache ersoffen, und atmete wohlig auf, als mir einfiel, dass ich mit Papa eine Vereinbarung getroffen hatte: Sollte ich nach der Schule einmal von Platzregen überrascht werden und mein Regenschirm zu Hause liegen, würde ich zum grünen Häuschen laufen, da, wo sonst die Schulbusse hielten. Dort würde ich auf Papa warten, bis er mich mit dem Auto abholen kam.

Als der Förderunterricht um Viertel vor vier vorüber war, wartete ich also nicht mit den anderen Kindern darauf, dass es aufhören würde zu regnen, sondern zog mir sofort den Jackenkragen über den Kopf und lief los.

Unter dem Dach des grünen Häuschens stand außer mir niemand, da alle Schulbusse bereits am frühen Nachmittag abgefahren waren. Ich stellte mich unter und blickte auf die menschenleere Straße. Auf der anderen Seite, durch einen Schleier aus heftigem Regen, entdeckte ich plötzlich Dominik, der auf das Wartehäuschen zulief. Ich wurde nervös. Warum war er mir gefolgt? Wollte er mir wieder etwas wegnehmen? Oder etwas zurückgeben, das er mir unbemerkt weggenommen hatte? Seit er mit den Aussiedlerkindern den Förderunterricht besuchen musste, hatte er nicht mehr gewagt, mich zu beschimpfen. Was aber nicht bedeutete, dass er seither nett zu mir gewesen wäre.

Dominik stellte sich neben mir unter, ohne ein Wort zu sagen. Dicke Tropfen rutschten von seinen Haarsträhnen, fielen von seiner Nasenspitze, kullerten ihm übers Kinn. Seinen dunkelblauen Ranzen, der anders als meiner so ausgebeult und abgewetzt war, als hätte er schon eine ganze Schullaufbahn hinter sich, ließ er nur über eine Schulter hängen.

»Wann kommt der Bus?«, fragte er fordernd.

Ich wusste nicht, wie ich es Dominik sagen sollte. Ich wartete auf meinen Vater, nicht auf einen Bus. Es tat mir leid, dass er mich hier gesehen und falsche Schlüsse daraus gezogen hatte. Ich wollte ihn mit meiner Antwort auch nicht wütend machen. Also zuckte ich nur entschuldigend mit den Schultern. Etwa fünf Minuten saßen wir schweigend da, als ich endlich Papas gelben Fiat nahen sah. Ich trat an die Bordsteinkante und winkte.

»Hä?«, hörte ich Dominik hinter mir ausrufen. »Was ist denn das für ein komisches Auto?« Er folgte mir an die Bordsteinkante, und während Papa langsam heranfuhr, starrte Dominik den *maluch* mit großen Augen an. Als ich die Autotür öffnete, sah Papa mich fragend an und nickte in Dominiks Richtung. Ich schüttelte den Kopf. Nein, weder Freund noch Pole.

»Ist das jemand aus deiner Klasse?«, fragte Papa auf Polnisch, während ich den Sitz vorklappte, um hinten ins Auto zu steigen.

»Ja«, gab ich zu und bereute es sogleich, als ich sah, dass Papa Dominik herbeiwinkte.

»Hallo. Ich bin Vater von Ola. Regnet sehr, nein? Kann ich dich auch nach Hause fahren.«

»Cool! Alles paletti«, sagte Dominik, doch statt seinen Ranzen abzustreifen, zog er sich noch den zweiten Träger über die Schulter und versuchte so, sich in den *maluch* zu quetschen. Während er mit Kopf, Armen und Rumpf schon drin war, strampelte er draußen mit den Beinen in der Luft wie ein umgekippter Käfer. Papa und ich konnten uns ein Lachen nicht verkneifen, und Dominiks Ohren liefen ganz rot an. Ich packte ihn an beiden Armen und zog ihn in meine Richtung, bis er vollständig und mit Ranzen neben mir saß. Mein Herz klopfe. So nah war ich meinem Feind noch nie gekommen.

»Was ist das für ein Auto?«, fragte Dominik.

»Polski Fiat 126p«, antwortete Papa amüsiert, denn dass sich jemand in Deutschland für sein Auto interessierte, war etwas Neues. »Wo wohnst du?«

»Wissen Sie, wo die ARAL-Tankstelle ist?«

»Weiß ich«, sagte Papa. »Wohnst du in der Tankstelle?«

»In der Nähe«, sagte Dominik und presste die Nase ans Autofenster. Auch ich wusste, wo das war. Schließlich war die ARAL-Tankstelle das Beste am ganzen Stadtteil. Nur dort konnte man die Kaugummis für

10 Pfennig kaufen, um die ein Aufkleber herumgewickelt war. Gar nicht weit weg von uns, dachte ich. Erschreckend nah.

»Ich muss raus«, sagte Dominik, als die neonblaue Raute der Tankstelle sichtbar wurde. Papa hielt an, Dominik schälte sich wieder mit großer Mühe aus dem Auto und verabschiedete sich mit einem knappen »Tschüs!«, bevor er die Tür zuknallte. Als er die Straße überquerte, winkte Papa ihm nach.

»Netter Junge«, sagte er lächelnd.

»Doofer Junge!«, protestierte ich. »Das war der Blödmann, der mir an meinem ersten Tag in der Schule die Schokolade weggenommen hat.«

»Wirklich?«, wunderte sich Papa. »Auf mich hat er einen guten Eindruck gemacht. Und er hat dir die Schokolade doch auch zurückgegeben, oder?«

Ich nickte genervt und wünschte, er hätte es nicht getan.

»Ist er denn immer noch gemein zu dir?«

»Eigentlich nicht«, sagte ich. Das war die Wahrheit.

»Dann gibt es doch kein Problem.«

Papa nutzte die Gelegenheit und hielt noch einmal an, um zu tanken. Durch den Vorhang aus Regenperlenketten, die sich die dunklen Autoscheiben hinabschlängelten, sah ich Dominik mit verschränkten Armen vor einem Hauseingang stehen. An den Balkonen des Hauses waren Satellitenschüsseln angebracht, wie graue Micky-Maus-Ohren. Als Papa die Benzinfüllung bezahlt hatte und wiederkam, stand Dominik immer noch im Hauseingang, der ihn vor dem Regen kaum zu schützen schien.

»Ich glaube, bei ihm ist niemand zu Hause«, sagte ich zu Papa. »Schau, er steht immer noch vor der Tür.«

»Dann spring schnell raus und frag ihn, was los ist. Wenn bei ihm niemand ist, kommt er mit zu uns.«

»Waaaas?«, fragte ich entsetzt. Mit zu uns? Dominik konnte nicht einfach mit zu uns. Wir hatten doch nicht mal ein richtiges Zuhause.

»Keine Sorge«, sagte Papa. »Es gibt genug zu essen. Mama hat *pierogi* gemacht.«

Mein Blick wanderte zurück zu Dominiks triefender Gestalt. Schließlich fasste ich Mut, hüpfte aus dem Auto und rannte zu ihm über die Straße.

»Was willst denn du noch hier?«, fragte Dominik rotzig. Ich versuchte herauszufinden, ob Kälte oder Bosheit seine Mundwinkel nach unten zogen.

»Ist bei dir niemand zu Hause?«, fragte ich.

»Nee. Keiner da.«

»Mein Papa hat gesagt, dass du mit zu uns kommen kannst.«

Dominik glotzte eine Weile blöde ins Leere.

»Ich weiß nicht«, sagte er schließlich, während er in scheinbarer Gleichgültigkeit auf den Boden spuckte.

»Er kann dich später auch wieder nach Hause fahren«, ergänzte ich, als Papa bereits mit dem *maluch* heranfuhr und ermunternd auf die Hupe drückte. Dominik tippelte unruhig hin und her, als würden sich Engelchen und Teufelchen auf seinen Schultern zanken.

»Alles paletti«, sagte er kurz entschlossen. Diesmal nahm er den Ranzen ab, bevor er einstieg.

Obwohl Licht in den Fenstern brannte, wirkte die Baracke gespenstisch. Keine Satellitenschüsseln standen von ihr ab, und es hingen keine Geranien von den schmutzigen Wänden. Für jemanden, der uns zum ersten Mal besuchte, musste sie aussehen wie ein Toilettenhaus an der Autobahn.

Dominik zog eine graue Tropfspur hinter sich her, und seine speckigen Turnschuhe schwappten vor Nässe, als wir den Flur entlangliefen. Papa steckte den Kopf kurz durch die Tür unseres Zimmers und wechselte einige Worte mit Mama, bevor wir hereingelassen wurden.

»*Witamy*«, sagte Mama mit Überschwang in der Stimme.

»Danke, gut«, nuschelte Dominik, der nicht wissen konnte, dass er mit einem simplen »Willkommen« begrüßt worden war.

Er setzte sich auf das improvisierte Sofa und blickte unsicher umher. Oma, die auf ihrem Lieblingsstuhl saß und ein Taschentuch bestickte, musterte ihn neugierig hinter ihrer Lesebrille, die ihrem Gesicht einen noch strengeren Ausdruck verlieh. Dominik wich ihrem Blick aus und starrte stattdessen auf die vielen übereinandergelegten Teppiche unter seinen Füßen.

»Der sieht ja aus wie ein feuchtes Huhn!«, stellte Oma lachend fest. »Gebt dem Jungen trockene Klamotten.«

»Ich gehe rüber zu Ogórkowa«, sagte Mama. »Vielleicht werden ihm die Sachen von Bajtek passen.«

Sie kam bald mit einer Hose und einem Pullover wieder, dann zeigte sie Dominik das Bad, wo er sich umziehen konnte.

»Netter kleiner Schwabe«, nuschelte Oma, die alle Deutschen »*szwaby*« nannte. Während Dominiks Abwesenheit sah ich mir unser Zimmer an, als sähe ich es zum ersten Mal. Eine ausgespülte Heringwanne diente uns als Zuckerdose, ein umgedrehter Blumentopf dem Kassettenrekorder als Abstellort.

»Gleich gibt's *pierogi*«, sagte Mama, als Dominik wiederkam.

»Was hat sie gesagt?«, fragte er mich verunsichert.

»Dass es gleich Essen gibt. *Pierogi*.«

»Hä?«

»*Pierogi*, mit Pilzen und heißer Butter.«

»Kenn ich nicht.«

»Schmeckt gut«, beruhigte ich ihn. »Was willst du trinken? Tee? Oder Apfelsaft? Wir haben auch Wasser. Oder willst du eine Kindercola? Unsere Nachbarin hat Kindercola. Ich kann sie fragen, ob …«

»Schorle!«, sagte Dominik entschlossen.

»Was ist das?«

»Was? Du kennst Schorle nicht?«

»Nie gehört.«

»Hahaha! Wie kann man das nicht kennen?«

Ich zuckte mit den Schultern. Dominik sprang auf und griff zur Mineralwasserflasche und zum Apfelsaft, die beide auf dem Tisch standen. Das Glas, das ich ihm gereicht hatte, füllte er nur zur Hälfte mit Apfelsaft, dann goss er bis zum Rand Mineralwasser nach, bis das Glas fast überschwappte.

»DAS ist Schorle«, sagte er stolz.

»Soso, die Deutschen sparen also auch«, hörte ich Oma unter der Nase murmeln. Indes kam Mama mit zwei dampfenden Tellern *pierogi* herein und stellte sie auf den Tisch.

»Papa und ich gehen kurz einkaufen«, sagte sie. »Wir haben für unseren Gast nichts mehr zu naschen. Wie heißt dein Freund eigentlich?«

»Keine Ahnung, wie mein Freund heißt«, sagte ich trotzig. »Der Typ hier heißt jedenfalls Dominik.«

»Dominik, schöner Name«, sagte Mama.

Während wir die *pierogi* verputzten, sah Oma unserem Appetit mit Wohlgefallen zu.

Sobald meine Eltern das Zimmer verlassen hatten, fiel Oma etwas ein: »Ach, die hätten gar nicht losgehen müssen. Ich habe doch aus Polen ein paar Tüten *kisiel* mitgebracht.«

Mir lief das Wasser im Mund zusammen. *Kisiel*, der besonders gut schmeckte, wenn es draußen kalt und nass war, hatten wir bislang in keinem deutschen Supermarkt finden können.

»Ich mach euch am besten einen Topf, Kinder«, sagte Oma, bevor sie das Zimmer verließ.

»Wieso gibt mir deine Familie dauernd zu essen?«, fragte Dominik. »Die kennen mich doch gar nicht.«

»Weil du unser Gast bist«, entgegnete ich und wunderte mich, wie man nur etwas so Bescheuertes fragen konnte. Schließlich war es selbstverständlich, dass man einen Gast, wie wenig man ihn auch mochte, anständig bewirtete.

»Wo ist eigentlich dein Zimmer?«, lautete Dominiks nächste dumme Frage.

»Na, hier«, antwortete ich stutzig.

»Hast du zwei Stockbetten ganz für dich alleine?«, fragte Dominik beeindruckt.

»Nein. Da schlafen meine Eltern drin. Und Oma. Ich teile mir ein Bett mit meinem kleinen Bruder.«

»Warum?«

»Wir haben nur dieses eine Zimmer. Das ist eine Notwohnung. Eine richtige Wohnung haben wir noch nicht bekommen.«

»Okay«, sagte Dominik. »Was ist da drin?« Er wies mit dem Finger auf einen Pappkarton unter dem Bett.

»Lego«, sagte ich. »Hast du Lust, damit zu spielen?«

Dominik war begeistert. »Klar!«

Ich schüttete den Kisteninhalt über dem Sperrmüllteppich aus.

»Boah«, staunte Dominik. »Du hast ja viel mehr Lego als ich. Wieso denn das?«

»Das ist gar nicht mein Lego«, entgegnete ich. »Das haben uns Deutsche geschenkt, von der Caritas.«

»Helga hat also recht«, sagte Dominik. »Polacken kriegen alles in den Arsch geschoben.«

»Stimmt nicht«, wehrte ich mich. »Wir hatten vorher überhaupt nichts.«

»Womit hast du denn in der Polakei gespielt?«

»Polen«, berichtigte ich ihn und erzählte von den zerstückelten Marzipanstücken, die ich mit Spucke zu absonderlichen Gebilden zusammensteckte. Das brachte Dominik zum Lachen.

»Ich habe nicht mal eine Barbie«, warf ich hinterher.

»Barbies sind auch scheiße. Hey, was arbeitet eigentlich dein Vater?«

»Er repariert Fernseher. Und deiner?«

»Keine Ahnung. Meine Eltern sind geschieden.«

Dominiks Stimme hatte einen traurigen Ton angenommen. Ich wusste nicht, was ich antworten sollte, weil ich das Wort »geschieden« nicht kannte. Ich nahm mir vor, es bald im Wörterbuch nachzuschlagen.

»Komisch«, sagte Dominik. »Helga hat gesagt, Polacken sind faul. Die wollen gar nicht arbeiten.«

»Wer ist denn diese Helga eigentlich?«, fragte ich. In unserer Klasse gab es keine Helga.

»Meine Mutter«, sagte Dominik.

»Du nennst deine Mutter Helga?« Ich konnte es nicht fassen. Das war das Respektloseste, was ich je gehört hatte.

»Klar. Wie heißt denn deine Mutter?«

»Danuta.«

»Klingt total bescheuert. Wie Hanuta.«

»Meine Mutter hat mir erzählt, dass sie nach der Romanfigur eines großen polnischen Schriftstellers benannt wurde.«

»Aha. Wie heißt der denn?«

»Henryk Sienkiewicz. Der hat den Nobelpreis bekommen.«

»Kenn ich nicht«, sagte Dominik so bestimmt, als wäre er stolz auf sein Unwissen. »Und du? Kennst du Rambo?«

»Ja«, entgegnete ich.

»He-Man?«

»Klar.«

»Knight Rider?«

»Natürlich.«

»Batman?«

»M-hmm.«

»Du bist gar nicht so doof, wie ich dachte«, stellte Dominik gönnerhaft fest. Dann wurde er für eine Weile stumm und überlegte. »Kann ich dich Sonntagnachmittag besuchen kommen?«

»Da muss ich in die Kirche«, sagte ich wahrheitsgemäß.

»Biste katholisch oder evangelisch?«

»Evangelisch? Ich weiß nicht, was das ist«, gab ich zu.

»Hä? Du kennst evangelisch nicht? Wie kann man das nicht kennen?«

»In Polen gibt es nur katholisch«, erklärte ich.

»Dann bist du also katholisch?«

»Was denn sonst?«

»Cool. Dann darfst du bald zur Kommunion. Ich bin evangelisch. Voll doof. Ich kriege die ganzen Geschenke erst, wenn ich 14 bin.«

Nun betrat Oma mit einem dampfenden Pott *kisiel* das Zimmer. Die Zubereitung nahm nie viel Zeit in Anspruch. Man rührte das *kisiel*-Pulver in etwas kaltes Wasser ein und goss diese Mischung anschließend in kochendes Wasser. Einige Male umrühren, und der heiße *kisiel* konnte in Schüsseln gegossen werden. Er schmeckte fruchtig süß und war ganz weich. Schon nach ein paar Löffeln wurde einem ganz angenehm warm im Bauch. Als Dominik die Konsistenz des Desserts bemerkte, geriet er in helle Aufregung.

»Boah, grüner Mutantenschleim!«, rief er und klatschte in die Hände wie ein erfreutes Kind. Seine Fantasie brachte mich zum Lachen. Der *kisiel* in den Schüsseln war grün, weil er Apfelgeschmack hatte.

»Das ist das Coolste, was ich je gegessen habe«, sagte Dominik, nachdem wir unsere Schüsseln ausgelöffelt hatten. Seine Augen leuchteten. Auf einmal spürte ich so etwas wie Stolz.

Als Mama und Papa mit ein paar Tüten Haribo, Erdnüssen, Salzstangen und Chips wiederkamen, war Dominik so satt, dass er jedes weitere Angebot ablehnte.

»Ich muss heim«, sagte er. Papa nickte, und Mama reichte Dominik seine auf der Heizung trocken gewordene Kleidung. Vorher steckte sie ihm aber noch eine Tüte Gummibärchen in die Hosentasche.

»Sag deinem Freund, dass wir ihm für seinen Besuch danken«, bat mich Mama.

»Mach ich«, sagte ich und folgte Papa und Dominik ins Auto.

23.

Die Traumwohnung

Nun, da Dominik wusste, wo ich wohnte, und in *kisiel* sein neues Leibgericht entdeckt hatte, kam er fast jeden Tag vorbei. Manchmal blieb er drei Stunden, manchmal nur zehn Minuten, doch die Regelmäßigkeit seiner Besuche gab meiner Mutter Anlass, ihn als künftigen Schwiegersohn zu betrachten. Das war etwas, für das ich mich furchtbar schämte. Oma war gegen eine Heirat, da sie Anstoß an Dominiks *kindersztuba* nahm. Besonders bemängelte sie, dass Dominik alles, was ihm bei uns zu essen oder zu trinken angeboten wurde, sofort gierig an sich riss. Solche Manieren waren mit dem polnischen Höflichkeitsverständnis nicht vereinbar. Schon früh hatte ich gelernt, dass es sich gehörte, Hunger und Durst mitzubringen, wenn man auf Besuch ging. Allerdings musste man die Angebote, die einem vom Gastgeber gemacht wurden, aus Höflichkeit mehrmals abschlagen, bevor man sie schließlich – scheinbar besiegt – annehmen konnte. Dieses Hin und Her hatte sich in etwa so abzuspielen:

»Möchtest du etwas essen?«

»Nein, nein, mach dir keine Umstände.«

»Ach wo! Das macht mir überhaupt keine Umstände!«

»Nein, wirklich, ich will nichts.«

»Aber ich hätte da diesen leckeren Streuselkuchen …«

»Weißt du, ich bin eigentlich gar nicht hungrig.«

»Dann vielleicht einen Kaffee?«

»Hör doch auf. Ein Tee würde mir völlig reichen.«

»Gut. Dann mache ich dir einen warm.«

»Du bist ein Herz. Aber das ist doch gar nicht nötig.«

Meistens endete es damit, dass der Gast Stunden später so viel gegessen und getrunken hatte, dass er aus eigener Kraft nicht mehr aus dem Sessel kam.

Ende April, als es endlich wärmer wurde und man draußen keine Jacke mehr brauchte, bauten Dominik und ich uns eine Bude im Gestrüpp hinter der Baracke.

Wir sammelten Bretter, auf die wir Knight-Rider-Sticker klebten, arrangierten Obstkisten zu Sitzmöbeln und brachten einander Schimpfwörter bei. Toilettentieftaucher war mein Favorit, und Dominik gefiel es, dass Oma ihn manchmal *idjotenkranz* nannte. Manchmal trafen wir uns gleich nach dem Unterricht, und ich half ihm bei den Hausaufgaben. Aber in der Schule taten wir, als würden wir uns nicht kennen. Damit uns niemand für ein Liebespaar hielt. Liebe war was für Blödmänner, darüber waren wir uns einig. Ich hatte Dominik von Bajtek erzählt, der seit seinem 11. Geburtstag nur noch mit reifen Frauen, also 12-jährigen, Umgang pflegte, und Dominik berichtete mir vom neuen Freund seiner Mutter, den er verächtlich »Macker« nannte.

Jeden Tag wunderte ich mich aufs Neue darüber, dass ausgerechnet Dominik und ich Freunde geworden waren. Vor kurzem hatte ich ihn noch gefürchtet, regelrecht gehasst. Nun gefielen mir seine unregelmäßig gewachsenen Hasenzähne, das eigentümliche Nackenschwänzchen und seine T-Shirts, auf denen immer irgendwelche magischen amerikanischen Wörter standen wie ACTIVE, POWER, SPIRIT und FRESH.

Indessen waren meine Eltern auf Wohnungsjagd. Abends durchkämmten sie das Viertel und suchten die Wohnhäuser nach Fenstern ab, in denen keine Gardinen hingen. In Polen hätte das bedeutet, dass die Wohnung frei stand, denn wo ein Zuhause war, da waren immer auch Gardinen. Aber sooft Mama und Papa die Nasen an die Fensterscheiben drückten, um einen Blick ins Innere dessen zu erhaschen, was sie für ihre zukünftige Wohnung hielten, wurde ihnen mit einer Anzeige gedroht. Hinter den gardinenlosen Fenstern lebten in Deutschland nämlich sehr wohl Menschen.

Schließlich ließ Mama sich überreden, hin und wieder Geld für eine Zeitung auszugeben – wegen der Annoncen. Aber die angebotenen Wohnungen waren so teuer, dass wir es uns nicht einmal leisten konnten, darüber nachzudenken. Nachdem Frau Ogórkowa ihnen dazu geraten hatte, schrieben meine Eltern sich bei einer Wohnungsgesellschaft ein, die staatlich geförderte Sozialwohnungen an Aussiedler vermittelte.

Eines Tages, Ende Mai, wurde ich von der ganzen Familie aus der Schule abgeholt. Meine Eltern strahlten wie Neugeborene, und auch Oma trug die Nasenspitze höher als sonst.

»Ich konnte es kaum erwarten, dir zu zeigen, was heute gekommen ist«, sagte Mama und fuchtelte aufgeregt mit einem Blatt vor meinem Gesicht herum. Es war ein Brief von der Wohnungsgesellschaft. Er enthielt unsere zukünftige Adresse und eine Beschreibung der Wohnung: vier Zimmer, Küche, Bad, Balkon, Keller. »Die Wohnung befindet sich im dritten Obergeschoss. Die Haus- und Wohnungsschlüssel werden Ihnen am 1. 6. zwischen 16:00 und 18:00 Uhr von Frau Bützchen ausgehändigt.«

»Kannst du es fassen?«, jauchzte Mama. »Unser Traum ist wahr geworden. Wir ziehen um! Jetzt können wir endlich wieder ein normales Leben führen.«

Meine Eltern und ich fuhren zur Wohnungsbesichtigung und Schlüsselübergabe in die 10 Kilometer entfernte Nachbarstadt. Fünf ziegelrote Mehrfamilienhäuser ragten aus der Idylle schmucker Reihenhäuschen mit gepflegten Vorgärten heraus. Auf der anderen Seite des Hauses, da, wo die Balkone waren, wuchsen drei schöne große Tannenbäume in den Himmel. »Wundervoll. Einfach wundervoll«, schwärmte Mama. Von der Straßenecke aus konnte man die Waggondächer einfahrender Züge sehen. »Und dazu noch die gute Verkehrsanbindung. Ein Traum!«

Nachdem wir mehrere Runden verzückt um den Block spaziert waren, klingelten wir endlich bei Frau Bützchen. »Dritte Stock!«, sagte eine Männerstimme durch die Fernsprechanlage.

Im Treppenhaus roch es zitronenfrisch. Ein Stockwerk war mit Porträts trauriger Hunde behängt, ein anderes von Kakteen überwuchert. In der dritten Etage schließlich machten wir halt. Die Tür zur leeren Wohnung war nur angelehnt, und von drinnen konnten wir Schritte und eine deutsch sprechende Stimme vernehmen.

»Hallo? Ist da jemand?« Papa klopfte leise an die Tür, bevor er vorsichtig den Kopf durchsteckte.

»Iberraschunck!«, hallte es allzu vertraut heraus.

Mama zuckte zusammen. Mittendrin in der neuen Wohnung, links und rechts von der Frau, die Irene Bützchen sein musste, standen Damian und Dorota Ogórek.

»Was macht ihr denn in unserer Wohnung?«, stieß Mama fassungslos hervor.

»Ist nicht eure Wohnung, ist unsere Wohnung!«, entgegnete Dorota frech.

»Nein, das ist unsere«, beteuerte Mama. »Zeig ihnen die Zuweisung, Paweł.« Während Papa in seiner Herrenhandtasche nach dem Schreiben suchte, hob Damian seinen Pullover und zog hinter dem Hosengürtel einen Zettel hervor, den er gemütlich schmatzend auseinanderfaltete.

»Kollege, hab ich selbst Zuweisung dabei, schau.« Papa stellte sich neben Damian, damit sie die Schreiben miteinander vergleichen konnten. Und tatsächlich: Die Briefe waren identisch, die Anschriften auch. Nur dass der eine Brief an Ogóreks adressiert war und der andere an uns. Frau Bützchen zuckte ahnungslos mit den Schultern.

»Da muss doch eine Verwechslung vorliegen!«, erregte sich Mama. »Irgendein Irrtum!«

»Wann hast du Brief bekommen?«, fragte Dorota.

»Vorgestern, um 11 Uhr, da hab ich ihn aus dem Briefkasten geholt.«

»Ah, da siehst du«, krächzte Dorota siegessicher. »Und ich habe schon bekommen um halb 11. Ist also meine Wohnung.«

Ich hörte Mama tief Luft holen.

»Das ist eine Katastrophe. Wir müssen die Wohnungsgesellschaft informieren.«

Als Oma zu Hause von dem Zwischenfall erfuhr, geriet sie außer sich.

»Dieser kopflosen Gans werde ich alle Federn aus dem Hintern rupfen!«, schimpfte sie und schüttelte ihre sehnige Faust.

»Bitte nicht«, flehte Mama. »Nach allem, was die Ogóreks für uns getan haben, nein, das wäre nicht angebracht.«

Omas Augäpfel traten aus ihren Höhlen. »Was, du willst der Verrückten ein Leben lang dafür dankbar sein, dass sie dir fünf stinkende Teppiche ins Zimmer gerollt hat? Oder ist es dieses abscheuliche Ölgemälde, das dir so viel Loyalität abtrotzt?«

»Bitte, hör auf, Mutter. Ich habe Kopfschmerzen«, versuchte Mama dem Konflikt auszuweichen.

»Was ist nur los mit eurer Generation?«, klagte Oma. »*Wir* haben uns damals von niemandem in den Brei pusten lassen!«

»Ja«, seufzte Mama. »Das waren gewiss andere Zeiten. Aber ich habe überhaupt keine Kraft mehr. Ich glaube, es ist besser, wenn wir die Wohnung Ogóreks überlassen und weitersuchen.«

»Wie bitte?!«, schrie Oma, trotz Mamas Ermattung weiter in Rage.

»Ich bin kein gieriger Mensch«, versuchte Mama sich zu rechtfertigen. »Ich kann auch gut zurückstecken. Versteh doch. Ich bin nicht so egoistisch wie du.«

Oma schwieg einige Sekunden. Dann sagte sie: »Ich könnte auch weniger egoistisch sein, Danuta. Aber was hätte ich davon?«

Völlig erschöpft sank Mama aufs Bett.

»Ich möchte einfach mit niemandem Streit haben. Ist das denn so schwer zu verstehen?« Mittlerweile waren ihre müden Augen von einem Tränenschleier benetzt.

Oma zog scheinbar beleidigt die Lippen zusammen und sagte nichts mehr. Stattdessen setzte sie ihre Lesebrille auf und knallte energisch einen Stapel alter Zeitungen auf den Tisch, durch die sie anschließend manisch zu blättern begann. Nach einer Weile haute sie auf eine Zeitung, stand auf, nahm ihren dunkelgrünen Mantel vom Haken und sagte zu Mama im Hinausgehen: »Dann werden wir das Problem eben auf Greta-Weise lösen.« Die alte Zeitung ließ Oma aufgeschlagen auf dem Tisch liegen. Die Schlagzeile lautete: »BORDELL ABGEBRANNT«.

24.

Haus der Freude

Oma betrat gut gelaunt das Zimmer. Seit sie es verlassen hatte, waren zwei Stunden vergangen.

»Wir haben uns Sorgen um dich gemacht«, sagte Mama, während sie ihr die Fuchsstola abnahm. »Wo warst du denn?«

»Im Freudenhaus«, trällerte Oma mit wissendem Lächeln. Mama schlug sich die Hand vor den Mund.

»Jesusmaria! Warum denn das?«

Anmutig schritt Oma zum Tisch und ließ die Faust auf die aufgeschlagene Zeitung sausen. »Da«, sagte sie. »In diesem Bordell hat es vor zwei Wochen gebrannt.« Anschließend wühlte sie eine weitere Zeitung aus dem Stapel hervor. »Und da, eine Woche später schreiben sie schon, dass dort nach der Renovierung Wohnungen entstehen sollen.«

Mama fiel taumelnd auf den Stuhl.

»Aber Mutter! Welcher Mensch bei Verstand würde denn in einem ehemaligen Bordell leben wollen?«

»Das hab ich mir auch gleich gedacht«, sagte Oma. »Die Mieten werden verdammt billig sein.«

Mama atmete schwer, während sie nach Worten rang: »Nimm es mir nicht übel, Mutter. Es ist bewundernswert, wie sehr du dich für uns einsetzt. Aber da würde ich nicht hinziehen, selbst wenn ich umsonst drin wohnen könnte.«

»Ach, Danuta!« Oma brach in schallendes Gelächter aus. »Wann hab ich denn behauptet, dass du da wohnen sollst!?«

»Ich verstehe nicht«, stammelte Mama. »Was hast du dann –«

»Ich habe mir gerade das Haus angesehen, der Besitzer hat mich herumgeführt. Das Feuer hat keinen so großen Schaden angerichtet, aber genug, um den Laden zu schließen. Im Treppenhaus sind noch Reste einer goldgemusterten Tapete und ganz gut erhaltene, wenn auch wirklich grausige Akt-Gemälde. Und an der Decke hängt so ein scheußlicher Kronleuchter mit herunterbaumelnden Plastiktropfen. Habe ich schon den roten Teppich auf der Treppe erwähnt?« Oma ignorierte Mamas begriffsstutzigen Blick und plapperte unbeirrt weiter. »Und eine Kneipe ist unten drin, völlig unversehrt, mit blinkender Neon-Reklame über dem Eingang.«

»Auch das noch«, stöhnte Mama. »Sodom und Gomorrha.«

»Was hast du denn?«, fragte Oma schmunzelnd. »Ist das nicht – wie sagt ihr hier noch – *Lux*?« Sie schaute Mama herausfordernd an. »Oder kennst du jemanden, der über eine solche Ausstattung glücklicher wäre als deine Freundin Dorota?«

Mama schlug sich beide Hände vors Gesicht vor Erstaunen über Omas tollkühnen Einfall.

»Du meinst also –«

»Genau. Wenn diese Ogórkowa davon Wind bekommt, wird sie euch die Traumwohnung bereitwillig überlassen.« Mama legte die Stirn in Falten. »Was schaust du mich so an, es ist doch alles ganz einfach«, fuhr Oma fort. »Wir laden die Gans gleich zum Abendbrot ein und erzählen ihr alles. Du tust so, als hättest du Interesse, wir schwärmen ihr von dem blinkenden Schrott vor, und nebenher erwähnst du, wie billig die Mieten sein werden.«

»Und dann?«, fragte Mama verunsichert.

»Dann wirst du schon sehen«, sagte Oma mit vergnügtem Zwinkern und strich das Zeitungspapier glatt.

Jeder von uns hielt sich genau an Omas Plan. Frau Ogórkowa rutschte unruhig auf ihrem Stuhl hin und her, als Oma in höchsten Tönen von der samtverhangenen Atmosphäre im Etablissement erzählte.

»Lux!«, rief Dorota immerzu. »Lux, Lux, Lux!«

»Ja, aber ich weiß nicht, ob so viel Lux meine Kinder nicht verderben würde«, sagte Mama, während sie ängstlich zu Oma schielte.

»Ja, kann verderben, kann sehr verderben«, stimmte Dorota zu. »Würde ich trotzdem nehmen so ein Wohnung. Hab ich beinahe große Neid mit euch.«

Mama stützte den Kopf in die Hand und tat, als würde sie schwer über etwas nachdenken.

»Ich finde, ihr solltet die Wohnung nehmen«, sagte sie nach einer Weile. Dorota lachte, als hätte Mama einen mittelmäßigen Witz gemacht.

»Nein, wirklich«, beteuerte Mama. »Ich mein's ernst. Ihr habt diese Wohnung wirklich verdient.« Nun schien Dorota vollends verwirrt. Oma half Mama auf die Sprünge, indem sie sich zum Ogórek-Gemälde drehte.

»Nach allem, was ihr für uns getan habt!«, beendete Mama atemlos ihren Beitrag.

»Absolut!«, bekräftigte Oma und schlug sich dazu mit der flachen Hand aufs Knie.

Dorota blieb einige Sekunden stumm, bevor sie endlich mit einstimmte: »Habt ihr recht. Haben wir wirklich viel für euch getan.« Ihr Grinsen hatte die Form eines Bumerangs angenommen.

Oma sah Dorota geradewegs in die Augen. »Also, was ist, wollt ihr eine Lux-Wohnung?«

»Fragst du noch! Schönste Tag in deutsche Leben!«, rief Dorota und faltete vor Ergriffenheit die Hände, bevor sie Mama um den Hals fiel und in Freudentränen ausbrach.

»Und was wird aus der Wohnung, in die ihr ziehen wolltet?«, fragte Oma mit fordernd gehobenen Brauen.

»Ja, brauchen wir nicht«, sagte Dorota geringschätzig abwinkend. »Wollt ihr haben?«

»Dorota«, rief Mama mit gespielter Überraschung. »Das würdest du wirklich für uns tun?«

»Logo. Könnt ihr gleich einziehen.«

Und so geschah es, dass Papa schon am nächsten Tag zu Frau Bützchen fahren konnte, um den ersehnten Mietvertrag zu unterschreiben. Im Juni würden wir umziehen.

Der Sommer kam schneller als erwartet. Dominik und ich lagen rücklings auf der Decke und starrten durchs Blätterdach. Warme Sonnenstrahlen sickerten durch die Baumkronen, und die Äste wogten sanft in der Brise, die den angebrannt-süßen Duft aus der Kokoskeksfabrik bis ins Innere unserer Bude trug. Wir teilten uns die Ohrstöpsel meines Walkmans und hörten andächtig »Bangles – Eternal Flame«, Lied 1 auf der

Kassette, die Onkel Marek mir geschenkt hatte, als wir in Deutschland angekommen waren.

»Wir ziehen um«, platzte ich heraus, nachdem ich die Stopp-Taste gedrückt hatte.

Dominik setzte sich auf und machte ein verwirrtes Gesicht. »Hä? Hier in der Bude ist es doch voll okay!«

»Nein, *wir* ziehen um«, sagte ich verlegen. »Meine Familie.«

»Cool. Dann müssen wir uns eine neue Bude bauen.«

»Nein. Wir ziehen aus der Stadt raus«, sagte ich mit genervtem Nachdruck. »Ich werde in eine andere Schule gehen, verstehst du?«

»Wieso denn das?«

»Weil ich nicht jeden Tag 10 Kilometer hierherfahren kann.«

»Ist ja egal«, sagte Dominik, als hätte er immer noch nichts begriffen. »Ich komme ja trotzdem nachmittags vorbei.«

»Kann deine Mutter dich fahren?«

»Hä? Ich geh zu Fuß.«

»10 Kilometer sind aber viel. Da muss man auf die Autobahn.«

»Alles paletti. Dann komm ich irgendwann im Herbst oder so.«

»Das wäre schön«, sagte ich traurig. Dominik spulte zum Anfang des Liedes zurück und drückte auf Play.

In der darauffolgenden Woche hockte ich alleine auf dem Baumstumpf neben der Bude und wartete vergeblich auf Dominik. Dabei waren die Nachmittage warm und luftig, und Papa steckte mir jeden Tag etwas Kleingeld zu, von dem man genau zwei Wassereis kaufen konnte. In der Schule konnte ich Dominik nicht ansprechen, schließlich durften wir nicht den leisesten

Liebespaarverdacht aufkommen lassen. Aber am letzten Schultag brach ich unser Abkommen. In wenigen Tagen würde ich umziehen, und Dominik hatte sich immer noch nicht wieder in der Bude blicken lassen. Noch im Treppenhaus, inmitten all der Kinder, die mit ihren Zeugnissen aus dem Gebäude stürmten, packte ich ihn am Ärmel.

»Was willst du«, fauchte er.

»In ein paar Tagen bin ich weg«, sagte ich befangen. »Willst du nicht vorher noch mal zu uns kommen?«

»Nö«, sagte er. Ich zuckte überrascht zusammen und überlegte, womit ich ihn umstimmen konnte.

»Meine Oma kann uns *kisiel* machen«, schlug ich vor.

»Da kann ich ja gleich meine eigenen Popel fressen«, sagte Dominik pampig.

»Wir könnten auch meinen Papa fragen, ob wir in seinem Fiat spielen dürfen«, versuchte ich es noch mal.

»Euer Auto ist Schrott. Voll der Briefkasten.«

Ich fragte mich, warum Dominik auf einmal wieder so gemein zu mir war. Er liebte doch sowohl *kisiel* als auch unser Auto. Unser Gespräch konnte nur ein von ihm spontan erdachtes Spiel sein.

»Deine Mutter hat eine Frisur wie 'ne Zwiebel!«, konterte ich also.

»Wenigstens trägt sie keinen toten Hund um den Hals wie deine Oma.«

»Du kannst nicht mal richtig lesen und schreiben«, knurrte ich mit spielerisch geballten Fäusten.

»Und deine Eltern können kein Deutsch!«

»Wenigstens sind sie nicht geschieden!«, schrie ich.

Als ich sah, wie Dominik sich auf die Lippe biss, erschrak ich über mich selbst. Seine graublauen Augen sahen mich mit einer Mischung aus Hass und Traurigkeit an, und wenn ich nicht wüsste, dass Jungs wie Dominik nie weinten, hätte ich den Tropfen, der auf seiner Wange zitterte, für eine Träne gehalten.

»Tut mir leid«, entschuldigte ich mich. »Ich wollte nur tschüs sagen, bevor wir umziehen. Und dir das geben.«

Ich kramte einen Zettel aus meiner Hosentasche. »Hier«, sagte ich und hielt ihm den Zettel hin. »Unsere neue Adresse.«

»Interessiert mich nicht.« Dominik ließ mich mit ausgestrecktem Arm stehen. »Geht doch zurück nach Polen!«

Dann drehte er sich um, ohne mich anzuschauen, und eilte mit großen, schnellen Schritten davon.

Während ich zum allerletzten Mal meinen Schulweg ging, klang »irgendwann im Herbst« so weit weg wie »wenn wir erwachsen sind«.

»Auf, auf! – sprach der Fuchs zum Hasen! Hörst du nicht den Jäger blasen?« So hatte Oma uns am Umzugstag aus den Betten gebrüllt. Schon um acht in der Früh schleppten wir unser gesamtes Hab und Gut aus dem Barackenzimmer in den Fiat, und Papa musste drei Runden drehen, bevor am Nachmittag im Auto endlich Platz für uns war.

Als wir in der neuen Wohnung aufschlugen, hatte Papa im großen Zimmer neben der Tür bereits alles abgeladen, was wir besaßen: die Koffer, mit denen wir nach Deutschland gekommen waren, zwei Müllsäcke mit Caritas-Kleidung, die nicht mehr hineingepasst hatte, ein Fernseher, eine Kiste mit Spielzeug sowie Matratzen, Handtücher, Kissen und Decken. Frau Bützchen hatte uns freundlicherweise ihren Tapeziertisch zur Verfügung gestellt, der uns als Esstisch dienen konnte, solange wir noch keinen hatten.

»Das haben wir hinter uns«, seufzte Mama glücklich, als die Tür hinter uns zufiel. »Keine Notunterkünfte, keine Übergangslager mehr. Endlich ein würdiges Leben.«

Wie berauscht liefen wir durch die Zimmer, öffneten Türen und Fenster und ließen unsere Stimmen gegen die Wände hallen.

Zur Feier des Tages, aber hauptsächlich weil wir noch keinen Herd in der Küche hatten, holte Papa Pommes und Cola aus dem Imbiss. Bis zum Abend saßen wir auf wackelnden Getränkekisten und taten nichts anderes, als aus dem Fenster auf die grünen Baumwipfel zu schauen und uns an der gewonnenen Freiheit zu erfreuen.

Als die Dämmerung einbrach, zog jeder seine Matratze in das Zimmer, das er sich ausgesucht hatte. Oma wollte im Wohnzimmer schlafen, wo sie vom Balkon aus die beschauliche Stille genießen konnte. Ich hatte mich für ein kleines Zimmer mit Blick auf den Bahnhof entschieden und zog mich glücklich darin zurück. In dieser Nacht flatterten durch die Leere unendliche Möglichkeiten.

Das Dorf, in dem wir jetzt lebten, war ein Idyll mit plätscherndem Fluss, in dem es weder eine Plattenbausiedlung noch eine Dönerbude gab. Statt Jugendlichen auf Skateboards begegnete man draußen nur Großmütterchen mit spangenverzierten Terriern, die Geld für Begräbnisse sammelten. Nach dem ersten Kirchenbesuch in der Gemeinde entdeckte ich eine kleine katholische Bibliothek, die man jeden Sonntag im Anschluss an die Zehnuhrmesse besuchen konnte. Es gab darin drei Regale, die mit alten, vergilbten, muffig-süß duftenden Büchern gefüllt waren. Ich fand es wundervoll dort. Die nette Bibliothekarin hatte mich gleich angesprochen und mir einen Ausweis ausgestellt. Sie hatte an meinem Akzent erkannt, dass ich aus Polen war, und als ich ihr verriet, dass ich deutsche Geschichten lesen wollte, nahm sie sich viel Zeit, besondere Bücher für mich rauszusuchen. Meine erste Lese-Portion bestand aus »Max und Moritz«, »Peterchens Mondfahrt« und »Der Trotzkopf«.

Zu Hause machte ich mich sofort ans Lesen, glücklich, dass ich die ganzen Sommerferien damit verbringen konnte. Wenn ich ein Wort nicht verstand, fragte ich Oma, und Ausdrücke, die sie nicht kannte, schrieb ich mir raus und schlug sie später in Papas Wörterbuch nach, bevor ich – nun mit Verständnis – alles Gelesene noch einmal las. Ich merkte mir drollige Bezeichnungen wie *Backfisch*, *Trine* und *Hosenmatz*. Bald wollte ich mein Brot nicht mehr essen, sondern es *verzehren*. Ich blieb nicht in meinem Zimmer, ich *verweilte* darin. Und statt einfach traurig zu sein, *dünkte mir die ganze Welt ein Jammertal*.

Während ich las und las, hatten meine Eltern die gesamte Wohnung tapeziert. In der Küche rankte der Efeu, im Flur fügten rote Ziegelsteine sich zu einer Mauer, die nur durch unglückliches Zusammentreffen der Tapetenkanten ihre papierne Substanz verriet, und bei Tomek wölbten sich bald rosa Elefanten und blaue Bären auf der Wand.

Auf Anraten von Onkel Marek, der uns seit dem Umzug regelmäßig besuchte, bestellten meine Eltern im Katalog günstige Wohnzimmermöbel. Es war eine Schrankwand, der Onkel Marek wegen der deprimierenden Form der Glasvitrine den Kosenamen »Aussiedlersarg« verpasste. Wie die runden Schlafzimmerbetten mit barockem Fransenüberwurf und eingebautem Radio war dieses Stück unter Aussiedlern der letzte Schrei.

Sobald die Möbelpacker das Ungetüm hereingetragen hatten, stellte Mama das »Kinderlexikon A-Z«, »Deutsch für Anfänger«, »ADAC Reiseführer Deutschland« und »Das Örtliche« ins Regal. Es war nicht viel, aber doch genug, um anzudeuten, dass wir zu den Leuten gehörten, denen Bücher nicht fremd waren.

Seit wir eine Satellitenschüssel hatten, konnten wir uns endlich ausgiebig über die deutsche Kultur informieren. Die Werbung, die auf sogenannten Privatsendern lief, klärte mich zum Beispiel darüber auf, dass die durchschnittliche deutsche Familie in englischen Parks zu frühstücken pflegte und sich gern kleine Bären als Haustiere hielt, die darauf trainiert waren, aus urigen Kannen Milch einzuschenken. Die Knorr-Familie brachte mir das Konzept der Gemütlichkeit nahe, und der Melitta-Mann bewies mit seiner Existenz, dass es keine Katastrophe war, peinlich zu sein.

Was Mama in der Werbung am meisten erstaunte, war die Größe deutscher Badezimmer. Außerdem störte sie sich daran, dass Männer wie General Bergfrühling und Meister Propper für die Hausreinigung verantwortlich waren. Männer, die die Funktionsweise von Putzmitteln erklärten oder als altkluge Waschmittelvertreter an die Türen klopften, beleidigten die allwissende Hausfrau in jeder Polin.

Dank Omas Lebensphilosophie hatte Papa schon wenige Wochen nach dem Umzug eine Stelle als Elektrotechniker bekommen. Nun, da wir endlich eine Wohnung und Papa Arbeit hatte, konnte Oma gemäß ihrem Plan nach Polen zurückkehren.

»Willst du wirklich schon fahren?«, schluchzte Mama ergriffen, als wir mit Oma am Busbahnhof standen und Papa ihr Gepäck in den Reisebus lud.

»Stell dich nicht so an, Danuta«, erwiderte Oma. »Ihr kommt jetzt auch ohne mich zurecht. Aber wo du gerade heulst – fast hätte ich etwas Wichtiges vergessen.« Sie zog einen Stapel Stofftaschentücher aus ihrer Tasche, die sie während ihres Aufenthaltes eigenhändig bestickt hatte. Oma hatte schon in Polen immer gern Taschentücher mit unseren Vornamen verziert. Aber diesmal stand auf meinen nicht Ola, sondern Alexandra. Auf Papas nicht Paweł, sondern Paul. Tomek hieß jetzt Thomas und Mama Hannelore.

»Tut mir leid, ich kenne die deutsche Entsprechung für Danuta nicht«, sagte Oma, als sie ihr die Taschentücher überreichte. »Schreib mir einen Brief, wenn du es herausgefunden hast, dann mache ich dir neue.«

25.

Patrizia

Mein neuer Klassenlehrer hieß Herr Förster und hatte ein niedliches Dachsgesicht, in dem ein rundes, schwarzes Brillengestell saß. Als er mich der Klasse als neue Schülerin vorstellte, sprach er mit mir weder besonders laut noch besonders deutlich. Vielleicht hatte ich deshalb gleich das Gefühl, in der Klasse willkommen zu sein. Schon am ersten Schultag freundete ich mich mit drei Mädchen an. Melanie und Uta hatten asymmetrische Frisuren, weil sie sich ihr Taschengeld als Haarmodelle verdienten. Anastasia kam aus Griechenland, war rund wie ein Fässchen und saß in der Klasse neben mir. Seit die drei meine Freundinnen waren, ging ich wieder gern in die Schule. Mein Lieblingsfach war Musik. Herr Förster spielte Klavier, und wir mussten dazu aus einem roten Liederbuch singen. Ein Lied hieß »Meine Oma fährt im Hühnerstall Motorrad« und schien eigens für Oma Greta geschrieben worden zu sein. Das einzige Fach, das ich nicht mochte, war Sachkunde. Jedes Thema führte mir vor Augen, dass ich von der Welt, in der ich lebte, keine Ahnung hatte. Ich fand heraus, dass »Heimat« der Ort war, wo ich die Namen aller Vögel und Bäume kannte.

»Du hast eine Verabredung fürs Wochenende!«, verkündete Papa, als er mit Mama vom sogenannten Eltern-Stammtisch wiederkam.

»Ja. Wir haben die Eltern deiner Freundin kennengelernt«, berichtete Mama stolz. »Wie hieß sie noch gleich?«

»Uta?«, versuchte ich zu erraten. »Anastasia?« Mit zugekniffenen Augen suchte Mama ihren Kopf nach dem richtigen Namen ab. »Melanie?«, half ich weiter.

»Patrizia Lindner«, las Papa aus seinem Notizbuch.

Ich sah meine Eltern erstaunt an. Zwar wusste ich, wer Patrizia war, aber ich war mir nicht sicher, ob sie wusste, wer ich war, denn bislang hatten wir kaum ein Wort miteinander gesprochen. Sie hatte etwas an sich, das mich instinktiv von ihr fernhielt. Mit ihren grünen Augen und braunen Korkenzieherlocken sah sie aus wie eine Prinzessin. Aber keine herzensgute, auf deren Schultern sich Vögelchen und Schmetterlinge niederlassen, sondern eine, die sich für etwas Besseres hält.

»Ich kenne diese Patrizia kaum«, sagte ich irritiert. »Seid ihr sicher, dass ihre Eltern mich eingeladen haben?«

»Ja. Sehr nette Leute«, entgegnete Mama. »Beide Lehrer am Gymnasium. Sie wollen, dass ihre Tochter auch mit Ausländern befreundet ist, damit sie dazulernen kann. Ist das nicht toll?«

Ich atmete tief durch. »Und wann habe ich diese Verabredung?«

»Am Samstag. Und du sollst deine Schlafsachen mitnehmen. Patrizias Eltern wollen, dass du bei ihnen übernachtest.«

Zwei Tage später stand ich nachmittags um Punkt fünf vor der schneeweiß gestrichenen Tür eines großen

Familienhauses und drückte auf die Klingel. Mama hatte darauf bestanden, dass ich mein chinesisches Kleid anziehe, um bei den Lindners den besten Eindruck zu hinterlassen. Mein Herz klopfte vor Aufregung. Ich war nicht nur mit einem Mädchen verabredet, das ich kaum kannte, es würde auch mein erster Besuch bei Deutschen sein.

Die Tür wurde mir von Patrizias Mutter geöffnet.

»Alexandra?«, fragte sie freundlich.

»Guten Tag«, sagte ich leise und ließ mir ihren kräftigen Händedruck gefallen. Ich stand in einer hohen, schachmustergekachelten Diele, über die man ins Innere der Wohnung gelangte.

»Patrizia telefoniert noch mit ihrer Freundin«, erklärte Frau Lindner, nachdem sie mich in ein großes, dunkles Wohnzimmer geführt hatte. In der Ecke stand ein schwarzes Klavier, alle Möbel waren aus gemasertem Holz, und es gab sogar einen Kamin, über dem ein Gemälde hing, das die meisten meiner Verwandten als »Kritzelei« bezeichnet hätten. Meine ganze Aufmerksamkeit wurde jedoch von einem Bücherregal gefesselt, das sich von Wand zu Wand und vom Boden bis an die Zimmerdecke erstreckte. Rücken an Rücken schmiegten sich Bücher mit ledernen Einbänden aneinander.

»Patrizia ist bestimmt gleich fertig«, sagte Frau Lindner, die mit gefalteten Händen beobachtete, wie mein Blick fasziniert über die Buchtitel glitt.

»Liest du gerne?«, fragte sie.

»Ja, sehr gerne«, antwortete ich.

»Das ist gut«, sagte Frau Lindner. »Vielleicht könntest du Patrizia dafür begeistern? Sie liest nämlich überhaupt nicht.«

Stumm vor Verlegenheit nickte ich nur.

»Alexandra?«, sprach Frau Lindner mich wieder an. »Es wäre schön, wenn du Patrizia ein bisschen von deiner Familie erzählen könntest. Wie ihr lebt, was ihr kocht und was sonst bei euch anders ist als bei uns.«

Etwas Derartiges hatte ich noch nie von einer Mutter gehört.

»Patrizia soll sich damit auseinandersetzen, dass nicht jeder so denkt und fühlt wie sie«, fügte Frau Lindner hinzu. »Wo bleibt sie nur? Ich gehe mal nach ihr schauen. Sieh dich ruhig bei uns um, Alexandra. Du darfst dir auch gern ein Buch rausnehmen, wenn es dich interessiert.«

In diesem Moment wünschte ich, dass Patrizia noch stundenlang weitertelefonieren würde. Ich bemerkte, dass eine Etage des Regals nur für »Brockhaus« reserviert war. An der alphabetischen Anordnung der Bände erkannte ich, dass es sich um eine Enzyklopädie handelte. Mein tickender Finger zählte über zwanzig Bände. Nachdem ich den ersten Band herausgezogen und aufgeschlagen hatte, war ich so begierig, alles über Aale zu erfahren, dass ich gar nicht bemerkte, dass Patrizia ins Zimmer gekommen war und starr wie eine Mumie hinter mir stand.

»Hallo«, sagte sie schroff. Als ich mich grüßend zu ihr drehte, zuckte sie nur mit den Mundwinkeln. Sie trug einen hellblauen Pullover mit weißen Punkten, und ihre Löckchen wurden von mehreren glitzernden Haarspangen im Zaum gehalten.

»So, ihr lieben Mädchen«, sagte Frau Lindner, die Patrizia nachgetrippelt war. »Dann lass ich euch jetzt mal allein. Wenn ihr was braucht, ihr findet es im Kühlschrank. Alles klar?«

Aber Patrizia machte keine Anstalten, mir etwas anzubieten, während sie mich am besagten Kühlschrank vorbei durch die Küche und in einen zweiten Flur hinüberführte. Dort lief ich über den weichsten aller Teppiche und erblickte einen kleinen Erker, hinter dessen Fenstern es paradiesisch wucherte. Patrizia machte vor einer Tür halt, über der in helles Holz gebrannt ihr Name stand.

»Du wirst jetzt mein Zimmer betreten«, sagte sie mit wichtiger Miene. Zum ersten Mal fiel mir auf, dass sie lispelte. »Aber du darfst nichts anfassen. Nur wenn ich es erlaube. Kapiert?«

Ich nickte ehrfürchtig und folgte ihr durch die Tür.

Patrizias Zimmer war doppelt so groß wie das Zimmer, das wir uns zu viert in der Baracke geteilt hatten. Von der Decke hingen an unsichtbaren Schnüren Sonne, Mond und Sterne.

»Das ist meine Schlaf-Ecke«, sagte Patrizia und zeigte auf ihr riesiges Bett, über dem sich ein kleiner Baldachin wölbte. »Meine Hausaufgaben-Ecke«, erklärte sie ihren Schreibtisch, an dem statt eines Stuhls ein gehörnter Gummiball waberte. »Das da drüben ist die Sammel-Ecke.« Sie wies auf ein Regal von geringer Tiefe, das von Hunderten Kinderüberraschungsei-Figuren bevölkert wurde. »Und hier ist meine Lieblings-Ecke, die Barbie-Ecke«, schloss sie ihren kleinen Rundgang und ließ sich auf dem Platz nieder, wo vor einem spektakulären Puppenhaus mit kompletter Einrichtung ein ganzer Haufen voll Barbies, Barbie-Kleidung und allerlei Barbie-Zubehör lag.

»Wollen wir gleich spielen?«, fragte sie. Ich nickte begeistert und griff nach einer Barbie mit pinken Ohrringen, die ein modisches Jeans-Outfit trug.

»Nein, die Amerika-Barbie fasst du nicht an«, wies Patrizia mich zurecht und schlug mir die Puppe aus der Hand. Anschließend erklärte sie mir ausführlich, was ich anfassen durfte und was nicht. Mein Spielraum fiel größer aus, als ich vermutet hatte. Ich durfte mit allen Barbies spielen, die entweder verfilzte oder abgeschnittene Haare hatten, denen ein Arm oder ein Bein fehlte, und solchen, die in Wirklichkeit Petra hießen.

»Ich muss aufs Klo«, sagte Patrizia. »Fass bloß nichts an, während ich weg bin!«

Sobald sie aus der Tür war, begann ich alles zu befingern, was ich nur greifen konnte. Dabei fiel mir eine Puppe in die Hand, die über eine sonderbare Körperfunktion verfügte. Drehte man an ihrem Arm, wurde aus dem Loch in ihrem Kopf eine gekreppte Haarmasse an die Oberfläche geschleust. Patrizia besaß außerdem exzentrische Tiere mit prächtigen Mähnen, denen man mit einem Plastikschlüssel die Bauchdecke öffnen konnte, sowie den Schminkkopf, den ich zum ersten Mal im Quelle-Katalog gesehen hatte. Als ich mir das Puppenhaus genauer ansah, bemerkte ich, dass auch in Barbies Wohnzimmer ein »Aussiedler-Sarg« stand. Ihr Vitrinen-Schrank war zwar pink und aus Plastik, aber es entzückte mich, eine Gemeinsamkeit mit ihr zu haben.

Mittlerweile hatte ich einen riesigen Durst bekommen.

»Kann ich vielleicht etwas zu trinken haben?«, fragte ich vorsichtig, als Patrizia wiederkam.

»In der Küche«, sagte sie knapp. Da sie nichts weiter unternahm, begann ich, mich zu fragen, was sie mit »in der Küche« gemeint haben könnte. Sollte ich noch eine Weile warten, bis sie bereit war, mir etwas zu holen?

»Wieso gehst du nicht?«, fragte Patrizia. Nur langsam begriff ich, dass ich tatsächlich allein in die Küche gehen und mich selbst bedienen sollte. Auf Zehenspitzen schlich ich über den Flur, wie ein Dieb um mich blickend, und dachte mir aus, was ich sagen könnte, wenn Patrizias Mutter mich erwischte. Was sollte sie von einem Mädchen halten, das völlig allein in ihrem Haus herumlief und sich selbst Sachen aus den Schränken nahm?

Erleichtert stellte ich fest, dass ich allein in der Küche war. Es war eine schöne, altmodische Küche, wie aus der Zeit, in der Frauen lange Kleider und ausgefallene Hüte trugen. Vorsichtig öffnete ich den Schrank, hinter dessen undurchsichtigem Glas ich ineinandergestapelte Tassen und Gläser erspäht hatte. Auf einer der Tassen war Pumuckl abgebildet, den ich aus dem Fernsehen kannte. Ich mochte den Schreihals nicht besonders, aber die Tasse gefiel mir von allen am besten. Ich hatte sie gerade am Henkel gepackt, als plötzlich Patrizia vor mir stand und mich finster anfunkelte.

»Halt! Was soll das?«, herrschte sie mich an. Vor Schreck hätte ich die Tasse beinahe fallen gelassen.

»Was denn?«, fragte ich verdutzt. »Du hast doch selbst gesagt, dass ich –«

»Aus meiner Tasse darf niemand trinken außer mir selbst. Die hat mir meine Cousine mal zum Geburtstag geschenkt. Stellst du sie bitte sofort wieder zurück?«

»Das wusste ich nicht«, entschuldigte ich mich kleinlaut, bevor ich mir ein normales Glas herausnahm und es mit Leitungswasser füllte. Patrizia und ich gingen wieder zurück in ihr Zimmer.

»Ich hatte auch mal solche Kleider wie du« sagte sie, während sie mich geringschätzig musterte. »Allerdings war ich da fünf Jahre alt.«

»In Polen trägt man solche Kleider«, verteidigte ich mich.

»Ja, aber wir sind hier in Deutschland. Du bist die Erste aus Polen, die meine Mutter eingeladen hat«, sagte Patrizia kalt. »Ich muss sonst mit Türken spielen. Und dieser einen aus Griechenland, die in unsere Klasse geht, die war auch mal da.«

»Anastasia?«

»Wie auch immer.«

Patrizia begann, zornig durch die Haare ihrer Barbie zu kämmen. »Was für Barbies hast du eigentlich zu Hause?«, fragte sie.

»Keine«, antwortete ich schuldbewusst, als der Kopf von Frau Lindner im Türspalt erschien.

»Na, ihr lieben Mädchen? Spielt ihr schön?«, trällerte sie.

Wir nickten übertrieben mit den Köpfen, obwohl wir beide wussten, dass aus unserer Begegnung keine Freundschaft erblühen würde. Die kommenden Stunden zogen sich so quälend hin, dass ich froh war, als Frau Lindner wieder ins Zimmer kam, um uns ins Bett zu schicken. »Geht schon mal ins Bad«, sagte sie freundlich, »ich bereite Alexandra in der Zwischenzeit das Bett vor.«

Das Badezimmer der Lindners war fast so groß wie die Badezimmer aus der Fernsehwerbung. Es gab gleich zwei funkelnde Waschbecken, die so riesig waren, dass ein kleines Kind darin ein Bad nehmen konnte. Während wir uns die Zähne putzten, ich mit einer normalen Zahnbürste, sie mit einer elektrischen, starrte Patrizia selbstverliebt in den Spiegel. Ich nutzte ihre Unaufmerksamkeit, um nach dem Ausspucken noch mal von der Blendi-Zahnpasta zu naschen.

Als wir aus dem Bad kamen, lag neben ihrem Bett eine aufgeblasene Luftmatratze. Ich war gerührt. Bei uns war es selbstverständlich, dass der Gast das beste Bett im Haus bekam. Aber dass der Gastgeber selbst auf einer jämmerlichen Luftmatratze schlafen musste?

»Ist das nicht unbequem für dich?«, fragte ich Patrizia.

»Wieso für mich? Da schläfst doch du drauf«, stellte sie klar, bevor sie in ihr Prinzessinnen-Bett schlüpfte und in der Üppigkeit der Glücksbärchi-Bettwäsche verschwand.

Nachts, als der Vollmond gespenstische Schatten auf die Zimmerwand warf, konnte ich kein Auge zutun. Die Matratze war eigentlich bequem, und ich fror auch nicht unter der unbezogenen Decke, aber ich fragte mich, was das alles zu bedeuten hatte. Dass es in diesem Zimmer Dinge gab, die ich nicht anfassen durfte. Dass Patrizia mir nichts zu trinken angeboten hatte. Steckte eine Botschaft dahinter, dass sie in ihrem fürstlich ausladenden Bett schnarchte und ich darunter auf dem nackten Teppich lag? Hatten meine Eltern die Lindners vielleicht falsch verstanden, und ich war hier von Anfang an nicht willkommen gewesen?

Nachdem ich die ganze Nacht Schlüsse aus meinen Erlebnissen gezogen hatte, rechnete ich nicht mit mehr als einer trockenen Scheibe Brot, als Frau Lindner uns am nächsten Morgen an den Frühstückstisch rief.

Aber wie falsch hatte ich mit meinen Befürchtungen gelegen! In der Küche roch es wie in der Bäckerei, und der Tisch war so reich gedeckt, dass ich mir vor Staunen die Augen rieb. Mehrere Körbchen waren mit allerlei Brötchen- und Brotsorten, Croissants und Brezeln gefüllt. Zum Trinken gab es Tee, Kaffee, Kakao und Milch, dazu standen gleich mehrere Säfte zur Auswahl. Herr Lindner, der im flauschigen Morgenmantel Zeitung las, war aufgestanden und schob galant einen Stuhl für mich zurück.

»Greif nur zu, Alexandra«, ermunterte er mich, bevor er wieder hinter der Zeitung verschwand.

Patrizias Mutter goss mir derweil Orangensaft ein. »Der ist frisch gepresst«, sagte sie gutmütig lächelnd. »Ich hoffe, du magst das.«

»Fruchtfleisch. Einfach nur ekelhaft!«, fauchte Patrizia, die mit einer kleinen elektrischen Säge ihr Frühstücks-Ei köpfte.

»Ich muss jetzt gehen«, sagte ich, als ich mein Marmeladen-Brötchen verschlungen hatte.

»Jetzt schon? Das ist aber schade«, sagte Frau Lindner und stand auf, um mich zur Tür zu begleiten. »Komm aber gerne wieder zum Spielen vorbei. Vielleicht frühstücken wir ja bald wieder zusammen.«

Auf dem Nachhauseweg fragte ich mich, ob ich wirklich mit den Lindners gefrühstückt hatte. Es kam mir eher vor, als hätten sie eigens für mich ein Frühstück inszeniert, und ich hatte nur daran teilgenommen – wie ein Schüler an einer anschaulichen Lektion.

26.

Der Geburtstag

Als vor drei Monaten die Möbelpacker von OTTO mit meinem »Jugendzimmer« gekommen waren, wäre ich vor Stolz beinahe geplatzt. Bett, Bettkastenschrank, Schreibtisch und Kleiderschrank hingen zusammen, als wären sie ein einziges Möbelstück, und ich prunkte zwischen den neuen, grell gesprenkelten Sofakissen und nahm die Bewunderung unserer polnischen Besucher entgegen. Doch jetzt, nachdem ich gesehen hatte, wie die Lindners wohnten, fand ich an meinem Zimmer alles hässlich, fad und erbärmlich. Wenn ich mir vorstellte, Patrizia hierher einladen zu müssen, und dabei den blasierten Ausdruck ihres Gesichts vor mir sah, wurde meins ganz heiß vor Scham. Ich beneidete Patrizia dafür, dass sie im Tabernakel meiner wildesten Träume lebte. Meine Eifersucht war so quälend, dass ich mir wünschte, ein finsterer Kobold möge ihr in der Nacht die kastanienbraunen Locken absägen und das bombastische Barbie-Haus plündern. Sie hatte die Puppen mit ihren bunten, duftenden Haaren nicht verdient, schließlich war sie dafür nicht wie ich in ein anderes Land ausgewandert. Ich war wütend auf meine Eltern, weil sie keine adligen oder reichen Vorfahren hatten. Es war ungerecht, dass das Einzige, was der Familienstammbaum zu bieten hatte, eine Tante aus dem 19. Jahrhundert war, die ein unbestimmtes Vermögen beim Glücksspiel verludert haben soll.

Warum war mein Fenster kein Erker mit parkartiger Aussicht, sondern nur ein staubiges Quadrat, vor dem auf halbmast eine Gardine mit einfältigem Muster hing? Warum konnten wir nicht an einem runden Tisch aus gemasertem Furnier frühstücken, warum hatten wir Teller statt dünner Holzbrettchen, warum zog Mama zehn verschiedene Wurstsorten einer reichen Auswahl an Frühstücksflocken und Marmeladen vor? Ich hätte sogar lieber Patrizias ausgefallene Allergien gehabt statt bloß Haltungsschäden, weil ich dauernd bedrückt meine Schultern zusammenzog.

Wenn ich meine Mutter vorwurfsvoll fragte, warum wir in einer Sozialwohnung lebten, sagte sie: »In Polen haben wir ein Haus, aber du wolltest es nicht.« Als ich meinen Eltern ein Werbeblatt hinschob, das anbot, den gesamten Brockhaus auf Raten zu erwerben, sagte Mama: »In Polen haben wir auch eine Enzyklopädie und Hunderte von anderen Büchern.« In Polen hatten wir angeblich alles, und in Mamas Vorstellung haben wir es nie verloren. Ich konnte ihr durch nichts begreiflich machen, warum wir im Vergleich zu den Lindners nichts hatten und nichts waren.

Eines Tages kam ich aus der Schule und fand auf meinem Schreibtisch einen an mich adressierten Brief, der hinten mit einem roten Wachsfleck versiegelt war. Ein Absender fehlte. Ich knibbelte aufgeregt den Umschlag auf und zog ein hellblaues, viermal gefaltetes Löschblatt heraus. Die Schrift war krakelig und tintenschwer.

Hi Alex! (kan ich dich so nennen?? Ist ja ein Jungensname)

Wie gets? Lange nicht geseen. Helga macht Entzuck im Kranckenhaus weil der Macka hat sich entlich fapisst. Ich wohn jetzt aleine bei meiner Omer. Die hat einen Hunt. Der Hunt heist Dehsie und ist ein Dackel. Ich pas auf ihn auf und wir gen öftas gassi. Ich hab 100 mark im Zeichnenwetbeverb gewonnen. Jetzt spar ich für ein gutes Fahrrat. Fileicht kann ich dich ja balt besuchen mit dem Fahrrat. Ich hab deine Adrese im Telefohnbuch gefunden. Jezt weis ich nicht mer was ich schreiben sol. Aber egal. Schreib zurück!

Dominik

Ich starrte auf das Löschblatt und die Sätze, die aussahen, als hätte sie ein kopfloses Huhn mit der Kralle geschrieben. Ich dachte an den Jungen, der mich am letzten Schultag mit ausgestreckter Hand hatte stehen lassen. Den ich längst aus meiner Erinnerung verbannt hatte. Dass er sich mit keiner Zeile für sein Verhalten entschuldigte, machte mich wütend. Es war mir nur recht, dass er vergessen hatte, die Adresse seiner Oma anzugeben. Mit ungehobelten Aufdenbodenspuckern wie ihm, die nicht den geringsten Anstand und keinen Sinn für das Schöne hatten, wollte ich sowieso nichts mehr zu tun haben.

»Von wem war denn der Brief?«, fragte Mama mich beim Essen.

»Von niemandem«, sagte ich abweisend, dann wurde ich rot und verließ eilig die Küche, um mich abzukühlen. Noch mehr als Dominiks verkrüppelte Sprache störte mich, dass es ihm nichts auszumachen schien, mich vor meinen Eltern zu beschämen. Wir wollten doch um keinen Preis ein Liebespaar sein, und sah ein Brief von einem Jungen an ein Mädchen nicht wie ein Gegenbeweis aus? Ich riss das beschmierte Löschblatt noch am selben Tag in Stücke und warf es in einen weit abgelegenen Müllcontainer.

Meine regelmäßigen Klagen über unsere vermeintliche Minderwertigkeit gingen an meiner Mutter nicht spurlos vorüber. Vielleicht hing ihr Bewusstseinswandel aber auch mit den Dokumentationen über Polen zusammen, die sie im Fernsehen sah.

»Immer wenn über Polen berichtet wird, zeigen sie irgendwelche Bauern auf dem Kartoffelfeld«, waren Mamas Worte. »Kein Wunder, dass die Deutschen so wenig von uns halten. Wir müssen ihnen beweisen, dass wir ein Kulturvolk sind und keine versoffenen Barfüßer.« Und damit man das unserer Behausung auch ansah, sollte bei uns nach und nach der *Spärrmiel* durch Neuanschaffungen ersetzt werden. Da meine Eltern aber nicht im Lotto gewonnen hatten, mussten sie andere Mittel und Wege finden, die Umgestaltung zu bezahlen.

Zunächst machte Mama im Aussiedler-Netzwerk das Prinzip der Neukundenanwerbung bekannt. Sich gegenseitig Abonnements aufzuschwatzen, um Prämien zu bekommen, wurde zu einem beliebten Denk- und Kombinier-Sport. Kaffeemaschine, Beistelltisch-Set, Deko-Vase, Edelstahltöpfe – in kürzester Zeit hatte Mama einen Teil des Hausrats als Prämien erworben. Nur sich selbst ließ sie nie ein Zeitschriften-Abonnement andrehen. Außerdem wurden die Prämiengeschäfte von strengen Sparmaßnahmen begleitet.

Einmal verkündete ich ganz bescheiden und freundlich: »Mama, ich brauche Geld fürs Kino.«

»Zehn Mark für einen Film – beklopft!«, schimpfte Mama in ihrem eigenwilligen Deutsch. »In drei Jahren kommt der Film im Fernsehen. So lange kannst du doch wohl noch warten.«

»Dann brauchen wir aber ein HÖRZU-Abo … Sonst weiß ich doch nicht, wann die Filme laufen.«

»HÖRZU? Kannst du mir sagen, wofür du eine TV-Zeitschrift brauchst, wenn wir Videotext haben?«

»Aber da sind keine Kreuzworträtsel drin«, argumentierte ich verzweifelt.

»Wenn du Kreuzworträtsel machen willst, schau in die Papiertonne. Da liegen immer irgendwelche Zeitschriften von den Nachbarn rum.«

»Aber da sind doch alle Kreuzworträtsel schon gemacht.«

»Dann radierst du die Buchstaben eben aus.«

»Aber wenn sie mit Kugelschreiber gemacht sind!?«, heulte ich.

»Wer löst denn Kreuzworträtsel mit Kugelschreiber?«, entrüstete sich Mama, die keinen Stift wegschmiss, solange man ihm noch ein blasses Komma abringen konnte.

An Mamas Spar-Wahn hatten alle zu leiden, aber niemand so sehr wie mein Bruder und ich. Als die Kirmes in die Stadt kam und Tomek in die Geisterbahn wollte, musste er sich mit einem Trip in die Auto-Waschanlage zufriedengeben. Und wenn ich zu Hause vorwurfsvoll berichtete: »Patrizia hat eine Hose von *Levis*«, konterte Mama: »Und du hast eine Hose von *Sonderangebot*.«

Es wurde Winter, und mein zehnter Geburtstag stand vor der Tür. Mama wusste nicht, was dagegen sprechen könnte, meine Freundinnen einzuladen. Ich schämte mich zwar trotz einiger Verbesserungen noch immer für unsere ärmlichen Wohnverhältnisse, aber wenigstens nicht vor Anastasia. Sie wohnte selbst in einem Block, wo es im Treppenhaus roch, als hätte jemand Kohl im Hyänenkäfig gekocht. Was mich schließlich dazu bewegte, ein paar Einladungen zu basteln, waren meine Vorstellungen über die Geschenke. Weil ich auf dem Pausenhof aufmerksam die Gespräche der Kinder belauschte, wusste ich, dass es in Deutschland üblich war, den Leuten, die man zu seinem Geburtstag einlud, vorher mitzuteilen, was man sich wünschte. Und das bekam man dann. In Polen war das nicht so. Geschenk war gleichbedeutend mit Überraschung. Das gab den Schenkenden Gelegenheit, zum Beispiel eine Box vertrockneter Foto-Haft-Ecken loszuwerden. Aber sich selbst aussuchen können, was man gerade brauchte und begehrte? Dieses Konzept war für mich so neu wie fantastisch.

Die erste Freundin, die mich ansprach, nachdem ich die Einladungen verteilt hatte, war Melanie.

»Was wünschst du dir?«, fragte sie erwartungsgemäß. Ich nahm mir etwas Zeit, darüber nachzudenken. Dann sprudelte es aus mir heraus: Ich wollte ein Barbie-Wohnmobil, das Duftpüppchen Cherry Merry Muffin, ein PollyPocket-Kästchen, eine dieser Puppen, die man ins Badewasser warf, um ihr Geschlecht zu erfahren, ein paar Flummis mit Glitzerpartikeln sowie die Spiele »Kroko Doc«, »Traumtelefon« und »Das Nilpferd in der Achterbahn«. Melanie starrte mich mit flatternden Lidern an.

»Kannst du das alles noch mal sagen?« Diesmal schrieb sie mit. Ich mogelte noch einige Kleinigkeiten unter die bereits geäußerten Wünsche, um die Gunst der Stunde voll auszuschöpfen, und Melanie versprach, den Einkaufszettel umgehend ihrer Mutter zu überreichen. Genauso machte ich es mit Uta und Anastasia, nur dass ich ihnen andere Zusammenstellungen diktierte. Leichtfüßig tänzelte ich nach Hause, berauscht von der Aussicht auf all die Spielsachen, die sich hier in wenigen Tagen türmen würden. Spielsachen, die ich mir verdient hatte, weil meine Eltern sie mir so beharrlich verwehrten.

An meinem großen Tag hatte ich gleich nach der Schule eine Zimmer-Ecke freigeräumt, um Platz für die Bescherung zu machen. Kurz nach vier klingelte es zum ersten Mal. Ich riss die Tür so überschwänglich auf, dass meine Blusenschluppe nach hinten flog. Aber Melanie, in die ich meine größten Hoffnungen legte, hatte mir nicht einmal das ersehnte Barbie-Wohnmobil mitgebracht. Stattdessen überreichte sie mir eine Stickvorlage für einen Pferdekopf. Uta schenkte mir ein Stempelset, von Anastasia bekam ich eine Schachtel mit Weinbrandbohnen, und Iris hatte gar nichts dabei, denn sie hatte sich selbst eingeladen. Das Merkwürdige war: Statt enttäuscht zu sein, freute ich mich über jedes kleine Geschenk. Ich wäre nicht weniger glücklich gewesen, wenn meine Freundinnen mit leeren Händen gekommen wären.

Mama führte die Mädchen ins Wohnzimmer an den festlich gedeckten Tisch. Neben Tellern, von denen keiner wie der andere aussah, lagen Teelöffel und Servietten. Ich hielt kurz die Luft an, bange, ob sich gleich jemand über irgendwas lustig machen würde. Stattdessen stürmten meine Freundinnen lachend die neue Sofa-Ecke und machten sich über den Kuchen her. Bald kreischten und prusteten wir ausgelassen, und alle meine Sorgen, sie könnten an irgendetwas Anstoß nehmen, das bei ihnen anders war als bei uns, waren so bald weggeblasen wie die zehn Kerzen auf meiner Geburtstagstorte.

Da klingelte es wieder an der Tür.

»Das wird für dich sein«, sagte Mama. Ich sah sie verwundert an. Während ich über den Flur lief, sah ich mich schon Überraschungsgast Isa Ogórkowa begrüßen, doch als ich die Tür geöffnet hatte, blickte ich ungläubig in Patrizias grüne, von Korkenzieherlöckchen umrahmte, Katzenaugen.

»Deine Mutter hat mich eingeladen«, sagte sie gepresst und drückte mir ein sorgfältig verpacktes Geschenk in die Hand. Schnurstracks marschierte Patrizia an mir vorbei, schleuderte auf dem Weg die Riemchenschuhe von ihren Füßen und folgte dem Gelächter meiner Gäste ins Wohnzimmer. Ich stürmte sofort in die Küche, um meine Mutter zur Rede zu stellen.

»Natürlich habe ich Patrizia eingeladen«, fauchte sie, während sie mir mit einer Handbewegung befahl, die Tür zuzuziehen. »Als Frau Lindner mir heute im Supermarkt begegnet ist und rauskam, dass du sie gar nicht eingeladen hast, wäre ich vor Scham beinahe gestorben. Wie konntest du ausgerechnet Patrizia nicht einladen, nach allem, was ihre Eltern für dich getan haben?« Im Wissen, dass meine Mutter mich nicht verstehen könnte, zuckte ich nur mit den Schultern und blickte betroffen auf den Linoleum-Boden.

Als wir die Küche mit zwei puderzuckerweißen *babkas* verließen, zog Mama eine warnende Grimasse. Die

Botschaft war eindeutig: *Wehe, du sorgst nicht dafür, dass Patrizia sich willkommen fühlt.*

Patrizia hatte zwischen Uta und Iris Platz genommen und sorgte mit ihrem abschätzig umherstreifenden Blick für gedrückte Stimmung. Mama schnitt die *babka* in Scheiben und legte jedem von uns ein Stück auf den Teller, bevor sie wieder in der Küche verschwand. Patrizia stierte auf ihren Teller wie auf ein überfahrenes Tier. Doch es war nicht der Kuchen, der sie aus dem Gleichgewicht brachte.

»Womit soll ich den bitte schön essen?«, fragte sie mit einer Spur von Empörung. Ich dachte, das war eine Scherzfrage, zeigte aber trotzdem auf das Löffelchen neben ihrem Teller.

»Hallo? Das ist ein Teelöffel. Ich soll meinen Kuchen mit einem Teelöffel essen?«

»Du kannst ihn auch mit der Hand essen«, sagte Uta und schob sich ein halbes Stück auf einmal in den Mund.

»Wer isst denn bitte schön Kuchen mit einem Teelöffel!?«, fragte Patrizia und blickte ungläubig von einer zur anderen, auf der Suche nach Bestätigung. Vergeblich.

»Wieso stellst du dich so an?«, fragte Uta.

»Äääääh«, sagte Patrizia, die Hand so entschlossen in die Hüfte stemmend, dass ihre Locken zu wackeln begannen, »weil man Kuchen vielleicht mit einer Kuchengabel isst!?«

Mama indessen, die von dem Kuchenbesteck-Streit nichts mitbekommen hatte, eierte um uns herum wie ein Brummkreisel. Mit der einen Hand servierte sie, mit der anderen räumte sie wieder ab.

»Was hat deine Mutter eigentlich für ein Problem?

Kann die nicht mal rausgehen?«, fragte Patrizia. Ich ging über ihre respektlose Bemerkung hinweg, indem ich eine Kassette von Matthias Reim in den Ghettoblaster drückte.

»Habt ihr keine Stereoanlage!?«, fragte Patrizia beinahe angewidert.

»Du meckerst hier nur rum!«, meldete Melanie sich plötzlich zu Wort. »Wieso gehst du nicht einfach nach Hause, wenn es dir hier nicht gefällt? Bevor du gekommen bist, hatten wir alle ziemlich viel Spaß!«

»Meine Mutter holt mich erst um acht ab«, antwortete Patrizia mit trotzig-leidender Miene.

»Geh doch einfach früher«, schlug Uta vor. »Oder findest du alleine etwa nicht nach Hause?«

Als hätte Anastasia meinen Schreck bemerkt, rückte sie kichernd an mich heran und hakte sich kameradschaftlich bei mir unter. Patrizia verzog das Gesicht, als hätte sie in eine ungezuckerte Grapefruit gebissen, und stampfte in den Flur, wo sie in ihre Schuhe schlüpfte. Das Geschenk, das seit ihrer unwirschen Ankunft ungeöffnet auf der Kommode gelegen hatte, nahm sie wieder mit.

In der Nacht nach meiner Party, die nach Patrizias Abgang ein voller Erfolg wurde, zerbrach ich mir noch lange den Kopf über den Mut meiner Freundinnen. Konnte etwa auch ich jemandem, der sich unmöglich benahm, einfach so ins Gesicht sagen, dass er sich unmöglich benimmt? Konnte auch ich mich wehren, mich widersetzen, mich beschweren? Hatte ich das Recht, Patrizia doof zu finden, ohne Bestrafung fürchten zu müssen? Nie zuvor hatte ich das auch nur in Erwägung gezogen.

27.

Byzuch

Ganz Polen ist sich darin einig, dass ein Mädchen vor dem Eintritt ins heiratsfähige Alter nichts sehnsüchtiger erwartet als den Tag, der anschließend als der schönste ihres Lebens in die Familienalben und wehmütigen Erzählungen gebrechlicher Tanten eingehen wird. Es ist der Tag der ersten heiligen Kommunion. Ein ganzes Jahr, wenn nicht mein ganzes Leben, hatte ich mich darauf vorbereitet. Ich besuchte den Kommunions-Unterricht bei Pfarrer Braun, dem im Beichtstuhl die großen Ohren schlackerten, als ich aus Mangel an eigenen Ideen die Sünden kleinkrimineller Klassenkameraden auf mich lud. In Wirklichkeit hatte ich mich nur einer Sünde schuldig gemacht, und die wollte ich dem Pfarrer nicht verraten. Während der wöchentlich stattfindenden Vorbereitungen hatte ich nämlich mitbekommen, dass es Kinder gab, denen von Weihrauch schlecht werden konnte. Sobald das silberne Fass geschwenkt wurde, mussten sie die Kirche verlassen, um draußen kurz Luft zu schnappen. Es dauerte nicht lange, bis ich herausfand, dass auch mir ordentlich schwiemeln konnte, und weil die Sonntagsmessen so langweilig waren und die Bücher in der Bibliothek so spannend, wurde es mir zur Gewohnheit, die Kirche eine Viertelstunde vor Schluss mit Ohnmachtsgesten zu verlassen. Als Erste in der Bibliothek konnte ich mir die besten Bücher ausleihen, die mir sonst ein anderer vor der Nase weggeschnappt hätte. Meine Eltern, die jeden Sonntag die polnische Messe in Neustadt besuchten, bekamen von meinen Eskapaden zum Glück nichts mit. Über mein eigenes schlechtes Gewissen versuchte ich hinwegzusehen. Meine kleine Sonntagssünde gab mir das Gefühl, ein bisschen erwachsen zu sein.

Im März 1991 blickten meine Eltern nach einjähriger Planung auf die bestätigte Gästeliste für die Erstkommunionsfeier. Darauf standen Oma Greta und ihr Langstrecken-Chauffeur Herr Banane; Opa Stefek und Oma Hilda, die Eltern meines Vaters, die in Ratibor wohnten und die ich nicht mehr gesehen hatte, seit wir *rausgefahren* waren; Tante Selma, die lammfromme Nachbarin und Schwägerin von Oma Greta; Großtante Maria und Großonkel Ewald, meine beiden Taufpaten; sowie Onkel Marek und seine Verlobte Asia. Das machte sechs Besucher, die für die Kommunion extra aus Polen anreisen würden. Da Telefone mittlerweile auch in polnische Haushalte Einzug gehalten hatten, beharrte meine Mutter darauf, dass ich meine Großeltern, Onkel und Tanten alle persönlich einlud.

Doch die ersten Versuche scheiterten kläglich. Ich brachte nicht einen korrekten Satz in meiner Muttersprache zustande. Meine Eltern warfen mir vor, ich würde aus purer Albernheit in verkrüppelter Grammatik reden und mir Fantasievokabeln ausdenken. Sie wussten nicht, dass ich Klassenkameraden hatte, die mich aufforderten, polnische Zungenbrecher zum

Besten zu geben, nur um dann sagen zu können: »Eure Sprache ist behindert.« Polnisch zu verlernen schien mir die eleganteste Lösung für mein Problem zu sein. Trotzdem machte man sich noch über mein rollendes R lustig. Zuletzt hatte Anastasia mir einen Trick verraten, wie ich es ein für alle Mal ausmerzen konnte: Ich sollte ganz oft das Wort Fruchtkracher aussprechen, als müsste ich würgen. Das Ergebnis wäre ein hochdeutsches R. Ich trainierte jeden Tag.

Um mich nicht vor der ganzen Verwandtschaft bloßzustellen, verschickte Mama also lieber persönliche Einladungen, und ich musste ihr versprechen, dass ich bis zur Kommunion täglich Polnisch mit ihr üben würde.

Polnisch in Wort und Schrift war nicht das Einzige auf Mamas Lehrplan. Es war ihr unbegreiflich, warum man uns in der deutschen Schule ermunterte, unsere Meinung offen hinauszuposaunen – nicht die gerade angemessene Meinung, sondern das, was wir tatsächlich dachten. Unermüdlich beklagte sie meine »erschreckende Ehrlichkeit«. Mit noch größerem Eifer wies sie mich also vor dem anstehenden Besuch aus der Heimat in die Kunst der Diplomatie ein. »Ein Diplomat sagt dir, dass du offen bist, und nicht, dass du ein Loch im Kopf hast«, lautete der wichtigste Merksatz. Man durfte seinem Gegenüber außerdem nie sagen, dass er sich irrte. »Wahr ist nicht, was stimmt, sondern was den anderen nicht verletzt.« Menschen, die ihr Herz auf der Zunge trugen, konnten Freundschaften zerstören und Familien auseinandertreiben. Gute Mädchen verhielten sich anders. Und wollte ich nicht ein gutes Mädchen sein?

Opa Stefek und Oma Hilda waren die ersten Ankömmlinge. Sie hatten vier Koffer dabei. Einen für Kleidung und drei für Wurst. Während Mama die beiden durch die Wohnung führte und dabei Oma die neuen Möbel und Opa allerlei elektronische Geräte vorführte, musste Papa den alten Sperrmüll-Kühlschrank reaktivieren, um die unerwartete Fleischflut bewältigen zu können. Oma Hilda äußerte ihr Wohlgefallen in einem fortwährenden entzückten Singsang. Hier fand sie sich vom Aussiedler-Sarg bezaubert, dort staunte sie über die Lebensnähe der Efeu-Tapete. Opa Stefek war skeptisch. Die Möbel waren ihm nicht robust genug, die Tapeten zu neumodisch. Er mochte seine Wände traditionell schlesisch, regelmäßig gestrichen, ein zartes Gelb, über das ein schlichtes weißes Muster gewalzt wurde.

»Vergiss nie deine Heimat, wo deine Wiege stand«, rezitierte er mit erhobenem Zeigefinger. »Du findest in der Ferne kein zweites Heimatland!«

Am Tag drauf kam Herr Banane, der Tante Selma und Oma Greta aus Polen mitgebracht hatte. Sobald Selma über die Türschwelle getreten war, benahm sie sich wie ein Spürhund. Mit eifrigem Prüferblick beäugte sie jede Wand in jedem Zimmer.

»Fürchtet Gott«, sagte sie schließlich.

»Was ist los, Tantchen?«, fragte Mama besorgt.

»Kein einziges Bild unseres Herrn und Heilands.«

»Aber das haben wir doch alles in Polen gelassen. Ola, zeig Tante Selma, wie schön du Ave Maria spielen kannst.«

Seit kurzem hatten wir eine alte Hausorgel im Wohnzimmer stehen, ein Geschenk von Frau König, einer Nachbarin, mit der meine Eltern in gutem Kontakt standen. Papa hatte ihr eine Kuckucksuhr repariert, die mit dem Tod ihres geliebten Mannes stehengeblieben war. Aus Dankbarkeit darüber, dass die Uhr wieder schlug und mit ihr auch das Leben weiterfließen konnte, hatte Frau König uns die Orgel überlassen.

Die Kirchenlieder, die ich Selma aus dem Gehör vorklimperte, betörten und besänftigten sie so sehr, dass sie sich bald mit geschlossenen Augen zu den schiefen Orgeltönen wiegte und schwärmerisch mitsummte.

»Und, mein Täubchen«, fragte sie mich, als ich fertig war, »möchtest du immer noch Nonne werden? Als du ein kleines Mädchen warst, da wolltest du nur mit dem Herrn Jesus verheiratet sein. Erinnerst du dich?«

Ich nickte, sagte aber, dass ich noch nicht wüsste, was ich werden wolle. Ich schwärmte längst nicht mehr für Jesus, sondern für Jon Bon Jovi, der auch lange Haare hatte, aber keine plumpen Umhänge trug, sondern zerrissene Jeans und eine Lederjacke mit vielen Reißverschlüssen. Doch mit dem wollte ich genauso wenig verheiratet sein wie mit Jesus. Ich hatte aus Büchern erfahren, dass es in der Weltgeschichte auch unverheiratete Frauen gegeben hatte. Statt von Kindern beklettert am Herd zu stehen, haben sie sich Gedanken gemacht und kluge Bücher geschrieben. So wollte ich werden, aber das sagte ich Selma nicht.

Am letzten Abend vor der Kommunion versammelten sich im Wohnzimmer drei Generationen von Frauen, von denen jede auf andere Art nach Perfektion strebte: Oma Greta, meine Mutter und ich. Während Oma das Bügeleisen über eine eingesprengte Tischdecke zischen ließ, führte Mama ihr vor, was sie in der Kirche tragen würde.

»Was meint ihr?«, sagte Mama, während sie in einem schlichten, aber eleganten Hosenanzug hereinsegelte. »Sagt dieses Outfit nicht: Ich bin eine moderne, weltoffene Mutter?«

»Mir sagt es: Ich mache mich zum Affen«, entgegnete Oma trocken. »Das ist doch nicht schick genug, Danuta. So kannst du dich nicht auf einer Kommunion sehen lassen. Würdest du so auch auf einer Hochzeit erscheinen?«

»Warum nicht?«, sagte Mama. »Das trägt man hier so.«

Oma begann, sich die Stirn zu massieren.

»Tu dir das nicht an. Zieh besser mein Hemdblusenkleid an, das mit den großen Rosen, und dazu eine Brosche.«

Mama schaute hilflos und verloren drein.

»Meinst du nicht, dass ich darin aussehen würde wie eine alte Tante?«, fragte sie so vorsichtig, dass ich sie kaum hören konnte.

»Willst du mir damit sagen, dass *ich* darin wie eine alte Tante aussehe?«, rief Oma empört.

»Du bist doch eine ältere Dame«, sagte Mama. »Zu dir passt so ein Kleid.«

»Ältere Dame?!« Oma schnaubte verächtlich auf. »Ältere Damen, das sind die Mütterchen vor eurem Fenster, die in den leberwurstfarbenen Jacken. Solange ich mir die Haare färbe und mit den Absätzen klacke, verbiete ich mir solche Bezeichnungen!«

»Das habe ich gar nicht gemeint«, redete Mama sich heraus. »Du siehst natürlich bezaubernd aus. Aber für hiesige Begriffe ist dieses Kleid altmodisch, vertraue mir.«

»Ach ja? Ich hab's aber an der Fernsehansagerin gesehen«, sagte Oma überzeugt. »Aber mach, was du willst. Wirf mir später bloß nicht vor, dass ich dich nicht gewarnt hätte. Und nun ist Ola dran mit ihrem hübschen Kleidchen. Auf, auf, Kindchen, zieh dich um. Zeig Oma, wie fein du morgen aussehen wirst.«

Mein Kommunionskleid hatte ich schon besessen, bevor wir nach Deutschland gekommen waren. Die größte Kettenraucherin Polens, keine Geringere als meine Großtante Frieda, hatte es aus ihren alten Gardinen genäht. Es war etwas zu kurz, die Ärmel kratzten, und der Kragen drückte, aber als ich weiß gekleidet vor Oma trat, bestätigte sie mir, was ich schon längst wusste: »Du siehst aus wie die Prinzessinnen im tschechischen Märchenfilm.«

Dieses Kleid versprach die Erfüllung meiner Träume. Noch einmal schlafen, dann würde ich endlich als Mittelpunkt verzückter Aufmerksamkeit erstrahlen. So schön, wie ich mich fühlte, hätte selbst Bajtek mich dem Lambada-Mädchen vorgezogen. Wie ein Schneeflöckchen wirbelte ich an diesem Abend ins Bett. Ich war von Kopf bis Fuß auf Verehrung eingestellt.

28.

Weißer Sonntag

Nie hatten die Glocken heller geläutet als an diesem Morgen. Mir war so hoheitlich zumute, dass ich beim Ankleiden eine Kammerzofe vermisste. Der Schritt meiner zu klein geratenen Strumpfhose hing mir in Kniehöhe, aber das konnte nur von Vorteil sein, machte es doch meinen Gang zurückhaltend und würdevoll, wie es sich für eine echte Prinzessin gehörte. Ich stülpte mir mein Kommunionskleid über den Kopf und setzte mir das Kränzchen auf, das meine Mutter aus preiswerten Deko-Blumen vom Baumarkt geknüpft hatte. Das Kränzchen erforderte eine gerade Körperhaltung, damit es nicht vom Kopf rutschte, und trug dadurch zur erstrebten Grazie bei. Kaum war ich in strahlendem Weiß aus meinem Zimmer getreten, stürzte Oma mir mit einem tropfenden Kamm entgegen.

»Komm, ich mache dir die Haare fein«, sagte sie gebieterisch, und zu meiner Mutter gewandt: »Weißt du noch, Danuta, damals, als du zur Kommunion gegangen bist, was hab ich dir für eine tolle Frisur gemacht!«

Mama hatte mir schon oft davon erzählt. Mit der Kaltblütigkeit eines Forschers soll Oma erst erkundet haben, wie kurz der Pony eines Kindes sein musste, um es vollkommen debil aussehen zu lassen. Dann hatte sie ihr die Zöpfe so stramm gezogen, dass Mama zu keinem anderen Gesichtsausdruck fähig war als zu einem Grinsen von Ohr zu Ohr. Ihre zahlreichen Kommunionsfotos, von denen die schlimmsten lose im Album steckten, zeugten davon. Mama erinnerte sich nur zu gut und sagte eilig: »Ich mache meiner Tochter die Haare.«

Oma zog die geschwungenen Augenbrauen nach oben, zum Zeichen, dass sie zutiefst gekränkt war. Dann widmete sie sich weiter dem Zementieren ihrer Turm-Frisur, während Mama mir die Haare flach an die Wangen bürstete. Ich sah äußerst gekämmt aus, was dem polnischen Ideal entsprach. Nun brauchte ich nur noch durch den Sprühnebel zu laufen, den Oma mit ihrem Styling-Spray im Flur erzeugt hatte, und das Blumenkränzchen klebte sich von selbst an die Haare. Fixierspangen waren vorerst nicht nötig. Mama schaute zufrieden auf mich herunter wie ein Bildhauer auf sein Werk. Zum Schluss warf ich den Beutel über die behandschuhte Hand, nahm die von Selma aus Rom mitgebrachte Kommunionskerze in die andere, und der gestriegelte, nach etwas besserem Rasierwasser duftende Papa konnte mich ins Pfarrhaus fahren, wo ich mich mit den anderen Kommunionskindern eine Stunde vor Beginn der Messe einzufinden hatte.

Auf den Straßen standen überall mit weißen Bändern geschmückte Bäumchen, Eingänge von Familienhäusern und Gaststätten waren von Efeu umrankt und mit großen, glänzenden Schleifen geschmückt. Die festliche Dekoration, die während der Fahrt an uns vorbeiflog, ließ erahnen, dass ich ins Pfarrhaus einziehen würde wie Jesus in Jerusalem. Palmwedel wogten schon, um mich zu erfrischen. Ich kurbelte das Fenster herunter und streckte keck die Finger heraus, wie um dem Volk zuzuwinken. Das war mein Tag! Und er endete schlagartig mit dem Eintritt in den Pfarrsaal.

Maskenhaft geschminkte Mütter sprangen wendig um ihre Töchter, die wie schneebedeckte und von Gold und Silber geschmückte Tannen im Raum standen. Es war kein Zweifel, dass diese Eltern ihre Kinder im Brautmodengeschäft eingekleidet hatten. Iltisse schmiegten sich um die schmalen Schultern, und Finger wie von Elfenbein stachen durch weiße Netzhandschuhe. Rings um mich wucherten wie fantastische Gewächse Dauerwellen, perlendurchwobene Flechtfrisuren und hutartige Arrangements aus Blüten und Strass. Aus der Mitte funkelnder Schneeköniginnen musterte mich Patrizia abschätzig von oben bis unten, bevor sie ihre perlmuttschimmernden Lippen zu einem herablassenden Halblächeln verzog. Sie trug ein Diadem mit Stirnperle, die zwischen ihren getuschten Augen funkelte. Ihr Kleid, das mit Krinoline und gefiederter Schleppe ausgestattet war, bauschte sich wie Meeresschaum. Ich war geblendet, dann blickte ich an mir hinab und sah es endlich selbst: Mein Kleid war gar nicht weiß wie ein Schneeglöckchen, sondern so gelb, wie eine Gardine bei Kettenrauchern nur sein konnte.

In diesem schmerzvollen Moment der Erkenntnis sehnte ich mich in die heile Welt meiner Kindheit zurück, wo ich jeder drückenden Situation durch einen vorgetäuschten Tod entkommen konnte. Die Realität ließ sich nicht länger verleugnen: Ich war einfach keine Prinzessin und würde nie mehr sein als eine polnische Gans, die sich in eine alte Gardine wickelt, um mit auf den Ball zu dürfen.

Die Messe verlief wie geprobt, bis auf ein paar Kleinigkeiten: Auf dem Weg zum Altar verfing ich mich mit dem Schuh in der Schleppe des Mädchens vor mir. Onkel Marek hielt auf Videokamera fest, wie ich meine erste Hostie geistesabwesend und mit offenem Mund knusperte. Und das Strumpfband um meine Kommunionskerze, das eine Tropfrosette imitieren wollte, fing Feuer. Zum Glück genügten einige Spritzer aus dem Weihwasserbecken, um es zu löschen.

Als die Orgel das Ereignis mit dramatischem Dröhnen auf den Höhepunkt zutrieb, drehte ich mich nach meinen Gästen um. Tante Selma weinte bereits vor Rührung. Ich selbst war nur von meiner eigenen Tragik ergriffen.

Es war Tradition, dass man sich am Tag der ersten heiligen Kommunion in einem echten Foto-Studio ablichten ließ. Bei dem Fotografen, für den wir uns entschieden hatten, sah es aus, als könnte man dort auch Särge erwerben. Ich kniete mich steif und aufrecht auf das Bänkchen vor dem künstlichen Kirchenfenster und kräuselte die Lippen, über die ich mir alle fünf Sekunden verlegen mit der Zungenspitze leckte. Papa sagte hinterher, ich hätte ein Gesicht gemacht, als hätte der Fotograf mit erhobener Machete hinter mir gestanden. So kamen wir mit einer Reihe von Bildern nach Hause, die schwer daran zweifeln ließen, dass die Vereinigung mit dem Leib Christi tatsächlich der Höhepunkt meines bisherigen Lebens war. Die Fotos sahen eher nach Tiefpunkt aus.

Wie erleichtert war ich, als mir einfiel, dass es noch

etwas gab, worauf ich mich freuen konnte: Geschenke. Jedes Kind wusste, dass es keine größere Bescherung gab als die Kommunionsbescherung. Die Rede war von Fernsehern, Computern, Fahrrädern, und ich fragte mich, welche wunderbaren, sperrigen Gegenstände wohl zu Hause auf mich warteten. Ich hatte bereits Glückwunschkarten von der Sparkasse, vom Metzger, aus dem Blumengeschäft und der Bäckerei bekommen, sogar von der CDU, und fast überall hatte ein Geldschein dringesteckt. Mal waren es 5, mal 10 Mark, oft kunstvoll zu einer Art Blume gefaltet. Das waren Geschenke von Menschen, die mich nicht einmal kannten. Was würde ich erst von meiner Familie bekommen?

Als Erstes verriet Tante Selma mit viel Pathos, dass einer der beiden Koffer, mit denen sie gekommen war, nur Mitbringsel für mich beinhaltete. Ich zitterte euphorisch vor Spannung, bis Selma mit einem Wandkreuz herausrückte, an dem ein milchweißer, blutverschmierter Jesus hing. Doch das war erst der Auftakt gewesen. Es folgten: eine Weihrauch-Mischung, eine geweihte Kerze, auf der ein Herz-Jesu-Abziehbild prangte, drei verschiedenfarbige Rosenkränze in Plastikkästchen, die wie kleine Bibeln aussahen, das Bekehrungstagebuch einer jungen Nonne, eine Pilger-Medaille, die in grellen Farben die Marienerscheinung von Fatima dokumentierte, Musikkassetten von katholischen Kinder-Bands und schließlich ein Bild vom Papst, in einem Rahmen, der selbst den Ogóreks zu bombastisch gewesen wäre.

Als Selma alles losgeworden war, was sie in mehreren Jahren Wallfahrt angesammelt hatte, ging es weiter mit den Geschenken der übrigen Gäste. Ich ließ schwülstige Glückwünsche über mich ergehen, während mir ein Tütchen nach dem anderen in die Hand gedrückt wurde. Zu meiner großen Enttäuschung befand sich in jedem nur Goldschmuck: feingliedrige Ketten mit Kreuzanhänger, eine dünne vergoldete Armbahnuhr, Ringe mit kleinen Edelsteinen, goldene Ohrstecker in Form flammender Herzen. Ich hatte keinen Schimmer, was ich in meinem Alter mit Gold anstellen sollte. Vielleicht in 50 Jahren, dachte ich, wenn ich Zahngold benötigen würde. Wie man einen Freuden-Anfall simuliert, hatte Mama mir vorsorglich beigebracht. Also kreischte ich auch noch bei der fünften Goldkette »Wow!« und sprang angestrengt im Kreis herum. Worüber ich mich wirklich gefreut hätte, wäre ein Computer gewesen, aber wie es aussah, würde ich mir den selbst kaufen müssen.

Das Wohnzimmer war hoffnungslos überfüllt, und die Hälfte der Stühle eine Leihgabe von den Nachbarn. Tomek, der eine winzige Weste trug und eine Fliege um den Hals, mimte stolz den kleinen Kellner und wies den Gästen ihre Plätze an. Ein Stuhl war mit einem weißen Bettlaken bedeckt und mit angehefteten Myrtezweigen geschmückt; dies war mein Ehrenplatz. Mama saß neben mir, um mir jederzeit einen Tritt unter dem Tisch verpassen zu können, sollte mir trotz absolviertem Diplomatie-Kurs etwas Unpassendes herausrutschen.

Endlich wurde das schimmernd weiße Tafeltuch mit Platten und Schüsseln vollgestellt. Mama hatte ihren Kampf um Steaks und leichte Salate verloren; beide Omas, und vor allem Opa Stefek, hatten auf einem traditionellen schlesischen Festessen bestanden. Zunächst wurde Hühnersuppe mit frischer Petersilie, hausgemachten Hochzeitsnudeln und gekochten Möhren serviert. Danach prall gefüllte Rouladen, *kluski*; Klöße, die helle und die dunkle Sorte, übergossen mit einer dicken, fettigen Soße, dazu Sauerkraut mit Pilzen und nach Urgroßmutters Geheimrezept gewürztes Rotkraut.

Als nach dem Essen der Kaffee folgte, saß ich meiner hochmütig schweigenden Oma Greta gegenüber und starrte abwechselnd auf ihr bunt bemaltes Gesicht und die Zuckerrosen, die majestätisch auf der Torte saßen, die sie gebacken hatte. Alle anderen ergingen sich in lautem Gerede und wieherndem Gelächter. Ich wünschte mir, einfach unter den Tisch krabbeln zu können, doch war ich dafür nicht mehr klein genug. Anscheinend war ich aber auch nicht groß genug, um gesehen zu werden. Die Gäste wussten, dass ich da war, aber sie blickten an mir vorbei. Als Erwachsene fanden sie keine Gemeinsamkeiten und kein Gesprächsthema mit mir. Stattdessen ließen sie sich lang und breit über Dinge aus, von denen ich keine Ahnung hatte.

Deshalb wäre ich gern weggegangen, wenigstens für eine Weile, aber der Abstand zwischen mir und der Wand war so eng, dass ich nicht unbemerkt aufstehen konnte. Und wenn ich vor Langeweile in mich zusammenzusacken drohte, bohrte Mama mir ihren Daumen zwischen die Schulterblätter und zischelte: »Keinen Buckel machen!« So blickte ich also aus dem Fenster und betrachtete die Sonne, die in den Wipfeln der Bäume wühlte. Erst die Katastrophe mit dem gelben Kleid, dann die enttäuschenden Geschenke. Als mir vor Erschöpfung über meine Überflüssigkeit am Tisch eine Träne entfleuchte, zwinkerte Oma mir verschmitzt zu und verdrehte dann gekonnt die Augen. Und während wir beide die Lippen aufeinanderpressten, um uns ein Lachen zu verkneifen, verstand ich genau, was Oma mir sagen wollte: *Ich sehe, dass du genervt bist, Kindchen. Ich hab auch schon wieder Kopfschmerzen von dem dummen Geplapper.* Sie reichte mir noch ein Stück Buttercremetorte, bevor sie sich erhob und die Tischgesellschaft verließ.

Ich sah schräg hinüber zu Onkel Ewald, Omas Bruder. Auch er sah aus, als würde er sich nach Abwechslung sehnen. Onkel Ewald war nicht von der steifen Sorte. Keine Familienfeier, auf der er sich nicht Gurkenscheiben auf die Augen legte und derart »bebrillt« in jedes Foto sprang. Doch bis zum Abendessen mit den Gürkchen war es noch weit. Onkel Ewald versicherte sich klopfend der Zigarettenschachtel in seiner Hemdtasche und flüchtete auf den Balkon. Durch das so entstandene kleine Durcheinander konnte auch ich mich endlich davonstehlen, ohne einen schlechten Eindruck zu hinterlassen.

Als ich aus dem Bad zurückkam, sah ich Oma allein in der Küche stehen. Sie hatte die Arme vor der Brust verschränkt und spähte aus dem Fenster.

»Ola?«, sagte sie, als ich an der Tür vorbeischlich. Ich trat zu ihr in die Küche, wo mich der Geruch der Tigersalbe nicht sonderlich überraschte. »Komm mal eben«, sagte Oma. »Ist das nicht dein kleiner Schwabenfreund da unten?«

»Welcher Freund?«, fragte ich erschrocken.

»Na, dieser Idiotenkranz aus Neustadt. Wie hieß er noch gleich?«

Ich schob mit unruhiger Hand die Gardine beiseite. Unten stand ein apfelgrünes Fahrrad, und den Jungen, der sich darauf unserem Haus näherte, kannte ich in der Tat. »Dominik?«, flüsterte ich ungläubig. Ich hatte ihn an seinem Pottschnitt erkannt.

»Was fällt dem ein, ausgerechnet heute hier aufzukreuzen!« Oma schüttelte belustigt den Kopf. »Lauf schnell runter und verscheuch ihn, bevor er hier klingelt und alle fragen.«

Ich konnte es noch gar nicht glauben. Was hatte Dominik hier zu suchen? Ich stürmte geradezu aus der Wohnung, meine weißen Lackschuhe klackten durchs Treppenhaus wie fröhliche Kastagnetten. Ich stieß die Tür auf und rannte regelrecht in Dominik hinein, der schon den Finger auf der Klingel hatte.

»Heute ist doch meine Kommunion!«, sagte ich atemlos, aber meine Absicht, Dominik wegzuschicken, wurde von meinem großen Bedürfnis verdrängt, ihn zu umarmen. Mein Herz klopfte, aber nicht vor Wut, nein, es klopfte vor Freude.

»Boah, cool! Du siehst aus wie voll die Prinzessin!«, sagte Dominik, der gar nicht mehr so schludrig aussah, wie ich ihn in Erinnerung hatte. »Ich wusste nicht, dass du heute Kommunion hast. Ich hab mir einfach so gedacht, ich besuch dich, weil Sonntag ist und keine Schule.«

Ich wurde erst rot, dann schaute ich hoch. Omas Haarturm ragte aus dem Fenster im dritten Stock. Dominik winkte Oma linkisch zu. »Wollt ihr ein bisschen herumlaufen?«, fragte Oma und zwinkerte verschwörerisch. Ich konnte ihr ansehen, dass sie wusste, wie ich mich fühlte. Und dass ich jetzt nichts so sehr brauchte wie einen Freund. »Ich sag den anderen, dass du dich schlafen gelegt hast«, rief Oma leise herunter. Ich lächelte sie voller Dankbarkeit an. In den nächsten zwei Stunden würde sowieso niemand nach mir fragen.

»Wo sollen wir denn hin?«, fragte Dominik. »Kennst du 'nen guten Spielplatz oder so?«

»Was Besseres!«, sagte ich und schwang mich kostümiert wie eine Braut auf der Flucht auf den Gepäckträger. »Fahr einfach, wohin ich dir sage. Erst die Straße runter.«

Die Sonne strahlte heiter durch das zarte Gespinst aus hellgrünen April-Blättern. Dominik trat so kräftig in die Pedale, dass ich mein dürftiges Kränzchen mit einer Hand festhalten musste, bevor ich es einfach im Fahrtwind davonfliegen ließ, so unbekümmert, wie andere eine Zigarette wegschnippen. Dominiks Rücken roch nach frischer Wäsche, und ich hielt mich an ihm fest, während der kühle Wind durch die Spitze meiner Ärmel drang und mir die Haare zerzauste.

Als Dominik aus der Puste kam, hielten wir zur Pause an einem Kiosk. Ich zog einen gefalteten Fünfmarkschein aus meinem Schuh, den ich am Morgen dort hineingesteckt hatte, für alle Fälle. Während Dominik von seinem neuen, selbst ersparten Fahrrad erzählte, kaufte ich uns eine gemischte Tüte ohne Lakritz und für jeden ein Plastikfläschchen mit Kirschlimonade. Dominik steckte alles in die Bauchtasche seines Kapuzenpullovers, dann konnte es weitergehen.

Wir bogen von der Landstraße in einen Feldweg, der uns an Pferdekoppeln vorbei ans Flüsschen führte, dorthin, wo ich nach der Schule manchmal spazieren ging, wenn es zu Hause wegen Renovierungsarbeiten zu laut war. Ich wollte Dominik den Ort zeigen, an dem ich träumte, eine Stelle im Wald, die bisher mein Geheimnis war.

Wir erreichten bald die verwilderte Gegend, und Dominik stellte sein Fahrrad an einem baufälligen Häuschen ab. Der schmale Pfad, der vor uns lag, war zugewuchert von Klettgewächsen und Brennnesseln, und wir mussten uns aneinander festhalten, um nicht über die Baumwurzeln zu stolpern. Dann waren wir endlich da. Das Wrack eines VW-Käfers tauchte wie eine schlafende Riesenschildkröte zwischen ein paar Birken auf. Im Zwielicht des späten Nachmittags konnte man noch besser erkennen, wie viele Farben die alte Laube hatte, all die zerkratzten Schichten, gebräunt von Rost und mit Pilzen und grünem Moos bewachsen. Wo früher Reifen gewesen waren, wucherten trockene Grasbüschel heraus. Es roch wie in einem polnischen Wald. Die Schildkröte schlief tief und fest, sie ließ sich weder von den zwitschernden Vögeln noch von Dominiks Begeisterungsrufen stören. Weil jemand die Sitze aus dem Wrack gerissen hatte, kletterten wir auf sein zerbeultes Dach. Der Rost ratschte die Spitzen meines Kleides auf, aber ich freute mich über jedes Reißgeräusch. Es war genauso schön, wie eine Flasche in den Altglascontainer zu werfen. Auch meine weißen Lackschuhe waren mittlerweile dreckig und zerkratzt.

»Schau, wie ich aussehe!«, sagte ich lachend.

»Na und? Ist doch egal«, sagte Dominik. »Du bist eben so 'ne Kampf-Prinzessin wie Leia aus *Krieg der Sterne*. Hier, ich hab dir was mitgebracht.« Dominik zog umständlich eine in der Mitte gefaltete Karte aus seiner hinteren Hosentasche. Es war eine Autogramm-Karte von Werner Schulze-Erdel. »Hab ich Helga geklaut«, sagte er verlegen. »Ich wusste voll nicht, was ich dir mitbringen soll.«

»Aber du bist den ganzen Weg zu mir gekommen«, sagte ich gerührt. »Das ist doch genug!«

»Findest du? Meine Oma hat gesagt, wenn man ein Mädchen besucht, bringt man ihr auch was mit.«

Ich betrachtete die Autogrammkarte in meiner Hand mit Wohlgefallen. »Ist das die echte Unterschrift von Werner Schulze-Erdel?«, fragte ich in ehrfurchtsvollem Flüsterton.

»M-hm. Meine Mutter hat sogar 'ne Autogrammkarte von Roberto Blanco, die hätt ich dir auch mitgebracht, aber ich glaub, die hat schon der Macker mitgehen lassen.«

»Wohnst du immer noch bei deiner Oma?«, fragte ich.

»Ja klar. Die hat jetzt auch ein eigenes Zimmer für mich gemacht. Voll cool. Die hilft mir auch mit Hausaufgaben, aber ich mach immer noch Fehler.«

»Ist doch egal. Ich mach auch Fehler«, gestand ich.

»Du kannst doch voll gut schreiben«, sagte Dominik.

»Ja, aber ich weiß die Namen der Bäume und Vögel nicht. Wie heißt denn eigentlich deine Oma?«

Dominik schaute verwirrt drein.

»Na, Oma halt. Wie heißt denn deine?«

»Greta«, entgegnete ich.

»Greta ist voll der komische Name. Ich kenn niemanden, der so heißt.«

Wir saßen eine ganze Weile schweigsam auf dem Dach und baumelten mit den Beinen.

»Sag mal. Wieso seid ihr eigentlich von Polen weggegangen?«, fragte Dominik. Zum ersten Mal fiel mir auf, dass sich dafür noch nie jemand interessiert hatte. Also begann ich, ihm zu erzählen. Von dem Quelle-

Katalog, den ich für ein Buch aus einer magischen Welt gehalten hatte, und von den Cola-Dosen, die Aneta und ich mit Wasser aufgefüllt hatten, um daraus zu trinken. Ich erzählte ihm auch, wie ich mit einem Stock »BRD« in den Dreck geschrieben hatte, worauf er ausrief:

»Das hab ich auch gemacht! Mit USA. Da will ich auch mal hinwandern. Dauert aber voll lange, glaub ich. Kommst du dann mit?«

Ich musste so lachen, dass ich die Kirschlimo herausprustete. »Scheiße, Mann, du hast dich voll besudelt!«, rief Dominik und zeigte auf die roten Flecken auf meinem Kleid. »Ach Kacke, ich soll ja nicht mehr fluchen!«, fügte er zerknirscht hinzu.

Ich blickte gleichmütig auf die roten Flecken auf dem weißen Stoff, wie damals, 1986, als Tschernobyl das einzige Thema gewesen war und ich die Jod-Flüssigkeit nicht hatte trinken wollen. Aber hier, auf dem Dach eines verrosteten VW-Käfers, spielte ich nicht tot. Ich war quicklebendig, denn ich hatte einen Freund. Ich war an einem Ort, wo ich sonst nur existierte, wenn ich mich in ein Buch vertiefte: gleichzeitig in der Wirklichkeit und im Reich der Fantasie. Ich war nicht nur eine nikotingelbe Gans, sondern auch eine mutige Kampf-Prinzessin. Dominik war ein gewöhnlicher Junge – und kam mir doch vor wie ein verwunschenes Einhorn.

»Es wird Zeit«, stellte ich fest. Der Himmel war inzwischen violett wie ein Lavendelfeld. Wir taumelten über die Baumwurzeln zurück zum Fahrrad. Erst in der Dämmerung entdeckte ich, dass Dominik Blinkschuhe trug, die bei jedem Schritt rot aufleuchteten. Wir verließen den Wald als heimliche Helden. Die Fliederbäume flüsterten im Dunkeln, unsere Geschichte lebte, und Freundschaft hatte den Traum wahr gemacht. Obwohl wir weniger hatten, hatten wir mehr.

Nachwort

Fiktion bringt uns die Wirklichkeit näher, als die objektive Wahrheit der Fakten es vermag. Diese Paradoxie habe ich genutzt, um eine Geschichte zu erzählen, die nicht nur von meiner Familie handelt, sondern von allen Familien mit Migrationshintergrund. Das Buch ist keine Autobiografie. Jeder, der eine vertraute Welt hinter sich gelassen hat, wird sich in den hier beschriebenen Erlebnissen und Gefühlen wiederfinden. Meine eigenen Erinnerungen waren eine Inspiration, genau wie die Anekdoten meiner Eltern und anderer polnischer Aussiedler, die mir geholfen haben, die komplizierten Zusammenhänge besser zu verstehen. Trotz aller erzählerischen Freiheiten, die ich mir genommen habe, war es mir wichtig, den Zeitgeist, Sozialfiguren der Ära und historische Ereignisse authentisch darzustellen. Ähnlichkeiten mit lebenden Personen, Orten und Handlungen sind daher weder beabsichtigt noch zufällig, sondern unvermeidlich.